金緑の神子と
神殺しの王

金緑《きんりょく》の神子《みこ》と神殺《かみごろ》しの王《おう》

六青《ろくせい》みつみ

ILLUSTRATION：カゼキショウ

金緑の神子と神殺しの王

LYNX ROMANCE

CONTENTS

金緑の神子と神殺しの王

† はじまり

ぼくの名前は苑宮春夏《そのみやはるか》。

あと半月で十六歳になる高校一年生。身長一六四センチ、体重四八キロ。髪が金色で瞳《ひとみ》が碧色《あお》のせいでよく外国人に間違われるけど、バリバリ日本生まれの日本育ち。当然、英語は苦手。もちろんフランス語とかドイツ語とかも、ぜんぜんわかんない。

見た目はかなりイケてる、…らしい。そのへんを歩くと女子が二度見して、さらにふり返って写メられるレベル。明日からアイドルになれるとか、身長がもうちょっと伸びたらモデルになれるとか、クラスの女子によく言われるけど、そういうのにはぜんぜん興味ない。

顔はいいけど、頭はちょっと残念な出来。自覚はあるからクラスメイトに『おまえってアホだな』って言われても気にならない。…っていうか、たいていのことは気にしない。

気にしても仕方ないから。

そんなぼくでも、今の状況はさすがに『気にしない』ですますことができない。だから思わず声に出てしまった。

「ねえ、アキちゃん。ここってドコ？」

がさごそと落ち葉を踏み分けながら、三歩先を歩く大好きな幼なじみの背中に向かって訊《たず》ねる。

どんなに考えても、なぜ自分たちがこんな落ち葉の降り積もる深い森の中を歩く羽目になったのか、まるでわけがわかんないからだ。それなのに。

「俺の方が訊《き》きたい」

アキちゃんの答えはそっけない。アキちゃんはそのまま立ち止まると、片方ずつ靴を脱いで中に溜《た》まった落ち葉を払いはじめた。ぼくも真似《まね》して靴を脱ぎ、逆さにふりながら、もう一度訊ねた。

「ねえ、アキちゃん。駅まであとどのくらい？」

アキちゃんは面倒《めんどう》くさそうに溜息《ためいき》を吐《つ》き、わざとぼくから目を逸《そ》らしたままハンカチを取り出して、額から流れ落ちる汗を拭《ふ》く。それから両腕を広げてぐるりとあたりを見まわした。

「よく見ろ。おまえは、こんなおかしな森の中に、駅があると思うのか？」

アキちゃんが指し示した両手の先には、直径二メートルとか三メートルはありそうな、日本人には馴《な》染《じ》みのない大木がバンバン生えた森が広がってる。幹は赤味の強い胴色や銀色がかった黒、たまに石膏《せっこう》みたいに真っ白いのもある。葉っぱの形も変わってて、孔雀《くじゃく》の羽みたいなのや雪の結晶みたいなの、まん丸なんてのもあって驚く。色も表は緑だけど、裏が赤とか銀とかメタリックな青とか、とにかく生まれて初めて見るものばかり。

学校帰りに迷い込んだ場所にしては、あまりに異国情緒あふれすぎる。

でも、どこか懐かしさも感じる。

小さい頃に観《み》たアニメとか、外国のイラストレーターが描《か》いた絵本とかに雰囲気が似てるのかな。確かに初めて見る場所なのに、すごく馴染みのある感覚。……なんだろう、これ？

残念な出来の自分の頭じゃ、いくら考えてもわけがわかんないから訊いたのに。

「うー」

アキちゃんのわざと突き放した言い方が切なくて、ぼくは上着のすそを引っ張りながら唇を尖《とが》らせた。

視界の端で、アキちゃんが小さく溜息を吐きながらハンカチをきちんと畳んで、ポケットにしまうのが見えた。

アキちゃんのフルネームは鈴木《すずき》秋人《あきと》。身長も体重も、ぼくよりちょっとだけ高くて重い。でも、頭の出来はぼくとは比べものにならないくらい良い。入学式で、新入生代表の挨拶《あいさつ》をするくらいめっちゃ良い。そしてすっごくやさしいんだ。

ぼくは世界で一番アキちゃんが好き。アキちゃん以上に大切な人はいない。

ぼくがアキちゃんと初めて会ったのは、小学四年の夏の終わり。いろんな事情で親と一緒に暮らせなくなった子どもが預けられる児童養護施設でだった。

その頃のぼくは、今と違って二度見されるような外見じゃなかった。代わりに薄目でちら見されて、あとは見なかった振りをされるか、目を細めて『可《か》哀想《わいそう》に、大丈夫？』と同情されるような子どもだった。長年（と言っても、生まれて十年だけど）にわたる栄養の偏りと、遺伝や体質によるうんぬんかんぬんからくるアレルギーなんちゃらで、生まれたてのヒナがうっかり日焼けしたみたいな姿だったんだ。

孵化《ふか》したての鳥のヒナって知ってる？　羽毛が生えそろえばめっちゃ可愛《かわい》いけど、孵《かえ》ったばっかりってびっくりするくらい不細工で、どこの悪役宇宙人だよって感じ。

そんな外見の上に、当時のぼくは人よりトロくてぼんやりしてたから、施設の職員さんの目が届かないところで、よくからかわれたり意地悪された。おやつをかすめ取られたりとか、置いてきぼりとか。テレビが観やすい席をあとから来た子に取られたとか。自分にはよくわからない理由で笑われたりとか。

笑われるのは別に気にならなかったけど、おやつとか、ご飯のおかずをかすめ取られるのは嫌だったな。大きな唐揚げを小さいのとすり変えられたときは、さすがにがまんできなくて取り返そうとしたら、なぜかぼくの方が職員さんに叱《しか》られたことがある。ぼくは悪くないって説明したくてもうまく言葉が出なくて、代わりに涙と鼻水ばっかり出て、べそべそしゃくり上げてたら、隣にいたアキちゃんが颯爽《さっそう》と立ち上がって『こいつは悪くない』って言ってくれたんだ。職員さんが口をはさむ余地がないくらい理路整然と、事の経緯を説明してくれた。

かっこよかったなぁ。あの瞬間から、アキちゃんはぼくのヒーローなんだ。

他にもアキちゃんは、歩くのも走るのも何をするのも人よりトロくて、他の子の遊びについていけないぼくを気にかけてくれて、ひとりでぽつんってしてると、いつの間にか側に来て声をかけてくれた。

母子家庭育ちで母親に死なれ、父親が引き取りに現れなくて施設に来たっていう境遇が一緒だったから、親近感を持ったってこともあるけど、それだけが理由じゃない。

アキちゃんは本当にやさしい人なんだ。

やさしくて強い人。

あんまり笑わなくて無愛想だし、態度もそっけなくて、ちょっと見冷たく感じるけど、本当はすごくあったかい。困ってる人がいると放っておけなくて、手を貸そうとするし、電車でお年寄りや気分が悪くなった人に席を譲るなんて当たり前。

礼儀正しいから歳上《としうえ》の人にも受けがいいし、歳下のあしらいもうまい。子ども慣れしてるのは施設で暮らしてるからだと思うけど、でもすごいよね。

ぼくなんて子どもだろうが大人だろうが、相手がなに考えてるとか、どう感じてるかなんてほとんどわかんないのに、アキちゃんは相手の表情とか仕草とか顔色の変化でだいたいわかるんだって。もう本当にすごいよね！『超能力者なんじゃない？』って言ったら『アホか』って冷たい目で見られたけど…。

「…やっぱり動いてないな」

腕時計を確認していたアキちゃんが、溜息を吐いて顔を上げた。

「春夏、おまえのは？」

ぼくは鞄《かばん》のポケットからスマホを取り出して真っ

黒な画面に触ったり、マラカスみたいに振ったり、電源ボタンを押したりしてみた。妙ちくりんなこの森で目覚めてから、何度も試してみたけれど、

「んー…動いてない。スマホも電源入んない」

スマホは高校の入学祝いに父さんが新しく買ってくれたものなんだけど、フィルタリング設定されてないんで十八禁サイトにもアクセスし放題。でもほとんど活用してない。エロ動画とかひと通り見てみたら気が済んじゃった。ぼくってそっち方面にはあんまり興味ないみたい。

ちなみに壁紙は、自撮りしたアキちゃんとのツーショット。アキちゃんがむすっとした顔しながら、それでもピースしてくれてるのが、最高にイケてるんだけど、電源が入らないと見られない。

それにしても、なんで電源入らないんだろ。

「いくら考えても不思議だよねぇ。道を歩いてたら突然地面が消えて、落ちた！　と思ったら、こんな妙ちくりんな森の中で目を覚ましてんだもん」

額の汗を袖口《そでぐち》でぬぐいながら、ぼくは空を見上げた。生い茂る木の葉の間から降りそそぐ木漏れ日が、ちらちらして気持ちいい。それにすごくきれいだ。

ときどき小さな木の実なのか、羽虫なのか、光る粒みたいなのがゆっくり舞い落ちてくる。つかまえようとして手を伸ばすと、ふわっと消えちゃうんで、目の錯覚かもしれないけど。

「なんで、下校途中の道にできた穴に落ちて、目を覚ましたら森の中にいるんだろ。穴の底ならまだわかるけど、そんなのどこにもなかったし。ほんとに、ここってドコなんだろうね？」

ぼくは空からアキちゃんに視線を戻して訊ねた。

「知らない…。春夏おまえ、一応園芸部に入ったんだろ？　このあたりの樹とか植物とか見て、場所のアタリつかないのかよ」

「ぜんっぜん、わかんない。園芸部に入ったっても、

ぼく、バラとチューリップくらいしか区別つかないし。あ、ヒマワリもわかるか。あとツツジ？」

確認するようにアキちゃんを見たら、眉間《みけん》に皺《しわ》を寄せられた。そんな顔で睨《にら》まなくてもいいのに。

ぼくが部活に園芸部を選んだのは、活動日がオーケストラ部と一緒で、メインの活動場所が音楽室の隣にある中庭の花壇だからだ。本当はアキちゃんと同じオーケストラ部に入りたかったけど、仮入部の時点で壊滅的に向いてないことが分かったのと、アキちゃんにすごく嫌がられたからあきらめた。

本当の本気で音楽が好きで、死ぬ気で演奏したい気持ちがあれば、アキちゃんは嫌がったりしなかったと思う。でも、ぼくの入部動機は『アキちゃんと一緒にいたい』っていう、あきらかに不純なものだったから、見抜かれて嫌がられた。

『おまえが本気でやりたいんなら別にいいけど、俺と一緒にいたいとかいうふざけた理由で入部して、みんなの足を引っ張ったりしたら許さない』

ぼくたちが通う高校のオーケストラ部はかなりレベルが高い。仮入部者で初心者はぼくだけだった。やる気はあると嘘《うそ》ついて入部して、アキちゃんにマジで嫌われるのだけは避けたい。

そんなわけで部活動は園芸部にした。花の名前を覚えるのは苦手だけど、オーケストラ部の練習を聞きながら水やりしたり、草を抜いたり苗を植え替えたりするのは楽しい。休憩時間には窓から中をのぞいて、アキちゃんに手を振って嫌な顔されたりできるし、部活が終わったら一緒に帰れるし。

一緒に帰るといっても、たいていアキちゃんはぼくを無視してさっさと歩く。今日もそうだった。

今日は土曜日で、自分から立候補した水やりと、自主的な草取りをしながらオーケストラ部の練習が終わるのを待って、昇降口でアキちゃんを待ち伏せしてたのに、なかなか現れなくて首を傾《かし》げてたら、

「鈴木君なら、さっき校門出てくの見たけど」

親切に教えてくれたのはオーケストラ部の副部長さん。休憩時間のたびにぼくが窓からのぞき込んで、手をふったりしてたから顔を覚えられた。副部長さん含むオーケストラ部の女性陣は、だいたいぼくに好意的だ。ときどきおやつをくれたり、写メったり、日焼け止めクリームをくれたりするのは、ぼくがアイドル顔負けの美少年だから。理由はわかってるから、ぼくも相手の期待に応《こた》えるよう努力してる。

「ありがと！」

にっこり笑って手を振りながら副部長さんに礼を言って、ぼくはアキちゃんを追いかけた。

ぼくたちが通う高校は山の中腹に建っていて、帰り道は下り坂だ。まだ五月の中旬だっていうのに、真夏みたいに陽炎《かげろう》が立ったアスファルトの向こうに、アキちゃんの背中を見つけて呼びかけた。

「アキちゃん、待ってー」

声は聞こえたはずなのに、アキちゃんは歩調もゆるめず、ふり返りもしない。だからといって走って逃げるわけでもない。ぼくが追いついてゼェハァ息を切らしながら「駅までいっしょに帰ろ」と言うと、思いきり眉間を寄せられたけど、これは条件反射みたいなものだから気にしない。

そのまま肩をならべて、まだ五月なのに暑いよねとか、園芸部の部長が熱帯系の花を育てるって言い出してとか、授業が難しいんだよねとか話してたら、突然足元がスコンと抜けて視界がぶれた。

「――――ひぇっ？」

我ながら変な声が出た。次の瞬間見えたのは、限界まで目を見開いてこっちを見てるアキちゃんの顔。

「――っ…アキちゃ…！」

とっさに叫んで助けを求めて伸ばした腕に、次の瞬間痛みが走った。ぼくの手首をアキちゃんがつかんでくれたからだ。

「春…ッ！」

真っ黒な空間を、くっきり切り取ったような楕円《だえん》の縁。楕円の中には青い空を背にしたアキちゃんの姿。アキちゃんは必死の形相でぼくの名を呼んだ。

「春夏…ッ！」

そのあと、ふっ…と腕の痛みが消えて身体《からだ》が宙に浮いた。ぼくが覚えているのはそこまで。

気がついたら名前を呼ばれて「起きろ」と身体をゆすられてた。まだ眠くて、寝返りを打ちながら「あと五分、寝かせて」と頼んだら、ペシリと頬《ほお》を叩《たた》かれた。

「五分じゃない！」

遠慮のない叱り声が眼前で弾《はじ》けて、しかたなくまぶたを開けた。だけど、ちかちかしてよく見えない。

「んー…もー、なにー？　何時ー？」

目をこすりながら目覚まし時計を見ようとして、いつもの場所にないことに気づく。時計どころか、部屋自体が違う…っていうか、部屋じゃない。なんだここ？　なにこれ？

自分の目がおかしくなったのかと、まぶたをこすりながら顔を上げたら、目の前にアキちゃんがいて、ぼくはたまらなく幸せな気持ちになった。

「アキちゃん」

いつもの仏頂面にへにゃりと笑いかけてから、アキちゃんの背後がちらちらまぶしいのに気づく。なんだろう。瞬《まばた》きを何度かくり返して視界がクリアになると、それが木漏れ日だってわかった。だけど意味がわからない。なんで木漏れ日？

「──あれ…？　ここ、どこ？」

アキちゃんから我が身に視線を戻すと、なぜか落ち葉に埋もれてる。

「なにこれ？　どこ、ここ？」

両手を眼前にかざして見つめ、左右を見まわして

から、もう一度アキちゃんを見ると、

「知らない」

アキちゃんの答えは簡潔だ。

「なんでぼくたち、こんな所にいるの？」

「知らない」

「これって『どっきり』？」

「誰が、なんのために、そんなことするんだよ」

ひと言ひと言区切ることで苛立《いらだ》ちを表したアキちゃんの答えを聞きながら、ぼくは落ち葉の中から起き上がって、あたりを見まわした。

「えー？　なんで？　なにここ。なんで、こんなにでっかい樹《き》が生えてんの？」

前後左右、上も下も、見慣れない形と色をした巨木の群れと、落ち葉が降り積もった地面が延々と続いてる。しかも妙にキラキラしてる。金粉でも舞ってるのかってくらい。ＳＦ映画やファンタジー映画に出てくる異世界情緒あふれる景色に、「なんじゃこりゃー!?」と頭を抱えた瞬間、目の端に見慣れたものが映って飛びついた。

「あ、鞄みっけ」

マイバッグを拾って抱きしめると、平常心が戻ってきて、アキちゃんに助けを求める余裕ができた。

「ぼくたち、いったいどうなっちゃったの？」

アキちゃんは腰に手をあて、降参するみたいに深深と溜息を吐いた。

「俺にもわからない」

「わからない」と言ったけど、アキちゃんはぼくよりはるかに素早く、的確に状況を把握していった。

まずは互いに確認して、腕時計もスマホも使い物にならないことが判明すると、可能な限り周辺を調べてから、救助がくるのを待つためにその場で待機することになった。

ぼくの鞄は近くに落ちてたのに、アキちゃんの鞄はどんなに探しても見つからなかった。

「たぶん穴に落ちるとき、向こうに置いてきたんだと思う」

　自分に言い聞かせるようにつぶやいたアキちゃんに、ぼくは「ごめんね」と謝った。それから赤い手形がくっきり残った自分の手首を見つめて「ありがとう」と言い足すと、アキちゃんはうさんくさそうに目を細めて、ちょっと身を退《ひ》いた。

「なんだよ、突然」

「ぼくを助けようとして、鞄、置いてきちゃったんだよね」

　アキちゃんが身を退いた分、ぼくは距離をつめ、さらに退かれる前に駆け寄って抱きついた。

　ぼくの勢いが強かったのか、それともアキちゃんが油断していたのか。ぼくはアキちゃんを押し倒す形で落ち葉の寝床にダイブしたのをいいことに、そのままぎゅうぎゅうと抱きしめた。

「アキちゃんありがとう…！　ごめんね…！　でもありがとう！」

　楕円に切り取られた黒い縁で、ぼくの名を呼んで手首をつかんでくれたアキちゃんの顔を思い出すと、胸の中心からじわりと熱が広がって、全身が幸福感で満たされていく。自分の鞄を投げ捨てて、ぼくを助けようとしてくれた。鞄だけじゃない、自分の安全すら投げ捨てて。

　下手したら、死ぬかもしれない状況だったのに。血がつながった本物の親ですら、ほとんど放置して顧みてくれないぼくのために、そこまでしてくれるのはアキちゃんだけだ。

　そう思った瞬間、じわりとまぶたが熱くなる。

「大好きだよ。ぼく、アキちゃんが大好きだ」

　本当の本気で告白したのに、アキちゃんの反応は、

「やめろ。キモい」

　一刀両断の潔さ。でもやめない。

「やめないしキモくない。ぼく、アキちゃんのためならなんでもするからね」

アキちゃんのためなら死んでもいいと言いかけて、声に出すのはやめた。

本気の誓いは心の中で完了させる。

――アキちゃんを助けるためなら、ぼくはいつでも命を差し出すからね。

「わかった。わかったから、とりあえず離れろ。なんでも言うこと聞くんだろ。離れろ」

襟首をつかまれてうしろに引っ張られ、窒息しそうになってぼくは渋々身を離した。

瞬きしたとたんこぼれそうになった涙を拳《こぶし》でぬぐい、グスンと鼻をすすると、アキちゃんは居心地悪そうに「はぁ…」と溜息を吐いた。それから気を取り直すように制服についた落ち葉を払い落とし、

「とりあえず、穴に落ちてからここで目覚めるまでの間に、気づいたことが何かあれば教えろ」

淡々と冷静な口調で質問してきた。

「んー」

ぼくは頭を抱えて一生懸命思い出そうとしたけれど、どれだけ考えても穴に落ちて、目が覚めたらここにいたとしか答えられない。

「すいません。他にはなんもないです」

正直にそう告げると、アキちゃんは難しい顔でしばらく考え込んでから、導き出した結果を口にした。

「要するに俺たちは、道を歩いていたら突然できた原因不明の穴に落ちて、気がついたらどことも知れない森にいた。見える場所には、俺たちが落ちたはずの穴とか崖《がけ》のようなものは見当たらない。ってことは、誰かが俺たちをここに運んで置き去りにした？　なんのために？　そもそも、かなりの距離を落ちたはずなのに、俺たちはふたりとも怪我《けが》ひとつしてない。――してないよな？」

後半は独り言みたいにぶつぶつ言ってたアキちゃ

んが、突然顔を上げてこっちを見たので、ぼくは急いで手足をブルブル動かしてみせた。アキちゃんがつかんでくれた手首の痣《あざ》がちょっと痛かったけど、騒ぐほどじゃないから黙っておく。

「うん。してない」

　アキちゃんは安心した表情で大きくうなずいてから、再び考え込んだ。『馬鹿の考え休むに似たり』のぼくと違って、アキちゃんの脳内ＣＰＵは超優秀だ。沈黙のあとには必ず新しい質問とか行動とか、次の展開につながってる。

「どうしてこうなったのかは全然わからないけど、俺たちはたぶん遭難した」

「やっぱり」

　そうじゃないかと思った。

「目視できる場所に人工物はなかった。道もないし公衆電話もない。もちろんコンビニも人家もない」

「それじゃ、これからどーすんの？　歩いて森を出たら、なんか見つかるんじゃない？」

「そうかもしれないけど、遭難の基本は『迷ったら無闇《むやみ》に動きまわるな』だったと思う。もしかしたら電池が切れる前にスマホの位置情報をキャッチして、救助隊がもうここに向かってるかもしれないし。そしたら下手に動かない方がいい」

「そっかぁ」

　さすがアキちゃん。遭難したときの対処法まで、ばっちり把握してるなんてすごいや。もともと頼り甲斐《がい》があったけど、こんなわけわかんない状況で、ますます頼《たの》もしさに磨きがかかるなんて本物だよね。

　独りだったら確実に野垂れ死にコースな状況にもかかわらず、たいしてパニクりもせずぼくが安心していられたのは、アキちゃんがいてくれたからだ。

　アキちゃんの提案に従って、しばらく救助を待っているうちに、ちょっと水が飲みたくなった。ぼくが「喉《のど》、渇かない？」と訊ねると、アキちゃんは待機するのを止《や》めて、水を探す作戦に変更した。

状況に合わせて臨機応変に行動を考えられるのも、アキちゃんのすごさだ。しかも、でたらめな当てずっぽうじゃなく、ちゃんと水気がありそうな場所を選んで進み、見事に川が見つかると、次は野宿の準備をすると言い出した。

「野宿？　このまま川を下っていけばいいんじゃないの？」

川を下ると人里に出るって、なにかで聞いたことがある。中学のキャンプのときだっけ？

うろ覚えの知識で質問すると、アキちゃんは上空を指さしながら、嚙《か》んで含めるように教えてくれた。

「そうだけど、途中で日が暮れたらまずい」

「？」

「外灯なんかないんだ。夜になったら真っ暗になる。もし懐中電灯を持ってたとしても、夜の森を歩くなんて自殺行為だ」

「そういうもの？」

「停電したときの暗さを思い出せ」

テレビやレコーダーの待機ランプ、外灯、信号機すら消えた夜の、目の前で広げた自分の手の指すら見えない、真っ暗闇が頭に浮かんで納得した。

「…あ！　そっか」

そんなわけで、ぼくはアキちゃんに言われるままに火熾《ひおこ》しをはじめた。無人島漂流記なんかによく出てくるきりもみ式を、見よう見真似で作って、ひぃひぃ言いながら棒を手のひらでまわしてたら、アキちゃんが弓切り式に改良してくれた。材料はぼくのハンカチを細く裂いて作った紐《ひも》だ。

ぼくの鞄にはカッターや定規が入ったペンケースの他に、ジャージの上下とか折り畳み傘とか、ペットボトル、タオル、ティッシュ、ノートなど、サバイバルに役立ちそうなものがいろいろ入っていたから、アキちゃんは喜んでた。

　ぼくが苦労して熾した火に、乾いた小枝を加えて大きくしながら、めずらしくアキちゃんがぼやいた。

「俺の鞄がもしこっちにあったとしても、あまり役には立たないな…。焚《た》きつけくらいにはなるだろうけど」

「でも、教科書とノートだから、中身はほとんど教科書ならティッシュの代わりになるから、役に立つと思うよ」

　硬い紙でも丸めてくしゃくしゃにするとやわらかくなる。手持ちのティッシュを使いきって、次から用を足すときどうしようかと思っていたから、つい正直にそう言って励ましたら、ゴミ虫でも見るみたいな目で見られてしまった。

「――…そういえば、おまえの鞄には、なんで教科書が一冊も入ってないんだよ」

「へ？　教科書って教室に置いておくものでしょ」

　家に帰って読み返したりしないから、持ち歩いても意味ないし。それに重いし。


　アキちゃんはこめかみを指で押さえて目を閉じて、「聞いた俺が馬鹿だった」とつぶやいた。

　夕飯は、ぼくの鞄に入ってたシリアルバーを半分ずつ、それとペットボトルに汲《く》んでおいた川の水を分け合って飲んだ。育ち盛りの男子高校生には辛《つら》いメニューだけど、何もないよりはマシ。多少なりとも空腹がまぎれている間に、さっさと寝ることにした。

　寝床作りは几帳面《きちょうめん》なアキちゃんが担当だったから、予想よりずっと寝心地がよかった。材料は葉の茂った木の枝だけなのに、寒くもないし、身体が痛くなることもない。最初はちょっと湿っぽく感じたけど、体温が馴染むと気にならなくなる。

　ふたりで即席のベッドに寝転んで、ジャージの上着をアキちゃんに、ズボンはぼくのお腹《なか》にかけて目を閉じると、物理的な重さを感じるくらいの静けさに襲われて、ちょっと心細くなる。

ぼくはもそもそと木の葉をかき分けて腕を伸ばし、アキちゃんの手をにぎりしめた。

「明日になれば、ぜったい救助隊が見つけてくれるよね」

「…そうだな」

答える前に、ちょっとだけ間が開いた。その意味は考えたくない。だからもう一度、確認する。

「川に沿って下っていけば、そのうちぜったい道とか家とか見つかるよね」

「ああ」

今度は間髪入れず、しっかりうなずいてくれた。迷いのないアキちゃんの声を聞くと、さっきまでの不安がすーっと消えていく。同時に、とろみのある眠気が忍び寄ってきた。今日はいろいろあって疲れたもんね。アキちゃんも眠くなったのか、ちょっとぼやけた声で言い足した。

「……明日は今日よりもっと歩くだろうから、もう寝るぞ」

「うん」

ぼくがくっつこうとしたのを察したように、アキちゃんはクルリと寝返りを打ち、寝入る合図に大きな息を吐いた。

背中を向けても、つないだ手は離さない。それがアキちゃんの本心だ。重ね合った手のひらが温かい。だからぼくは遠慮なくアキちゃんの背中にぴたりと身を寄せて、「こうしてると、昔を思い出すね」とささやいた。

養護施設で子犬みたいに身を寄せ合って、互いの温《ぬく》もりだけに慰めを見出《みいだ》していたあの日々を。

アキちゃんは無言で、ぼくの手をにぎり返してくれた。


翌朝。

　アキちゃんに揺り起こされて目を覚ますと、鳥の鳴き声のうるささに驚いた。東京ドームでスタンド満杯のお客さんが全員で鈴を鳴らしてるみたいだ。

　見上げた空は、ようやく梢《こずえ》が判別できるくらいに白んだ程度。あたりはまだ暗いけど、夜明け前特有の、しめった森の匂《にお》いが気持ちいい。

「これだけうるさいと、目覚ましがなくても早起きできるね」

　腕を伸ばして欠伸《あくび》をしながら、ごろりと寝返りを打って顔を上げると、夜の間に消えてしまった焚き火を、アキちゃんが棒でかきまわしてるのが見えた。

「おまえは俺が起こすまで、寝こけてたけどな」

「てへ。ぼくって神経図太いみたい」

「そうだな」

　ボケにもツッコミにもならない、ぬるい会話を交わしながらしばらく待って、足元が見分けられるようになると川に行って顔を洗った。ついでに身体も洗い終わる頃には、耳が慣れて、鳥の囀《さえず》りは気にならなくなった。

　新鮮な川の水というシンプルな朝食を済ませると、ぼくたちは川下目指して出発した。

　しっかり眠ったし、水もたくさん飲んでお腹も空《す》いてないのに、昨日より歩くのが辛い。身体中に湿った砂が詰まってるみたいに、まんべんなくだるい。この感覚、ちょっと懐かしいと思いつつ、前を行くアキちゃんに声をかける。

「なんか…身体が重くない？」

「飯を食ってないからな」

　アキちゃんの答えで、食事を摂《と》らないと、身体に必要なビタミン、ミネラル、エネルギー源である糖質、脂質が不足して、いろいろ問題が起きるという知識と、身体のだるさがつながった。

「そっか。なんか子どもの頃、思い出しちゃった」

「子どもの頃？」

「うん」

　アキちゃんが明らかに不審そうな顔でふり返る。

児童養護施設では、食事の量はきちんと足りてた。おやつの取り合いはときどき起きたけど、ごはんが足りなくてひもじい思いをさせられたことはない。だから不思議に思ったんだろう。

　そういえば、この話ってアキちゃんにはしたことなかったっけ。

「施設に入る前のこと。ぼくの母さん、ぼくに似てぼんやりしててさ、時々ごはん作るの忘れたりすることがあって…」

　言葉にすると、なんだか実際よりひどいことをされたように聞こえる気がして、ぼくは語尾を細くして途中で話を切り上げた。でも、アキちゃんにはそれだけで充分だったらしい。

「ひどいな」

　アキちゃんの反応は、ごく真っ当なものだと頭では分かってる。民生委員の人とか、お医者さんとか、父さんとか、他の誰にこの話をしてもみんな同じ、「ひどい」って反応をする。

　子どもの頃はそれが普通だったから、ひどい目に遭ってるなんて思ったことはなかった。だけど今では、それが『虐待』って言われる状態だったって知ってる。頭では。知識では。

　でもその裏で、それを認めたくない自分もいる。誰だって、自分が母親に虐待されてたなんて思いたくないよね。

　だからぼくはこめかみをコリコリ掻《か》いて、曖昧《あいまい》に笑って誤魔化《ごまか》すしかなかった。

「うー…ん、そうかな？　そうかも…。やっぱり、わかんないや」

　へらりと笑ったぼくを見て、アキちゃんは何か言いたげに口を開きかけたけど止めた。そうしてぼくから視線を外して前を向き、ぽそりとつぶやいた。

「だから昔は小さかったのか」

「あー、そうかも。えへへ」

笑い話にしたくて明るく答えると、会話はそこで途切れた。ぼくがあんまりこの話題を続けたくないのを、アキちゃんが察してくれたからだと思う。

児童養護施設では、アキちゃんのこういうやさしさに何度も救われた。ぼくもアキちゃんにとって、そういう存在になれたらいいのに。

そんなことを考えながら黙々と歩いて、どれくらい過ぎただろう。足元の影が短くなって、それからまた少し伸びはじめた頃。どこからか甘い匂いがただよってきた。

地面ばかり見ていた視線を上げてあたりを見まわすと、これまで見てきた巨木ではなく、普通サイズの樹に囲まれている。しかも果実らしきものがたわわに実った樹たちだ。

「アキちゃん！　見て！　果物だよ！」


大きさは小梅かサクランボ、ミカンや枇杷《びわ》、林檎《りんご》くらいのものまで。ただし色や形や手触りは見慣れないものばかり。赤とか黄色とかオレンジは、なんとなく味の予想がつくけど、紫と黄色の斑《まだら》とか青と黒の縞《しま》とかは想像できない。どんな味なんだろう。

興味津々で手を出したとたん、あわてて飛んできたアキちゃんに止められた。

「待て、待て待て。いきなり口に入れるな、待て」

眉間に皺を寄せたアキちゃんは、ぼくの手から派手な色の果実を取り上げると、カッターを使って切り割って中身を確認した。他の果実も割ったり切ったりして、ひとつずつ中身の色や匂いを確認して、捨てるものと残すものを分けていく。

残したものは、さらに薄く削《そ》いで口に含み、思いきり吐き出したり、美味《おい》しそうに飲み込んだり。そんなことをくり返したあと、ぼくの手にいくつか果実を載せてくれた。

「これとこれ、それからそっちの丸いのは食べても大丈夫だと思う」

「うわ…、美味しそうだねぇ！」

オレンジ色のゼリービーンズみたいな果実が五、六個房になっているものと、杏《あんず》くらいの大きさの、外は緑色だけど中はきれいな桃色の実、それからアーモンドを倍くらい大きくした形で、マジックテープみたいな毛で覆われているけれど、皮を剝《む》くと白くて甘い果肉のもの。

みんな色もいいけど匂いもいい。さっそく食べようとしたら、またしてもアキちゃんに止められた。

「それは見本。見本を見ながら、それと同じものだけ、もいで集めよう」

アキちゃんに言われた通り、ぼくはせっせと食べられる果実を集めた。ある程度たまったら、まずは腹ごしらえ。酸味がきついのや、独特の甘さで口の中がねばねばしたりするのがあったけど、果実はどれも美味しかった。

アキちゃんとふたり、川縁《かわべり》に突き出た岩に座って黙々と果実の皮を剝いてると、風が吹いて高い場所で梢がざわめくのが聞こえる。

顔を上げると、目の前には木漏れ日を受けてちらちら輝く小川。となりにはアキちゃん。ときどき、鳥の鳴き声も聞こえてくる。

頰を撫《な》でていく風が心地いい。

アキちゃんとふたりで、火を熾したり、木の枝で寝床を作ったり、川で水浴びしたり、食べ物を見つけて喜んだり。なんだかちょっと楽しくなってきた。

そんな気持ちがそのまま声に出て、

「なんか、こういうのも悪くないね」

言ったとたん、アキちゃんに恐い顔で睨まれた。

「はあ？」

眉間の深い皺の間から『この、脳天気め』という心の声が染み出てる。それを声に出して言われる前に「ごめんなさい」と、素直に謝った。

ぼくと違って、アキちゃんは早く家に帰りたいんだと思うと、チクッと胸が痛んだ。家といっても、アキちゃんはまだ児童養護施設で暮らしてる。昔、一緒にいたのとは別の場所だけど、待遇に不満はないのは話しぶりから伝わってくる。

『ぼくも、アキちゃんと一緒に帰りたい。父さんの家じゃなく、アキちゃんが暮らしてる施設に』

四月に再会してから、何度となく口から出かけた言葉を、ゼリービーンズみたいな果実と一緒に飲み込んだ。

それだけは言っちゃいけないって分かってるから。

ぼくは小さく溜息を吐いて、桃色の果肉にかぶりついた。

互いにお腹いっぱいになるまで食べて、さらに持ち歩ける限りの量を集めると、ぼくたちは再び川下に向かって出発した。


巨木の群れが途切れて、森の出口にたどりついたのは午後遅く。足元にうっすら落ちる影が、自分の身長より長くなった頃だった。

「森の終わりだ、出口だ！」

珍しく弾んだ声を出したアキちゃんが、落ち葉を蹴《け》立てて駆け出した音で、ぼくは物思いから覚めて顔を上げた。

「出口…？」

アキちゃんの言葉の意味がじんわり頭に染み入って、ようやくぼくも足を大きく踏み出した。

走り出したアキちゃんの方向は、確かにこれまでより明るく見える。遠ざかるアキちゃんを見失わないように、ぼくも必死に走って出口を目指した。

巨木が途切れた先は、ぽかりと視界が開けて空が見えた。それから乾いた黄土色の道。その向こうには樹がまばらに生えた草原。

森の終わりは二メートルくらいの小さな崖になっていて、その下は舗装されてない土の道。道幅はけっこう広くて二車線分くらいはありそう。道は左右に伸びていて、右側に太陽が傾いてるから、そっちが西で反対側が東ってことになる。

ぼくが追いついたとき、アキちゃんは崖縁に立って、西日がまぶしい道の上をじっと見ていた。

背後から近づいて「何見てるの」と声をかけようとして、ぼくは動きを止めた。

同時に息も止まりそうになった。

アキちゃんの肩越しに、大きな荷物を背負って歩いていた人が複数の人間に襲われる瞬間を、見てしまったからだ。

逆光のせいで細部はわからない。人の大きさも人差し指くらいに見える距離だから、まるで影絵でも見てるみたいで現実感がない。でも、現実だ。

荷物を背負った人影に向かって、周囲からばらばらと三、四人の人影が素早く近づいたかと思うと、何か細長い板か棒のようなものを叩きつけた。

「――――ーー…ッ」

その瞬間、悲鳴のようなものが聞こえて、襲われた人の身体から何かが飛び散るのが見えた。そのまま崩れ落ちた人の身体に、襲った方が群がって、ひとつの黒い塊のように蠢《うごめ》いていたかと思うと、やがて集まったときと同様に散っていった。

時間にして三十秒くらいだろうか。

「うそ…」

つぶやきは、かすれすぎて音にならない。

ぼくが声をかける前に、アキちゃんが後ろにさがろうとしてぼくにぶつかった。そのままよろめいて、転びそうになったのを急いで抱きとめ、

「アキちゃん、あれ…」

つかんだ腕に力を込めて確認する。

「映画の撮影…だよね？　絶対そうだよね。あんな

こと本当にあるわけが…」

ないよねと助けを求めた語尾が鋭くさえぎられた。

「黙れ、しゃべるな。逃げるぞ」

「だって」

さっき飛び散ったの血じゃないの？　だったらあの人、怪我してる。側に行って助けなくちゃ。

西日に照らされて白っぽく見える黄土色の道に、ただひとつ取り残されて横たわる黒い人影。起き上がる様子はない。倒れたまま動かない、人の身体。

側に行って確かめないと。生きてるかどうか。

「アキちゃ…」と言いかけて前に出ようとしたとたん、息が止まりそうな強さで襟首をしめ上げられ、「黙れ」と強く念押しされて、口を閉じた。

血の気が失《う》せたアキちゃんの表情と声。

にぶいぼくでも、さすがにわかる。これは異常で緊急事態なんだと。平和な日本の道端で、交通事故を目撃したのとはわけが違う。自分たちの命と安全にかかわる問題なんだと。

ぼくが黙ると、アキちゃんはそのまま有無を言わせぬ強さで腕を引っぱって、腹這《はらば》いのままじりじりと後退《あとずさ》った。たどりついたのは樹の根と岩の陰にできた窪《くぼ》み。ぼくたちは落ち葉で全身を覆うようにして、その窪みに身を隠した。

アキちゃんは上がった息をなんとか鎮めようと、何度も深呼吸をくり返したけど、それでも息が上がって苦しそうだ。

普段の冷静さからは考えられないくらい動揺しまくってるアキちゃんと違って、ぼくは自分でも不思議なくらい落ちついていた。息も上がってないし、心臓もドキドキしてない。変だなと思って自分の手のひらを見てみたら、笑えるくらい指が震えていて、自嘲《じちょう》の声が洩《も》れた。

「ふ…」

とたんに口元を押さえられ、恐い顔のアキちゃんに睨まれる。静かにしてろって意味だ。ぼくが視線で「ごめん」と謝ると、アキちゃんはゆっくり手を外して自分の身体を抱きしめた。

　ぼくが肩をくっつけると、アキちゃんの震えが伝わってきた。それともこれは、ぼくの震えだろうか。

　アキちゃんの背中に腕をまわして宙をみつめていると、朝と同じような鳥の囀りに混じって、餌《えさ》を取り合って争うような、けたたましい何かの鳴き声が何度か聞こえてきた。カラスと犬を掛け合わせたみたいな叫び声。死体に群がる黒い影。

　——横たわったまま、動かない死体。

　脳裏に浮かんだ情景を追い払うために頭を振ったら、静かにしろと言われたことも抜け落ちて、うっかり声が出てしまった。

「あの人」

　本当に襲われたのかな。演技じゃないよね。

　同意が欲しかった質問は、出る前にさえぎられた。またしてもアキちゃんに口をふさがれて、ギロリと強く睨まれた。

　ごめんなさいと心の中で謝って、唇を嚙みしめる。

　そのまま落ち葉に埋まってふたりで震え、どれくらい経《た》っただろう。

　日が暮れて森の中が暗くなり、樹影と人影の区別がつかなくなると、アキちゃんはようやく落ち葉の中から起き上がった。目の前に無言で差し出された手をにぎり返してぼくも立ち上がると、ふたりで森の奥に引き返した。

　その夜は火も熾さず、寝心地のいい木の枝のベッドも作らず、巨木の根元に腰を降ろして身を寄せ合い、手をつないで夜を明かした。アキちゃんはなかなか寝つけないらしく、何度も姿勢を変えて、少しでも楽な体勢を見つけようとしていた。

　ぼくの身体がもっと大きなマッチョメンだったら、アキちゃんを抱いてベッドになってあげられるのに。

そんなことを夢想して気を逸らしているうちに、本物の夢の世界に入り込み、気がついたら朝になっていた。

　薄暗い部屋の中で、膝《ひざ》を抱えてうずくまってる夢を見た。赤剝けのボロボロで、痩せ細って垢染《あかじ》みた自分の腕と足をじっと見つめて、母さんが眠ってる寝室のドアをぼんやり見つめてる夢。ドアが開いて西日が差し込む。まぶしさに目を閉じたところで、現実のぼくはまぶたを開けた。

　珍しく、声をかけられる前に目が覚めて身を起こすと、アキちゃんもだるそうに起き上がった。よく眠れなかったのか、腫《は》れぼったい目をしてる。

　互いに顔を見合わせても、言葉が出ない。そのままふたりでもそもそと川に下りて顔を洗い、昨日の残りの果実を食べてしまうと、ようやくこのあとどうするか話し合った。

「どうするの？」

「道は見つけた。でも…」

　これまで即断即決だったアキちゃんが珍しく迷ってる。アキちゃんが出した答えなら、それがどんな内容でも従うつもりだから、考えるのはアキちゃんに任せて、ぼくは汚れたタオルを洗うことにした。

　鞄から取り出したタオルを川の水でジャブジャブ洗いはじめたら、

「どうしたんだ、珍しい」

　いつもは汚れなんて気にもしないのにと言いたげな、不思議そうなアキちゃんの声に、ぼくは手の中のタオルを見つめたまま答えた。

「あの人、もし怪我してるなら、手当てに使えるかと思って。きれいな方がいいでしょ」

　昨日のあれが本物なら、かなり血が出てるはず。それ以外の可能性、たとえば死んでいた場合なら、顔を覆ってあげる布は、やっぱりきれいな方がいい。

「――…そう、だな」

アキちゃんは何か思いついたのか、それからしばらく無言になった。そして次に口を開いたときには方針が決まっていた。

「道に出て、通行人を捜す。昨日のあれは、もしかしたら春夏が昨日言ったみたいに、映画の撮影だったのかもしれないし」

それならあそこに戻っても、何も見つからないし、怪我人もいないはずだと訴えるアキちゃんに、ぼくも同意を示してうなずいた。

「うん。それならそれでいい。…っていうか、その方がずっといい」

「それじゃ、行くぞ。俺がいいって言うまで声は出すなよ。あと、音も立てるな」

念押しに、ぼくは真剣な顔でうなずいた。

「うん」

ぼくたちの願いも虚《むな》しく、朝日に照らされた黄土色の道の上、昨日と同じ場所に、黒っぽい人の形が横たわっていた。遠目にも、たぶん服を剝《は》ぎ取られたんだとわかる姿で。濁った肌色と焦茶色の斑に、カラスの二倍はありそうな黒い大きな鳥が十羽近く、入れ替わり立ち替わり近づいて何かをついばんでる。

弱肉強食。自然の摂理。

言葉で表現すると、そういうことだ。

死んだら餌として食べられる。腐る前に。

それは一見、酷《むご》いことのように思えるけど、誰にも気づかれず放置されて腐り果てるより、ずっとマシだと思う。

そんなことをぼんやりと考えながら、しばらくその場でじっとしていたら、アキちゃんが腕を引っ張って「行くぞ」と合図してきた。ぼくが立ち上がるとアキちゃんも立ち上がる。ふたりで木立に身をひそめながら、小さな崖沿いをそろそろと移動して、倒れた人影に近づいてみた。

風に乗って、どこか懐かしい匂いが鼻先に届く。

汗ばんだ夏と、母さんの匂い。

アキちゃんが立ち止まる。ぼくも足を止めて小さな崖の下を見た。二メートルくらいの距離に、裸に剝かれた無残な遺体が転がっていた。

男の人だ。明るい茶色の髪は短く、肌は浅黒い。うつ伏せの脇腹《わきばら》から内臓と血がはみ出してる。これは鳥のしわざで、致命傷は頭を叩き割られたせいだ。傷は地面側なのか見える部分はきれいだけど、頭の下に黒々とした血溜まりができている。凶器は鋭利な刃物の可能性が大きい。

映画に出てくる検死官になったつもりで、頭の中で実況中継しながら衝撃をやりすごしていたら、となりでアキちゃんがしゃがみこみ、背中を丸めて口元を押さえた。吐く前の動きだ。

「アキちゃん、大丈夫？」

背中ではなく肩にそっと腕をまわして声をかけても、アキちゃんは返事ができないくらい苦しそうだ。額やこめかみに脂汗を浮かべた真っ青な顔で、喉元までこみ上げた吐き気を堪《こら》えるように、何度も唾《つば》を飲み込んでいる。その辛さがわかるから、ぼくは鬱陶《うっとう》しくならないよう注意しながら、アキちゃんの腕や肩をそっと撫で続けた。

「…おまえ、よく平気だな」

ようやく吐き気が治まったらしいアキちゃんが顔を上げ、驚いたようにぼくを見た。声にちょっとだけ悔しさが潜んでる。何かあってオロオロ騒ぐのは、いつもぼくの方だから意外だったんだろう。

「平気…じゃないよ。頭の中でいっしょうけんめい、あれは特殊メイクだって思い込んでる」

アキちゃんにはそう説明したけど、本当は違う。ぼく、死体にはちょっと耐性があるんだ。

六年前に部屋で母さんが死んだとき、最初はいつもみたいに眠ってるんだと思って、三日くらい気がつかなかった。三日じゃなくて五日だったっけ？

とにかく、母さんが自分の世界に浸ってぼくのことを忘れるのはいつものことだったから、まさか死んでるとは思わなかったんだ。

季節は夏。エアコンは効いてたけど、陽《ひ》の当たる窓辺は暑い。ぼくが着てる服や髪が臭いと噂《うわさ》になって、マンションの管理人が様子を見に来たとき、母さんは夏掛けのタオルケットの下で腐りはじめてた。

普通そういうことがあると、スプラッタものや血《ち》塗《まみ》れサスペンスは苦手になりそうだけど、ぼくは逆に平気になった。カウンセラーの人は、同じ場面をリトライすることで、なんとかその出来事を完結させようとしてるんだと説明してくれたけど、よく分からない。母さんの死体を見て、単に頭のネジが二、三本弾け飛んだせいかもしれない。

「特殊…って」

アキちゃんは絶句してから唾を飲み込み、気を取り直したようにぼくの腕をつかんで引っ張った。

「逃げるぞ」

「どこへ？　あの人はどうするの？　あのまま」

放っておくのと言いかけたら、強く睨まれた。

ここは日本じゃない。すごく治安の悪い国のどこかだ。油断すれば俺たちだって危ないんだと説得されても、ぼくは死体が気になって仕方ない。せめて道の脇に避《よ》けてやるとか、できれば土に埋めてやりたい。鳥葬だと思い込む手もあるけど、

「――…あのままじゃ、あんまりだよ」

無人の荒野ならともかく、埋葬できるぼくたちがいるんだから。放置したくない。

「春夏」

言い聞かせるみたいに名前を呼びながら、アキちゃんがぼくの腕をつかんで小さく揺する。

『お母さんはもう死んでるんだよ』と言われ、近づかないよう肩をつかんで引き離された記憶がよみが

えって、ぼくは泣きたくなった。

「おまえの気持ちはわかるけど、……俺だってあのままになんてしたくないけど、だけど駄目だ。危険すぎる。わかるだろ？」

肩に手を置いて、下からぼくの顔をのぞき込んだアキちゃんの言葉に嘘はない。いつもなら真っ先に人命救助に飛び出すアキちゃんが動けないくらい、今ぼくたちがいる場所は危険なんだ。

「……」

あそこに横たわってる死体は母さんじゃない。

ぼくは自分にそう言い聞かせて、深くうつむいたままコクリとうなずいた。

アキちゃんに手を引かれて、ぼくは森の中に引き返した。

ぼくには森の奥へ逃げた方がいいのか、それとも道沿いに進んだ方がいいのか判断がつかないけど、アキちゃんはきちんと考えがあるみたいだった。足取りがしっかりしてる。だからぼくは余計なことは考えず、アキちゃんに遅れないよう、アキちゃんの足を引っ張らないよう、ひたすら黙々と歩き続けた。

アキちゃんは途中で何度も立ち止まり、静かにするよう唇の前に指を立てた。そのまましばらくまわりの物音に耳を澄ませると、再び歩き出す。そんな動きのひとつひとつが頼もしい。アキちゃんに任せておけば大丈夫だって思える。

本当はぼくだってちゃんと考えて行動しなきゃいけない。頭では分かってるけど、なにしろぼくの考えは『休むに似たり』だから仕方ない。ぼくがアホなことを思いついてアキちゃんを苛立たせるより、任せた方がずっといい。

落ち葉の降り積もる地面をひたすら進み、岩を迂《う》回《かい》し、川を越え、急な斜面を降りたり登ったりするうちに、陽が高くなって暑くなってきた。

何も考えず上着を脱いで、腰に結わえつけようとしたら止められた。

「春夏、上着は脱ぐな」

「えぇ？　だって暑い…」

「駄目だ。白は目立ちすぎる」

「へ？」

自覚するよりぼんやりしてたせいか、アキちゃんに言われた意味がすぐには理解できなかった。

城？　白？　と考えて、ようやく自分のシャツの色のことだと気づく。落ち葉の茶色や薄暗い森の中に映える明るい色。ああ…なるほど。目立つね。

納得して上着を羽織り直したけど、やっぱり暑い。

背中を流れ落ちる汗の気持ち悪さに堪えていたら、アキちゃんが「ちょっと待ってろ」と言い出して、石で擦り潰《つぶ》した葉っぱと土を混ぜはじめた。

何してるんだろうと思っていたら、アキちゃんはできあがった泥汁を自分のシャツにこすりつけた。

しかも一箇所だけでなく何箇所も。

きれい好きなアキちゃんが、自分で服を汚すなんて！　気でも狂ったのかと目を丸くしたけど、少し考えたら意図がつかめた。

「春夏、おまえのシャツもこれで汚せ」

アキちゃんは自分の服を汚し終わると、ぼくにも泥汁を差し出した。

「わあ。迷彩服みたいだね」

「みたいじゃなくて、そうなんだよ」

あ、やっぱり。遭難の次はレンジャーか。

「顔も汚す？」

ぼくの肌、アキちゃんよりかなり白いんだよね。

「――…好きにしろ」

どうでもよさそうに言われたけど、とりあえず適当に頬と額を汚しておいた。でも結局、歩いているうちに汗で流れ落ちちゃったから、無駄だったかな。

頭上と地面を交互に確認したアキちゃんが「昼飯にしよう」と言い出したのは、昨日とは違う細い川を見つけたときだった。川縁には昨日見つけたのと同じ果物も何種類か実ってる。

空のペットボトルに水を汲み、自分たちも喉の渇きを癒《いや》してから、鞄に入れておいた古い実を食べ、新しい実をもいで鞄に詰め直した。

そこまでは順調だったと思う。

問題が起きたのは、休憩のあと再び歩きはじめてしばらく経ったとき。三十分…ううん、体感的に十五分後くらいかな。

最初に胸がむかついて、次に胃のあたりが気持ち悪くなった。それをなんとかやり過ごしているうちに、今度はお腹が痛くなってくる。

ええ…、嘘ぉ、マジ…か。

こんなときに腹痛とかマジやばい。吐き気だけなら、出せば治まるからまだいいけど、下はさぁ…。テッシュもうないのにどうすんの。ノートも昨日使っちゃったし。こんなことなら教科書一冊くらい鞄に入れとくんだった。

心配するのはそこかよと、自分でツッコミながら脳内で焦っているうちに、腹の痛みは激しくなり、グルグルと不穏な音を立てはじめた。吐き気もひどくなってきて、こめかみから後頭部にかけて、引き攣《つ》るような気持ち悪さが強くなる。全身から冷や汗がどっと噴き出て、額から流れ落ちた汗が目に染みて視界がぶれる。

いやいやいやいや。ここで下痢とかマジ止めて。

勘弁して…と心の中で誰かに向かって頼んだとき、突然アキちゃんが立ち止まった。

「春夏、止まれ」

ふり返らないまま、後ろ手に手のひらだけこっちに向けて、アキちゃんがささやいた。今日二度目の制止だ。あと三秒遅かったら、ぼくの方から「止まって」と頼むところだったから助かった。手足も痺《しび》れたみたいに感覚がなくなってきてるし、とにかく気持ち悪くて、歩くどころか立ってもいられない。ぼくはその場にしゃがみ込んで助けを求めた。

「アキちゃん…」

我ながら情けないほど弱々しい声に、アキちゃんが驚き声で身を屈《かが》め、顔をのぞき込んでくる。

「…！　どうしたんだよ」

「……お腹…痛い…」

正直に告げると、アキちゃんが『オーマイガッ』のポーズで「ええ!?」っと仰《の》け反《ぞ》る気配がした。

それからひと呼吸分の間を置いて訊かれた。

「おまえさっき、昨日採《と》っておいたの以外に何か食べたか」

声がちょっと怖い。叱られる予感がする。

でもここで嘘をついたり、誤魔化しても仕方ないから正直に答えた。

「…昨日、アキちゃんが…見つけたのと同じ、緑の実。…これ」

今にも吐きそうな気持ち悪さを我慢して、背負っていた鞄を地面に下ろし、中から杏大の実を取り出して見せたとたん、

「ばか！　色が違うだろ。なんで食う前に俺に確認しなかったんだよ!?」

やっぱり叱られた。自分でも馬鹿だと思うから、否定はしない。でも、

「だって…同じのの若いやつかと思ったんだ…」

つぶやきながら、こみ上げてきた吐き気と腹の痛みに目を開けていられなくなる。項垂《うなだ》れて唾を飲み込み、必死に気持ち悪さに耐えていると、そっけないけどその裏に気遣いとやさしさが隠れてる、アキちゃんの声が降ってきた。

「吐き気か、それとも下しそうか？」

「……両方」

「わかった。とにかく、まず吐け」

確信に満ちた声と宣言とともに、下を向かせられ背中をさすられた。でも喉にふたをされたみたいにうまく吐けない。苦しくて辛くて「うぇうぇ」うなっていたらうなじをつかまれて、開いた口に指を突っ込まれた。それでようやく吐くことができた。

……たぶん、中身がちょっとアキちゃんにかかったと思う。指だって、アキちゃんはきれい好きで、潔癖症なところがあるから、他人の口に突っ込むなんて本当は嫌なはずなのに、ぼくを助けるために迷うことなく身を汚してくれる。

アキちゃんは昔からそうだ。

児童養護施設にいたときも、ぼくは慣れない集団生活のストレスのせいか、よく吐いた。前触れなく、自分でもびっくりするほどいきなり吐くから、側にいた子には嫌がられた。他の子は蜘蛛《くも》の子を散らす――この表現を初めて小説で読んだときは、すごく実感を持って理解できた――みたいにぼくから遠ざかっていったのに、アキちゃんだけは平気な顔でぼくを気遣ってくれた。ゲロで服が汚れても嫌な顔ひとつしないんだ。信じられる？　こんなにやさしくて思いやりがあって、強くて頭もいい人、他にはいないと思う。

「ほら、これで口ん中すすげ」

無造作にペットボトルの水を手渡してくれたアキちゃんに、ありがとうとささやいて、精いっぱい笑顔を浮かべようとしたけれど、お腹が痛すぎて変顔になってしまった。それだけでアキちゃんはぼくの窮状を察したらしい。手を引いて茂みの陰に連れて行かれた。アキちゃんは木の枝で手早く地面に穴を掘り、表面がやわらかな葉っぱをむしってぼくに手渡しながら、淡々と怖《おそ》ろしいことを言う。

「ティッシュなんてないからな。尻はこれで拭け」

「…ふぇ…ぇぅう」

土の匂いがする穴と、手のひらに押し込まれた木の葉を見たとたん、情けない変な声が出た。アキちゃんはぼくの弱音なんて無視して次の行動に移る。

「俺は水を汲んでくる。ここから動くなよ。絶対」

口調は厳しいけど、無駄のない動きと判断力が頼もしい。何があっても、アキちゃんがいれば大丈夫だって思える。不安がす…っと引いていく。

「アキちゃんが、一緒でよかった」

ぼくひとりでこんなところに放り出されていたら、水も食べ物も見つけられなくて、今頃餓えと渇きで行き倒れていたと思う。

「——…っていうか、もう死んでるよね。絶対」

具合の悪さをまぎらわせるために独り言をつぶやきながら、なんとかトイレを終えて立ち上がり、力の入らない指でベルトをしめ直していると、今朝、旅人の遺体を見つけたときよりも切羽詰まった表情をしたアキちゃんが駆け戻ってきた。

「春夏！　————っ」

「…へ？」

耳鳴りがひどいせいか貧血気味なのか、声は聞こえるのに単語が聞き取れない。頭をひねりながら、なかなか嵌《は》まらないベルトの穴と格闘している間に、素早く荷物をまとめたアキちゃんが近づいてきた。

その姿がなぜかゆらゆら揺れて見える。——ああ…違う。アキちゃんが揺れてるんじゃなくて、ぼくがふらついてるんだ。

「…どうしたの？」

訊ねたぼくの手首を、アキちゃんが強くつかんだ。手のひらが冷たくて気持ちいい…なんてボケたことを思っていたら、たぶん追い剝ぎが」

と、硬い声でささやかれた。

「昨日の、たぶん追い剝ぎが」

「え…!?」

冷や水をかけられたみたいに血の気が引いて、目の前が暗くなる。その状態で強く手を引かれたせいか、三歩も進まないうちに足がもつれて転んでしまった。アキちゃんまで巻き添えで転んでしまったらしく、「くそっ」と小さく毒づくのが聞こえた。あわててごめんっ…と謝ったけれど、我ながらひどいかすれ声で、アキちゃんの耳に届いたか分からない。

アキちゃんはすぐさま立ち上がり、ぼくの腕をさっきよりも強く引っ張った。つかまれた手のひらから『早く立って、走れ』という心の叫びが伝わってきたけれど、どうしても立ち上がることができない。

「…お腹痛くて、力はいんない。動くと吐きそう」

うつむいて首を横に振りながら弱音を吐くと、恐怖と焦りと苛立ちが混じり合った小声で、思いきり怒鳴られた。

「吐いてもいいから走れ！」

元気なときなら『鬼だ、鬼がいる』とツッコミたくなるような厳しい要求に、アキちゃんの焦り具合が現れている。

当たり前だ。ぼくがもたもたしてるせいで、人殺しの追い剝ぎに見つかるかもしれないんだから。

ぼくは必死に立ち上がろうとしたけれど、焦れば焦るほど下腹に突き刺されたような痛みが走り、ひどい吐き気で視界が狭《せば》まる。頭が割れそうに痛くて、胸がむかついて、まともに目も開けていられない。

額から流れ落ちた脂汗が鼻の先からぽたりと落ちて、枯葉がカサリと音を立てる。「ハァハァ」という息遣いが妙にうるさいと思ったら、自分の息でびっくりした。

すぐ近くでアキちゃんが足踏みしたのか、枯葉がガサリと音を立てる。ぼくが動かないから苛立っているんだ。

——…ごめんね。

いいよ、ぼくを置いて先に逃げて。

なんとか顔を上げてそう言おうとしたとき、「ほら」というぶっきらぼうな声と一緒に、ぐいと身体を担ぎ上げられて驚いた。

「しっかりつかまれ！」

　アキちゃんはぼくをしっかり背負うと、地面に放り投げた鞄を拾い直して走りはじめた。走るといっても、速度は歩いているのとほとんど変わらない。けれど必死の息遣いと身体の揺れで、それがアキちゃんの精いっぱいだとわかる。

「――…アキちゃん、ごめん…っ」

　アキちゃんより体重が軽いといっても、二キロ弱しか変わらない。自分とほぼ同じ体重を背負い、枯葉の降り積もる道なき森を進むのがどれだけ困難か、説明されなくてもよく分かる。

「…ごめんね」

　ごめんと何度も謝ったけど、アキちゃんは無言で走り続けた。ぼくにできるのは、アキちゃんが抱え直さなくてもいいように、しっかりしがみついていることだけだ。


　そうしてどれくらい過ぎただろう。たぶん五分も経ってない。枯葉を蹴り上げるガサゴソという音と、アキちゃんの激しい息遣いしか聞こえなかった耳に、発情期の鳥の鳴き声みたいな音が届いた。

「――…ایگی！　یاملو حخ！」

　なんだろう？　鳥？　動物？　人の声？

「春夏、うしろ確認できるか？」

「んう」

　吐き気を堪え、首をひねってうしろを見ると、禍《まが》禍《まが》しい黒いシルエット――たぶん武器を持った男の姿――が五つ、ひたひたと近づいてくる。その意味を理解したとたん、薄くなっていた血の気がさらに引いて、現実感が乏しくなった。

「…五人くらい、手になんかオノ？　ナタ？　みたいなの持ってるのが…追いかけてくる」

「わかった」

　アキちゃんは食いしばった歯の間から押し出すよ

うに短く答えて、ぼくを揺すり上げた腕に力を込め、踏み出す歩幅を心持ち広げた。

一歩一歩に、ふたりの命がかかってる。それを誰よりも分かっているから、アキちゃんは必死だ。

ただの重荷でしかないぼくは、いつ「ぼくを置いて、アキちゃんだけ逃げて」と言うかタイミングを探すことしかできない。

男たちに追いつかれたら殺されるという恐怖は、思ったより少ない。それより自分のせいでアキちゃんが死んだら嫌だという気持ちの方がはるかに強い。

アキちゃんの呼吸に苦しげな「ゼイヒュー」という音が混じりはじめ、足元が何度もよろける。そのたびに「くそッ」と小さく吐き出して、歯を食いしばるアキちゃんの表情が見えた気がする。

このままだと確実に共倒れだ。

アキちゃん、もういいよ…と口を開きかけたとき、ガクンと視界がぶれた。

「――ぁあ…ッ」

よろめいた両足を支えきれず、膝から地面に崩れ落ちたアキちゃんの口から小さな悲鳴が洩れる。

枯葉の降り積もる地面にめりこんだ膝の深さは、背負われたぼくの重さだ。激しい呼吸音と汗の匂い。

右手を地面についてふたり分の体重を支えながら、それでも左手は背負ったぼくの脚を抱えて離さない。

「ごめ…っ、アキちゃん…。もういい…いいから…、ぼくは置いて行って…」

自分から手を離して背中から降りようとしたとたん、ふり向いたアキちゃんに思いきり怒鳴られた。

「ばか！」

ぼくは思わず首をすくめて訴えた。

「でも…だって、アキちゃん…！」

このままじゃ、ぼくのせいでアキちゃんまで殺されちゃう。そんなのは絶対やだ。

「ばか…！」

アキちゃんは拳を握りしめ、津波が迫っているのに怯《おび》えて座り込んでしまった駄犬を叱る、愛情深い飼い主みたいに恐い顔でぼくを罵倒《ばとう》した。——罵倒しながら、ぼくを睨みつけた両目から涙がぼろりとこぼれ落ちる。

それを見た瞬間、『ああもう、このままここで死んでもいい』と思った。

アキちゃんが助かるならぼくが囮《おとり》になってここに残ると本気で思ったとき、近くで狩人が指笛を吹き交わすような、攻撃的な人の声が響きわたった。

「[illegible]！　[illegible]！」

アキちゃんはハッとしたように顔を上げ、にぎりしめた拳で濡《ぬ》れた頬をグイとぬぐうと、追っ手からぼくの姿を隠すように覆い被さってきた。そのままぎゅっと抱きしめられて、胸から喉に熱いものがこみ上げる。

「アキちゃん…」

しぼり出した声は、涙で湿ってかすれていた。

昔を思い出す。施設でいつも庇《かば》われ、助けてもらっていたことを。

アキちゃんの身体越しに、迫りくる殺人者たちの足音や叫び声が聞こえるのに、少しも怖くない。

アキちゃんと一緒なら怖くない。でも、アキちゃんには生きて欲しい。絶対に死んで欲しくない。

アキちゃんだけでも逃げて、生き延びて欲しい。本気でそう思うのに、ぼくを見捨てず一緒にいてくれることが死ぬほど嬉《うれ》しいのも本当。

自分の中に見つけた、浅ましくて身勝手な想いに絶望していると、まるで水の中に沈んだみたいに、まわりの音が遠のきはじめる。叫び声も地響きみたいな足音も、腐った血みたいに嫌な臭《にお》いも、全部うすれて、ぼくはアキちゃんの腕に抱きしめられたまま、まるで寝入るみたいに気を失ってしまった。

生きるか死ぬかの瀬戸際なのに、のんきだとか、役立たずとか、足手まといだという罵《ののし》りは甘んじて受け入れる。――ぼくも自分でそう思ったから。

† 異世界のイケメン

夢をみた。施設に『お父さん』が迎えに来たときの夢。力強くてたくましい両腕が伸びてきたかと思ったら、ぬいぐるみでも持ち上げるみたいに軽々と抱き上げられて驚いた。整髪剤か男性用香水か、それともほのかな体臭か。嗅《か》ぎ慣れない匂いに包まれて少し不安になり、背後をふり返ってアキちゃんの姿を探そうとした瞬間、耳元で嬉しそうな声が聞こえた。

『やっと見つけた。ずっと捜していたんだ。今日から俺が君のお父さんだ！』

生きててよかった。無事でよかったと頬ずりされて、嬉しかったけど、アレルギーで赤剝けの肌がヒリヒリして痛い。思わず身をよじって顔を逸らしたら『ごめん、ごめん』と謝られた。

そのあとなぜか、高い高いを何度もくり返されたけど、これは現実にはなかったエピソードだ。

現実は「アキちゃんも一緒に連れてって」と泣いて頼み込んだのに、すげなく却下されて、人生何度目になるかわからない、子どもの無力さを思い知るという顚末《てんまつ》だったのに。なぜか夢の中では違和感なく『高い高い』が続いている。

上下の動きを何度もくり返されすぎて、いいかげん途中で気持ち悪くなったから『もういい降ろして』と頼もうとしたのに、舌がうまく動かない。スローレ生のボイスチェンジャーみたいな声で「もおおおしぇ…、もおいおおしぇ…」と訴えても、相手はなんのことか分からないだろう。揺れはちっとも治まらない。

「う…うぇ…」

　車酔いを十倍にしたみたいな気持ち悪さに耐えきれなくて、目を開けたら目の前が金色だった。

「――…うえ？」

　瞬きを何度もしながらうめき声を上げると、ちらちら揺らぐ金色の中にきれいな青紫色が見えた気がした。同時に耳元で、低いのに張りのあるイケメンボイスが何かささやいた。

「」

「――…へぁ？」

「」

……やばい。なに言われてるのか、ぜんっぜんわかんない。自分の頭が呆《ぼ》けてるせいなのかと思ったけど、イケメンボイスが続けてしゃべった言葉も…たぶん言葉なんだろうけど、なんだか楽器の音みたいで、本当にひとつ言《こと》も理解できない。

「すいません…、なに言ってるかわかんないです。アイキャンノットスピークジャパニーズ…じゃなくてキャンノットイングリッシュでもなくて…ええと何語？」

　独りボケツッコミみたいにもそもそ訴えてる間にも、上下の揺れは続いていて、たくさんしゃべったせいか吐き気がこみ上げてきた。

……まずい。

　目を閉じて、喉の奥からこみ上げてくる酸っぱい唾を何度も飲み下していたら、耳元でささやかれた。

「？」

　意味はぜんぜん理解できないけど、語尾が上がってるし、なんとなく声の調子から気遣われてる気配は伝わってきた。

「だいじょー…」

　無理して目を開けて、イケメンボイスに答えようとした瞬間、堪《こら》える間もなく胃がぐきゅんとひっく

り返るような衝撃が生まれ、熱いものが食道を逆流して口から飛び出してしまった。

「اوہ!」

イケメンボイスが驚きの声を上げるのが聞こえた。

子どもの頃、何度もやらかした失敗場面が脳裏をよぎる。ぼくが突然吐いて、それが相手の服にかかったりすると、だいたい突き飛ばされる。相手に悪気はない。生物の条件反射みたいなものだから。ぼくにゲロを浴びせられたのに、突き飛ばしたり遠くに逃げ去らなかったのは、アキちゃんだけ。だから、

「ごめ…」

胃酸で焼けた喉と口を動かしてなんとか謝罪しながら、次にくるリアクション——突き飛ばされた場合に備えて頭を庇おうとしたのに、なぜかその腕ごと抱きしめられて、驚いた。

「へ…あ?」

「فکر مت کرو، ٹھیک」

アキちゃんが弾くチェロの和音みたいに心地いいイケメンボイスが、何か言いながら口や顎《あご》、首のあたりをやわらかい布で拭いてくれた。

「あり…が…」

「اس کے ے مہربانی」

耳に吐息がかかる距離でささやかれながら、唇にひんやりとしたカップみたいなものがあてがわれた。炭酸みたいにシュワシュワ弾ける飲み物が入ってる。ありがたく飲もうとしたけれど、舌に当たったとたん、あまりのまずさに顔を背けてしまった。

——…うえーっ!

すいません、無理です。ふつーの水ください…。

強く目を閉じたまま、舌にくっついたまずい味をどうにか誤魔化そうと口を開けてうえうえしていたら、大きな手のひらで頬を押さえられ、クイっと顔の向きを変えられて、

「…ッ」

そのまま、あっと言う間もなく唇をふさがれた。

……おお！　キスだ！　ちゅーされてる！　しかも舌を絡める濃厚なやつ！

正確には口移し。相手は金色のイケメンボイス。声の低さと腕や身体のたくましさから、ほぼ間違いなく男だとは思うんだけど、できれば女の人であって欲しいかも。せっかくのファーストキスなんだし。

なんて斜め上なことを考えていたら、いつの間にかあのまずい液体をゴクンと飲み込んでいた。イケメンボイス、テクニシャン。

でももういいです。

ふた口目はもういいっす。いやもうマジで。

「ノーサンキュー…」

「そう言わず、あとひと口だけ」

嫌だと拒絶する前にまた唇をふさがれて、もうひと口飲まされたところで限界が訪れた。またしても胃が悲鳴を上げて、ぎゅくっと痙攣《けいれん》したかと思うと、流し込まれたばかりの水分が逆流する。

「……ッ」

経験者はわかると思うけど、嘔吐《おうと》ってめっちゃ苦しいんだよね。息は止まりそうになるし、涙と鼻水と吐瀉物《ゲロ》の名残で顔はぐちゃぐちゃになるし、油断するとまた吐きそうになるし。それでも死力を尽くして顔だけは逸らしたから、イケメンボイスの唇に向かって噴射するのだけは免れたけど、胸から腹にかけてぐっしょりと汚してしまった。

「――…ごッ…め、んな…さぃ」

二度も続けてゲロをかけられたら、さすがに相手も怒るだろう。震える声で謝りながら、少しでも汚れを落とそうと、シャツの袖でイケメンボイスの胸元をぬぐおうとしたら、そっと腕を押さえられ、甘みのある声で慰められた。

「気にしなくていい」

その言い方がアキちゃんよりやさしくて、本当に

本気で、気にしなくていいと言ってくれてるのがわかって、驚いた。それで思わず顔を上げたら、

「具合が悪いのだから、いちいち謝る必要はない」

「……」

なんだかすごく漢前《おとこ》なセリフを言われた瞬間、胃ではなく、心臓がきゅんっと飛び跳ねた。イケメンボイス、声だけじゃなく人としてもマジイケメン。

ぼくが女子だったら間違いなく惚《ほ》れてるね！

よく見ると、顔もめっちゃイケメンだった。

波打つ金色の長髪に瞳の色は青紫。彫りが深くて鼻筋がまっすぐで、頬のラインもシャープで顎の形もいいという、文句のつけ所がない派手なイケメン。それで性格も漢前とか、

「マジ惚れるわ…」

とつぶやいたところで、昔のアニメみたいに視界がきゅーっと楕円状に狭まって、ブラックアウト。

とりあえず、その時のぼくが覚えているのはそこまでだった。


ぼくの母さんは、半分夢の中に住んでる永遠の少女みたいな人だった。本人に悪気はないし、わざとだったわけじゃないけれど、結果的にぼくは、いわゆる『ネグレクト』されて育った。

もちろん『ネグレクト』ナウなときは、自分がそうだって自覚はない。母さんが夜ごはんも朝ごはんも作ってくれない日が何日も続くのは普通だと思ってたし、すぐ側にいるのに呼んでも応えてくれなかったり、そうかと思うと、急に猫かわいがりされるのも普通だと思ってた。

父親がいないのも今どき珍しいことじゃないから、不思議に思ったことはなかった。

「ぼくのお父さんてどんな人？」って訊ねると、母さんはその日の気分でいろんな答えを用意していた。

「アラブの大富豪」

「北欧の王子様」

「多国籍企業のＣＥＯ」

「しーいーおーってなに？」

「社長さんとか会長さん。お金持ちで偉い人」

「ふうん…」

大富豪も大金持ちのことだし、王子様っていうのもだいたいはお金持ちで偉い人だから、とにかく母さんの好みはそういう人だったんだと思う。

実際、母さんが死んだあとに現れた父親は、羽振りのいい企業の代表でかなりの資産家だったから、あながち嘘でもなかったし。

機嫌のいい日には、出会いから波瀾万丈《はらんばんじょう》なロマンスを経て子ども――要するにぼく――が生まれるまでのストーリーを、昼メロドラマ顔負けの臨場感で語り聞かせてくれた。

筋立てはだいたい同じだけど、出てくるライバルとか協力者が毎回違ったし、邪魔が入るタイミングや展開も違ったから、そのたびぼくはハラハラしながら母さんの作り話に聞き入った。

父さんとのラブストーリーを語っているときの母さんは、幸せそうだったし楽しそうだった。聞いてるぼくも夢中で、他のいろんなこと――お腹が空いたとか、学校帰りに転んで擦り剝いた膝が痛いとか、教室で臭いと言われていじめられたとか――嫌なことは忘れられた。

たぶんそういう原体験があるから、ぼくは『物語』の世界が好きなんだと思う。テレビドラマ、映画、小説、漫画、ゲーム、演劇。表現方法はなんだっていい。フィクションや仮想世界には、人を癒す力があるんだって、本能的にわかってたんだ。

だって、恋人だと思った男は妻子持ちで、自分は愛人扱いしかしてもらえなくて、子どもが生まれて容色が衰えたら訪ねてくる日もめっきり減って、

『わたし捨てられちゃったのかなぁ…』なんてつぶやきながら、散らかった部屋の中で一日中窓の外をぼんやりながめているより、作り話を考えてる時間だけでも、幸せを感じていられたほうがいいと思う。

そんなわけで、ぼくは小さい頃、けっこう本気で自分はどこかの国の王様の御落胤《ごらくいん》だって思ってた。『御落胤』って単語は時代小説で覚えた。ちなみに読めるけど見本がないと書けません。中学に入ると御落胤ブームは去って、代わりに『世界を救う特別に選ばれし勇者』シリーズが旬《しゅん》になった。

さすがにその頃になると、本気でそう思ってたわけじゃなく「…だったら面白《おもしろ》いよね」っていう、妄想の自覚はちゃんと持ちつつだったけど。

妄想は「だったらいいな」って妄想してるときが一番楽しくて、うっかり実現したりすると、意外にがっかりだったりすることは経験ずみだったから。

いい匂いのするふかふかのベッドで目を覚ますと、目の前に、心配そうにのぞき込んでいるイケメンボイスの顔があった。長い金色の髪が肩から流れ落ちて、きらきら光ってる。

「きれー…」とつぶやいて指を伸ばそうとしたら、にっこり微笑《ほほえ》まれてそっと手をにぎられた。

「お目覚めになられましたか。先程は失礼いたしました。急を要することだったゆえ、無礼を承知で御《おん》身《み》に触れさせていただきました」

時代がかった口調で言われた内容を、頭が理解するまで少し時間がかかる。それでも脳内の予測変換はいつもより優秀で、難しい言葉もなんとなく意味がわかった。ただし、どうリアクションすればいいかはわからない。

「あー…」

うっかり見惚れそうになるイケメンから目を逸ら

し、まずはアキちゃんの姿を探そうとした。泳がせた視線の先に、今度は白髪白髭という仙人みたいな爺《じい》さんが現れる。爺さんはうやうやしく頭を下げて、「あなたはこの国の神子《みこ》でございます。神子というのは王を選ぶ大切なお役目を担《にな》った、特別で貴い身分でございます」

またしても仰々しい物言いで、意味不明なことを言い出した。

「えー…」

単語の意味は分かるけど、それがどういうことなのか理解できない。こればっかりは、ぼくの頭の出来が理由じゃないと思う。寝起きでいきなりこんなこと言われたら、アキちゃんだって絶句すると思う。

ぼくたちが今いる場所が日本じゃなく、どっきりカメラでもないことは、ここ何日かの放浪で思い知ってたけど、やっぱり本当だとは思えない。展開的には、ぼくの大好きな異世界トリップ物そのものなんだけど、あれは素敵な創作で現実とは違う。違うはずなんだけど…。

「へー、そうなんですか。そりゃびっくり」

実感のこもらない棒読みでつぶやきながら、ぼやけてかすむ目をこすって身を起こそうとしたとたん、背中に枕《まくら》をあてがわれ、複数の腕に助け起こされて体勢を整えられた。

「…え？」

今度は本当に驚いて、ぼくはぐるりとまわりを見まわした。

「ここ…どこ？」

前は自分が寝てる妙に豪華なベッド。後ろは棚。左側は壁。そして右側には、どでかい男たちがずらりとならんで、視界をさえぎっている。若い男が三人に、白髭の爺さんがふたり。若い三人のうち、ひとりはあのイケメンだ。

「――…あなたたち誰？　それよりアキちゃんは、

アキちゃんはどこ？」

男たちの隙間《すきま》から向こうをのぞき込もうと、頭を少し動かしただけで目がまわる。とっさに目を閉じて下を向いたら、

「まだあまり動かない方がよろしい」

金髪イケメンが真っ先に声をかけてくれた。

手で額を押さえたまま顔を上げると、大きな身体を屈めて心配そうにぼくの顔をのぞき込んでいる。ぼくがゲロで汚した服は着替えて髪も洗ったのか、頭を動かすたびにさらさらと長い金髪が肩からこぼれ落ちて、ふわっといい匂いが漂ってくる。

「……っ」

一瞬、ぼくはアキちゃんのことを忘れ、金髪のイケメンに見惚れてしまった。

見れば見るほどすごいイケメン。ギリシャ彫刻みたいっていう美形の形容詞があるけど、まさにそれ。もしくは大金かけて超絶クリエイターを投入したCGキャラって感じ？　整いすぎてて怖いくらい。

落ちついてよく見ると、着ている服は古代ギリシャとか古代ローマっぽい。色の違う布を重ねて、それぞれのすそを複雑に留めたりしぼったりして、きれいなドレープを作ってある。ちょっと見ただけじゃ、どうやって着たり脱いだりするのかぜんぜん分からない。留め具は金細工かな。すごく細かくてきれいだ。留め具だけじゃなく腕環《うでわ》や首飾りもしてて、男の人なのにぜんぜん違和感なく似合ってる。

若い他のふたりも似た感じの服だけど、金髪イケメンが一番ゴージャスで似合ってると思う。白髭の爺さんたちの服も基本は同じタイプだけど、色は白でドレープも少ない。全員、足にはサンダルを履いてるけれど、みんなそれぞれちょっとずつデザインが違う。

そんなこと考えながら、よほど呆《ほう》けた顔をしていたのか、金髪イケメンが心配そうに首を傾げた。

「大丈夫ですか？」

「あ、はい。大丈夫…です」

あわてて語尾を丁寧に言い足してから、吐瀉物《ゲロ》をかけてしまったことを改めて謝ろうと思ったのに、口を開く前に別の男に声をかけられた。

「喉は渇いておりませんか？」

そう言って水の入ったグラスを勧めてくれたのは、別の男の人だ。若いのに髪が白くて、そのせいかおっとりと落ちついた雰囲気がある。金髪のイケメンより柔和な顔立ちで、声もちょっとハスキーでやわらかく感じる。

「ありがとう。今はいらないです。それであの」

金髪イケメンに話を戻そうとしたのに、またしても別の男がぐいぐい割り込んでくる。

「何はともあれ、ご無事でようございました」

ひときわ声が大きい最後のひとりは、一番背が高くて横幅もあるマッチョマン。髪が煉瓦《れんが》色で瞳の色もオレンジ色なせいか、なんとなく印象が暑苦しい。

「ありがとう。あのアキちゃ…」

気遣いに礼を言って、強引に金髪イケメンに視線を戻そうとしたら、今度は爺さんに邪魔された。

「冷えるといけません。これをお羽織りください」

白髭の爺さんの片方は、どうやら医者らしい。差し出されたカーディガンみたいな上着（スカジャンも裸足で逃げ出す豪華な刺繍《ししゅう》入り！）を受けとって素直に羽織ると、間髪入れず変な色の飲み物が入ったカップをわたされた。

「お飲みください。神子が誤って食した実はかなり毒性が強く、しばらくは解毒薬が必要になります。幸い、食してすぐに体外に排出したようですので、大事には至りませんでしたが。一歩間違えれば、お命を落としかねない危険な状態でありました」

丁寧な言葉遣いとうやうやしい態度で接されれば、さすがにアホのぼくでも、自分がどうやら重要人物扱いされていることに気づく。

――そういえば、さっきぼくのこと「貴い身分」だとかなんだとか言ってたっけ。他にもなにか言われた気がするけど、思い出せない……。

自分の記憶力のなさに脱力しながら、とりあえず濁った色の液体が入ったカップを見つめる。

「……」

匂いを嗅いでから眉《まゆ》をひそめて、なんとか飲まずにすむ方法はないかと、救いを求めて金髪イケメンの顔を見上げたら、

「毒素を排出させる薬湯です。苦いのがお嫌でしたら、鼻をつまんで一気にお飲みください」

妙にやさしい口調でアドバイスされてしまった。

他の男たちの顔を見ても、誰ひとり「飲まなくていい」と言ってくれそうもない。仕方ないので金髪イケメンの言う通り、鼻をつまんで「えいやっ」と飲み干したら、小さく笑う気配がした。

顔を伏せたままちらりと視線だけ動かすと、視界の隅で金髪イケメンが口元に手を当てて、表情を誤魔化しているのが見えた。

なんだよもう。言われた通りにしただけなのに。

唇をちょっと尖らせながら、飲み干したカップを持ち上げたとたん、白髭爺さんにうやうやしい手つきで受けとられる。

うーん、この至れり尽くせり感が落ち着かない。

「それであの、アキちゃ……」

「お名前をお聞きしてよろしいでしょうか」

「へ？」

「神子様のお名前です。我が神にご報告申し上げるのに、神子様のお名前が必要ですので」

「……神子って、ぼくのことですか？」

相手がその単語をしゃべると、頭に漢字が思い浮かぶ。巫女《みこ》じゃなく、神子。なんて仰々しい呼び名。

「はい」

……マジか。

ぼくの言《こと》バンクの中で神子といえば、なんか不思議な力を持った選ばれた民って感じなんですけど。

とりあえず詳細は気になるものの、それより今は先に確認したいことがある。さっさと話を進めよう。

「苑宮春夏です。季節の春と夏で春夏。それであの！　アキちゃんはどこですか!?」

誰かに邪魔される前に素早くひと息で訊ねると、返ってきたのは奇妙な沈黙。みんな口をつぐんで視線を交わし合うだけで、誰も答えようとしない。

「ぼくと一緒にいた黒髪の！」

説明しようとしたとたん、「神子」と口を挟み、両手を上げて邪魔しようとしたのは医者ではないほうの白髭の爺さんだ。さすがにイラっとして、ぼくは声を荒げた。

「ぼくと同じ背格好の男子！　名前は鈴木秋人！　アキちゃんがどこにいるのか、無事なのか、教えてくれないなら、今後いっさいあなたたちの質問にも答えません！」

言い放ちながら、ベッドを降りようと身体を動かしたとたん目眩《めまい》がして、盛大によろけたところを、同時に伸びてきた複数の腕に肩を押さえられ、ベッドの中に押し戻されてしまった。

触り方はソフトだけど有無を言わさぬ厳しさがある。しかも圧倒的な力の差のせいで、どうやっても押し退《の》けることができない。

「ちょっ…なんで、…さわるな、放せ！　アキちゃん！　アキちゃん、どこにいるの!?」

大声で叫んでも、ベッドのまわりに立ちふさがり、壁のように自分を見下ろす男たちに対して、初めて恐怖が湧《わ》き上がった。背筋がゾクリと震えたのは、自分の身を案じたわけではなく、アキちゃんのことが心配になったからだ。

これだけ訊ねても教えてもらえないってことは、

もしかしたら死…という単語は口にするのも嫌だけど、やけくそになって叫んだ。

「まさか、死んだとかじゃないよね…⁉」

「ご安心ください。あの〝災厄の導き手〟ならエル・グレン卿の天幕で休んでおります」

仕方なさそうに溜息を吐いてから答えてくれたのは、金髪イケメンだった。

「える・ぐれんきょー？」

「レンドルフ＝エル・グレン卿。私ども同様、王候補のひとりです」

「おーこーほ？」

元々のスペック不足のせいか、容量オーバーになったのか、聞き慣れない単語の予測変換が追いつかなくなってきた。思いきり首を傾げたら、医者じゃないほうの白髭爺さんが紙に字を書いて見せてくれた。『レンドルフ＝エル・グレン卿』『王候補』。

「あー…なるほど。わかりました。で、そのエル・グレン卿って人はどこにいるの？」

人垣の隙間から向こうを確認しようと頭を動かしていると、再び金髪イケメンが教えてくれた。

「後《のち》ほど参ります」

「えー…」

後ほどっていつだと我ながら不満そうな声が出た。

「今は『アキちゃん』の側についているのですが、呼び寄せましょうか？」

「あ、ううん。それならいい。アキちゃんについてもらって。それで、さっきアキちゃん休んでるって言ったけど、どっか具合悪いの？」

「いいえ、疲れて眠っているだけのようです」

「怪我とかもしてないよね？」

「――昼間、ここに現れたときの様子からは、怪我の有無は確認できませんでした」

「アキちゃん、ここに来たの⁉」

「はい。神子の容態をたいそう案じておりました」

「あー…やっぱり？　えへへ」

アキちゃんてそうなんだよね。なんていうかツンデレ。口では冷たいこと言うけど、本当はぼくのことちゃんと心配してくれる。やっぱり大好きだ。

「それに私が先ほどエル・グレン卿に確認した限りでは、疲労以外に問題はないとのことでした」

淡々とした金髪イケメンの答えを聞いたとたん、胸や鳩尾《みぞおち》をかたく強張《こわば》らせていた不安が溶けて、ものすごく安心した。

「そっかー！　よかった…！」

ほっとしたとたん身体がだるくなって、起きているのが少し辛くなった。

「安心したらちょっと疲れちゃった。すいません、横になっていいですか？」

まぶたをこすりながら断りを入れると「もちろんです」と答えが返り、同時に伸びてきた複数の腕で、またしても体勢を整えられてしまった。「おかまいなく」とか「自分でできる」と訴えても聞き流されてしまう。

……こういうの、なんて言うんだっけ。上げ膳据《ぜんす》え膳《ぜん》？

「眠いようでしたら、お話はまた明日《みょうにち》にいたしましょう。夜も更けて参りましたし」

医者じゃないほうの白髭の爺さんが、うやうやしく身を屈めて上掛けを引き上げながらささやく。その背後には三人の大男たちが直立不動で控えている。とても「はいそうします」と言って眠れる雰囲気じゃない。聞きたいこともたくさんあるし。

「まだ眠くはないです。ちょっといろいろ分からないことが多いんで、説明してもらえると助かるんですけど。まずは『神子』ってなんですか？」

「ではお寝《やす》みになる前に、かいつまんでご説明いたしましょう」

白髭爺さんはそう言ってベッドの脇に置かれた椅《い》

子《す》に腰を降ろした。うしろに立ってる三人の大男たちは動く気配がない。直立不動でぼくを見つめてる。

——…お、落ち着かない…。

「神子とは、我がアヴァロニス王国の聖なる白き竜《りゅう》蛇神《だしん》が、天より喚《よ》ばわりし愛《いと》し子のこと。神子は王を選び、神を慰撫《いぶ》し、国土と民に安寧をもたらす者。王に寄り添い、並び立つことを許された貴き身でございます。よろしいですかな?」

「……」

すいません、ほとんど理解できません…。

目が泳いだぼくの反応をどう受け止めたのか、白髭爺さんは小さくうなずいて、今度は背後に直立している男たちを手で指し示した。

「では、これに控える三名の貴公子をご紹介いたしましょう。左からルシアス＝エル・ファリス」

爺さんが最初に紹介したのはあの金髪イケメンだ。

「アヴァロニスの東端に位置するエル・ファリス領を治めております。齢《よわい》は二十五。神子様の御前に拝する栄を賜り、誉れに存じます。以後よろしくお見知りおきを」

ルシアスはそう言って、映画に出てくるフランス貴族みたいに優雅なお辞儀をしてみせた。ハッと目を惹《ひ》く鮮やかな動きで、視線が釘《くぎ》づけになる。

「ルシ…」

名前を呼んで服を汚したことを謝る前に、次の紹介がはじまってしまった。

「ディーラン＝エル・メリル」

「神の幸祝国《さきわう》アヴァロニスの南西、エル・メリル領を治めております。齢は三十二になり申した。麗しのご尊顔を拝し奉り、栄誉の極みにございます」

そう言って武道家のように無骨な一礼をしたのは、煉瓦色の髪をしたマッチョメンだ。この場にいる男たちの中で一番背が高く、横幅も厚みもある。身長は二メートルを軽く越えてるんじゃないだろうか。

「ウェスリー＝エル・ルーシャ」

「花咲き競う王都の北に位置するエル・ルーシャ州領主を務めております。齢は二十六。神に愛されし者、神の栄光を世に知らしめる者である神子様を、無事お迎えできたこと、歓喜の極みにございます」

やわらかな声で挨拶して、ゆるりと頭を下げたのは白にも銀にも見える髪をした人物だ。

「そして私は、畏《おそ》れ多くも神子さまの教育係に任ぜられました、聖神殿神官ジュナイドと申します。位は正上《せいじょう》。こちらに控えしは聖神殿医ソルムでございます。位は正下《せいげ》。ご不調があれば、遠慮なくお申しつけください」

ジュナイドと名乗った白髭爺さんは、初めて聞く単語は音だけだと漢字変換できないぼくのために、いちいち紙に字を書いて補足してくれた。

息つく間もない自己紹介が終わると、ようやく沈黙が訪れたけど、ジュナイドが再び口を開こうとしたので、ぼくは急いで金髪イケメンを見上げた。

「ルシアス」

「はい」

打てば響く反応のよさ。答えた声が嬉しそうだと思うのは、気のせいだろうか。そしてぼくがルシアスの名を呼んだ瞬間、ほかのふたりがわずかに身動《みじろ》いで、眉間を寄せたように見えたのは目の錯覚か。

なんとなく奇妙な空気を感じつつ、邪魔が入る前に本題に入る。

「あの…服を汚してしまってごめんなさい。それと、さっきは助けてくれてありがとう」

「神子を護《まも》るのは王候補の務め。礼には及びませぬ。身に余るお言葉を賜り、欣喜《きんき》の至りに存じます」

キンキノイタリってどういう意味だっけ？

スマホの辞書アプリで調べようと、ポケットを探ろうとして、服にポケットがついていないことに気づく。そこでようやく、自分がシフォンみたいに薄い生地を何枚も重ねた、ネグリジェみたいな服を着せられていると気づいた。

「あの…、ぼくが着てた服と持ってたカバンは？」

とりあえずルシアスに向かって訊ねると、ルシアスは教育係だというジュナイドを見た。ぼくがその視線を追いかけると、ジュナイドが淡々と告げる。

「処分いたしました」

「――…は？」

「神子の生国《しょうごく》とはいえ、異界の物品は混乱をもたらす元という神の託宣《たくせん》により、処分いたしました」

悪気はいっさいなさそうな、その分無情さが際立つあんまりな答えに、そろそろ忍び寄りかけていた眠気が一気に吹き飛ぶ。思わず頭を枕から上げて、

「うそっ!?　マジで？　全部？」

「真《まこと》でございます。神の聖なる浄化の炎で焼却いたしました」

「焼却…って燃やしたの？　マジで？　えーー!?」

人の持ち物を無断で燃やすってないよね。マジないわと、心の中で毒づきながらジュナイドを睨みつけても、ジュナイドは少しも悪びれない。本気で悪いと思ってないらしい。

ダメだこりゃ…。

抗議しても無駄だと悟り、バフッ…と枕に頭を埋《うず》めた。それから額に両手のひらのつけ根をあてて、溜息を吐く。スマホにはアキちゃんとのツーショも保存してあったのに。燃やされたなんて…。

「あーもう…」

頭を抱えて何度か深呼吸をしているうちに、ちょっと落ちついてきた。いくら腹を立てても惜しんでも、消えたものは戻らない。データが消えてもアキちゃん本人が消えたわけじゃないし。サイトのＵＲＬとか友だちのアドレスとかＩＤ、ダウンロードコンテンツはまた登録し直せばいい。新しい機種を使いはじめてまだ一ヵ月しか経ってなくて、傷が浅い

のが唯一の慰めかな…。

そんなふうに自分を納得させながら、ふっ…と閉じていた目を開けると、天井が色鮮やかな細かい絵で埋まっているのが見えた。

日の出から日暮れ、星が瞬く夜空まで、一日の空模様と、鳥や蝶《ちょう》、木々や花々が夢みたいにきれいな色で再現されて、目で追ってくとなんとなく物語になってる。

「……？」

疲れやだるさより好奇心が勝った。そろそろと身を起こして爪先《つまさき》立ちで見てみると、絵ではなく刺繍っぽい。まさか本物じゃないよね。プリント生地だよねと思いながら、腕を伸ばして届く場所に描かれた花の絵に触れてみると、本物の刺繍だった。

「神子様、危のうございます」

視線を下に戻すと、自分がどの方向に倒れても支えられるように、十本の腕がぐるりと取り巻いている。『壊れ物を扱うような』って形容詞がぴったりの状況に、またしても溜息が出る。

――…神子って本当に大切にされるんだ。

事ここに至ってようやく、ぼくは自分のいる場所の全体像を見ることができた。

ぼくがいるのは二トントラックくらいの長方形の箱の中。天井だけじゃなく壁にも、本物の刺繍が施された布が貼《は》られてる。

長辺の片側にぼくが突っ立っているベッドがあり、壁の上の方には分厚いカーテンで覆われている場所がある。ぺらりとめくってみたらガラスが嵌《はま》った窓だった。窓の外は夜。夜だけど暗くはない。近くで焚き火でもしてるのか、ゆらゆら揺れる炎の明かりが見えた。開けてみようと思ったけど、嵌《は》め殺しで無理だった。

ベッドの反対側には小さなテーブルと椅子が四つ。ベッドの頭方向になる短辺にはガラスを嵌めこんだ扉つきの戸棚。その横は細いカーテンが下がってる。なんだろう。トイレかな？

　反対側の短辺にもぶ厚いカーテンが下がっている。幅も広いしゴージャスなので、雰囲気的に、たぶんこっちが外との出入り口っぽい。

　ぼくの服は白一色だけど、襟元には淡い金色でびっしり刺繍が入ってる。生地の手触りは絹に近い。

　ぼくが踏みつけてるベッドカバーも、プリントとかじゃない本物の刺繍でがっつり覆われていて、素足に触れる感触から、かなり質が良い物だとわかる。

　全体的な雰囲気は『宮殿の一室』って感じ。ハリボテじゃなく本物の。

　引き取られてから暮らしてる父さんの家が、かなり気合いの入ったセレブ仕様なんで、物の良し悪《あ》しはなんとなく分かるんだよね。本物か偽物か。金無《む》垢《く》かメッキか。

「えーあー、えー…」

　ぼくは誰の手も借りず、そろそろとベッドに座り直すと、一度目を閉じて深呼吸をして、降参の印に両手を上げた。

「すいません。何がどうなってるのか一から説明してください。サルでもわかるように、分かりやすくお願いします…」

　自分から頼んだにもかかわらず、その夜教えてもらった諸々《もろもろ》は、翌朝目覚めると半分以上頭から抜け落ちていた。ぼくって昔から一夜漬けは苦手なんだよね。

　病人用にやわらかく煮たおかゆみたいな主食と、薄味の野菜（たぶん）と肉（たぶん）の煮物、それに果物という朝ご飯を食べながら、教育係のジュナイドが、復習もかねてもう一度教えてくれた。

　ジュナイドは真っ白な髪と立派な白髭にもかかわらず、歳は思ったほどいってない。五十二歳だと言われて驚いた。

「髭を剃ったら若く見えるのに」と軽く言ったら、

「これは聖神殿に仕える学者神官の印です。剃り落とすなどとんでもない」と身を震わせた。

「……すいません。冗談です」

素直に謝ると、ジュナイドはホッとした表情で姿勢を正し、淡々と昨夜の復習をはじめた。

「我が国の名は『アヴァロニス』と申します。…他の国？　いえ、境を接する他国はございません。海を越えた先にはあるという話ですが、神以外に行き来することは叶《かな》いませんから、誰も見たことはありません。…なぜか？　それはもちろん、海には海神や海獣がおりますから、人の身でわたることは不可能です。…神子様の生国とは、ずいぶん様子が違うようですな。もちろん『あめー』や『ろーあ』『にぃほー』という名の国も存在しておりません」

「こちらでは、国土は神が降臨することによって生まれます。神のいない国はありません。我がアヴァロニス王国の守護神は白き竜蛇のお姿で顕現なさいました。まれに人の姿を取ることもございますが、滅多《めった》にあることではございません」

「神子様…ハルカ様は、聖なる白き竜蛇神に選ばれし愛し子。その自覚をもって、御身《おんみ》ご自愛くださいませ。神子の役目は次代の王を選ぶこと、そして神を慰撫《いぶ》し、その声を王に届け、国土に安寧をもたらす存在となります」

「聖なる白き竜蛇神には、首都の王宮に戻られましたらお会いできます。聖なる白き竜蛇神も神子様のご到着を心待ちしておられます」

「ハルカ様がお選びになる当代の王候補は四名おります。昨夜、御前に拝謁いたしました三名と、残りひとりはレンドルフ＝エル・グレン卿と申します。

――ここまではご理解いただけたでしょうか？」

「……うー」

サルでも分かるようにと頼んだのに、やっぱり難しくて頭に入ってこない。つめ込まれる端から流れ出てしまいそうな大量の知識を、なんとか脳味噌《のうみそ》に染み込ませようと、頭を抱えてうなりながら必死に整理してみた結果を、三行でまとめるとこうなる。

「要するに、ぼくはこの国の次の王様を選ぶために神様に呼ばれた、神子なんだよね。で、神子っていうのはすっごくえらい」

「偉いというのとは少々異なります。貴いというほうがふさわしいかと存じます。神子は努力して成れるものではございません。まさしく神に選ばれし唯一無二の存在なのです」

教育係が言い連ねる形容詞が、自分に対するものとはどうしても思えない。実感は湧かないけれど、とりあえず納得しておく。

「…あ、はい。分かりました。了解です」

ジュナイドに任せておくと、こっちが知りたいことにはなかなかたどりつけないので、とりあえずものすごく根本的な質問をしてみた。

「ここっていわゆる『異世界』ってことだよね？　アメリカもロシアも日本もなくて、今ある陸地を歩き続けると海に落ちて、海に落ちると海獣に食われちゃう。要するに成り立ちから、ルールそのものが違う世界ってことだよね」

「我々の言葉がどのように翻訳されているのか、そして神子様の言葉がどのように変換されているのかわかりませぬが、大雑把に申せばその通りでございます」

「じゃ、携帯もスマホもないってこと？　電話しても通じない。そもそもつながらない…」

「『携帯』袋？　『すまーふ』？　水晶球や輝力《きりょく》を使った伝達器具の類《たぐい》でしょうか？　神子様がおっしゃるようなものはございません」

水晶球や輝力というものを使えば、電話のように遠くの人とも話せるらしいという話題には興味を惹かれたけど、今はそれより先に確かめることがある。

「ええとじゃあ、すごく重要なことを訊きます。正直に答えてください。王様を選ぶっていう役目が終わったら、元の世界に戻してもらえるんですか？」

最初に訊かなきゃいけない大事なことを、今の今まで失念してたのは、本当は元の世界に未練がないせいかもしれない。

だってこの世で一番大切な人、アキちゃんは、ぼくと一緒にこっちに喚ばれたから。

ぼくが背筋を伸ばして真剣な表情を向けると、教《ジュ》育係《ナイド》も姿勢を正して厳かに答えた。

「残念ながら、神子様が生まれ育った世界には戻ることは叶いません。召喚は一代に一度だけ。一方通行でございます」

そう宣言されてもあまりショックは受けなかった。

「そっか…、戻れないいんだ…」


口に出したら少し現実感が出てきたけど、やっぱりそれほどショックじゃない。自分でも驚くくらい、まあいいやと思う。

マジで異世界トリップしたらしいけど、話を聞いたらかなりチートっぽいし。なにしろ王様と同じくらい身分が高くて、神様とも話ができる。畑を耕したり荷物を運ぶ的な肉体労働とは縁がない、いわゆるお貴族さま待遇だ。

なんだか出来すぎな気もするけど、ただの一庶民としてぶち込まれるよりはずっといい。っていうか超絶恵まれてるスーパーモードで、文句を言ったら罰《ばち》が当たるレベル。森で三日間サバイバルしただけで、死にかけたぼくとしてはありがたい。なにしろアキちゃんと一緒じゃなければ、助けが来る前に確実に殺《や》られてた弱キャラだし。

あのときの恐怖を思い出したとたん、ぷるっと震えた。我が身を抱くように自分で腕をさすりながら、もうひとつ大事なことを確認してみる。

「ぼくが神子ってのは理解しました。それで、アキちゃんは？　アキちゃんはどんな理由っていうか役目で召喚されたの？」

ぼくが神子なら、アキちゃんは世界を救う勇者かなぁ。頭がいいから、こっちの世界で問題になってる病気とか、怪現象を解決する参謀的役割？

ふたりで協力して、魔族に襲われて衰弱した帝国を救うというラノベ展開が一瞬で脳裏に広がったけど、ジュナイドの反応は、ぼくの期待に反して妙に険しかった。

「――アキ…とは、神子様と一緒におられた、黒い髪と黒い瞳の少年のことでしょうか？　聖なる白き竜蛇神よ、邪悪より我を護りたまえ」

ジュナイドは渋々と嫌そうに話して、なぜか最後に魔除《まよ》けらしき文言を唱えた。

「うん。なに？　なんか問題あるの？」

ジュナイドはゴホンとひとつ咳払《せきばら》いして、なにやら指で空に文字を描く仕草をしてから姿勢を改めた。

「ひとつ神子様にご忠告申し上げておきます」

「なんでしょう」

重い話だと嫌《や》だなと思いつつ、ぼくは顔を上げた。

「アキと申すあの者は、神に喚ばれてこの国に現れたのではありません。むしろ招かれざる客。いかなる理由か神子様の召喚に巻き込まれ、予定外に現れた忌むべき異物。そのせいで神子様の召喚地点が予定の聖神殿ではなく、あのように盗賊がうろつく危険な森の中になってしまったのです。アキなる者が持つ容姿は、アヴァロニスでは災厄の導き手と呼ばれて、忌み嫌われております」

ジュナイドは唾でも吐きかねない勢いでアキちゃんのことを〝忌むべき者〟と罵った。それがあまりにも憎々しげで、本気で受け止めることができない。

だからぼくも、冗談としてはぐらかす反応になる。

「なにそれ？　容姿…って？　別にこっちの人と変わったところなんてないはずだけど」

角があるわけでも尻尾《しっぽ》が生えてるわけでもない。

「黒い髪に黒い瞳です。アヴァロニスでは古《いにしえ》より不吉の証《あかし》。その昔、聖なる白き竜蛇神が『黒髪黒瞳は神を弑《しい》する者なり』と予言を下して以来、正式に排除の対象となっております。神子様もそこのところは重々ご理解の上、あの者に関する話題はお控えください」

冗談ではなく、ジュナイドが本気でアキちゃんのことを外見だけで忌み嫌ってるんだと分かって、一気に心拍数が跳ね上がる。

「排除…ってなに…、なにそれ。髪と瞳の色で差別するなんて意味不明。そういうのよくない！」

「意味はあります。黒髪黒瞳は神の敵、すなわち国土に災厄をもたらす者なのです」

「神さまがそう言ったから？」

「左様でございます」

「じゃあ撤回してもらう。神子は神さまに会って話ができるんだよね？」

フォーク（といってもふた股《また》なので、深く刺さないと落ちやすい）をにぎりしめながら勢い込んで言い放つと、ジュナイドがこれまで見たことのない表情を浮かべた。

冷笑と嘲笑を哀れみで覆い隠し、愛想笑いで誤魔化したような、なんともいえない嫌な顔。いかにも『そんなこと、あなたに出来るわけないでしょう』と言いたげな…。

鼻で嗤《わら》うって、こういう表情を言うんだろうな。

アホなことを言って笑われるのは慣れてるけど、これはなんかムカつく。なによりも、アキちゃんを悪く言われたことが腹立たしい。

「――…ッ」

唇を尖らせて睨みつけても、ジュナイドは毛ほどいことでもあったの？」なんて聞いてもくれない。

衣食住に関してはなにひとつ不足なく与えてくれるけど、年相応の子どもとしては扱われない。家族はもとより、人間扱いすらしてもらえない。

それと同じ空気を教育係《ジュナイド》からも感じて、胃のあたりがひんやりと冷えていく。ふた股のフォークをテーブルに置き、ぼくは両脚を縮めて椅子の上で体育座りをした。自分を守りたいとき、不安を感じたときに無意識に出てしまう癖だ。

「神子様、行儀が悪うございます」

間髪入れずに注意が飛んできたけれど、これまでみたいに素直に姿勢を正す気にはなれなかった。

「食事はもうすんだんだから、いいじゃんべつに」

基本的に、ぼくはあんまり他人の言うことに逆らわない。逆らって主張するほど自分で通したい意見もないし、意地を張って波風立てても、良い事なんて何もないことは、これまでの人生で思い知ってる。

も気にする様子がない。

貴い神子だなんだと持ち上げて、丁寧に扱うふりをして、実際は少しもぼくのことを大切になんて思ってない。ぼくがどう考えてどう感じるかなんて、少しも重要じゃないんだ。

表面上だけ愛想よくして、裏では空気のように無いものとして扱われる。その感覚には嫌というほど馴染みがあった。

……あー、なんかあれだ。父さんの家と一緒。

父さんの奥さんと、異母兄《にー》さんと異母姉《ねー》さんが、ぼくを扱うときの態度と同じ。

学校で積立金が必要だとか、三者面談があるとか、保護者の義務として必要なことには対応するけれど、それ以外は一切無視される。もしぼくが学校で壮絶なイジメにあって、日に日にやせ細って青い顔でふらふらしてても、心配もしないし声もかけない。逆に楽しいことがあってウキウキしていても「何か良夢や希望はなるべく持たず、持ってもあんまり大それた願いは抱かず、嫌なことがあっても笑って聞き流せばいい。ひと晩眠ればだいたい忘れられるし。

必死に何かを願っても、叶ったことなんてほとんどない。だから大事なことほど願わなくなった。

ぼくはアキちゃんが大好きだけど、アキちゃんにも同じようにぼくを好きになって欲しいとは願わない。それでもあえて願うなら、一緒にいて他愛のないことで笑っていられたら、それでいい。

それだけで充分。

そんなささやかな望みすら、木《こ》っ端微塵《ぱみじん》に吹き飛ばしかねない〝災厄のなんちゃら〟とかいう差別には断固反対したい。

長い物には巻かれる主義のぼくも、アキちゃんに関することだけは巻かれず反抗するからね。

膝を抱えたまま拳をにぎりしめて、そう心に誓ったとき、なぜか脳裏に金髪イケメン――ルシアスの顔がポンと浮かんだ。

「…？」

なんでここでルシアスの顔が出てくるわけ？

確かに、ぼくにゲロかけられて引かなかったのは、アキちゃん以外であの人が初めてだったけど。

それだけで、アキちゃんなみの地位を与えるのはいきなりすぎない？　そりゃちょっと……かなり、いい人っぽいけど。声もいいし、顔はもっとイケてるし、なんとなく、ぼくのこと好きっぽいし。

えー…なにそれ。そーいうの自意識かじょーって言うんだよ？

テーブルの向こうでくどくどと『神子の心得』なるものを暗唱しているジュナイドの小言など聞き流しながら、もだもだと自問自答を繰り広げていたら、入り口のほうで入室の許可を求める声が上がった。ぼくが「どうぞ」と返事をすると、王候補たちがぞろぞろ入ってきた。

人数は昨日と同じ三人。アキちゃんを保護してくれたという四人目はまだ現れなくて、がっかり。ジュナイドに確認したら、少し遅れて来るらしい。

ジュナイドの小言とぼくの自問自答の間に、朝食が載っていたテーブルは片づけられ、王候補たちが腰を降ろす椅子がきれいに並べられていた。

用意してくれたのは、影のように気配を消した『従者』たちだ。数はとりあえず三人。今朝早く、目をさましたとたんに自己紹介された。名前はフィリとレイアルとセルヴィス。本当は三人とももう少し長々とした正式名があるんだけど、どうしても覚えられないし巧く発音できないらしいんで、省略形で許してもらった。歳は十七と十八と十九。神子に仕えるために教育された、生え抜きの侍従神官たちらしい。

彼らの出現で、ぼくは立ったり歩いたり座ったりする以外、なにひとつ自分でしなくてよくなった。

——というか、させてもらえない。

服の脱ぎ着も自分でできない。トイレにまでついてきたときは、さすがに呆《あき》れて出て行ってもらった。トイレ係だというフィリは、カーテンの外で待っている間、神子というのは尻《しり》を拭くのも自分ではしないものだと説明してくれた。おかげでぼくは用を足しながら目眩を感じ、しばらく立ち上がることができなかった。

ちなみに、こっちのトイレは恐れていたようなボットン式ではなく、ちゃんと座るタイプの洋式だった。もちろん形はちょっと違うけど、原理は一緒。出したものは上の方に溜めてある水で流す。

建物の中にあるトイレはきちんと下水に流れるようになってるらしいけど、箱馬車——ぼくが乗ってる二トントラック大の乗り物のこと。バッファローみたいな毛が生えた巨大な馬が四頭立てで牽《ひ》いてる——のトイレは底に砂を敷きつめた容れ物があって、そこに溜まるようになってる。一回ごとに中身を捨てて新しい砂箱と交換するんだと教えてもらって、なんだか申し訳なくなった。

「自分の出したものくらい、自分で掃除する」

そう申し出てみたけれど、フィリの返事は簡潔だ。

「とんでもないことでございます」

「うー」

トイレの仕組みだって、しつこく質問しなかったら教えてもらえなかった。

「ご不浄に興味を持つなんて、神子にふさわしくありません」だって。用をすませてトイレを出ると、レイアルが洗面器を持って待ちかまえてる。洗面器の中には、いい匂いのする花びらを浮かべた水。それで手を洗うと、次はタオルを持ったセルヴィスが待ちかまえていて、ぼくが服の端で手を拭いたり、そのへんに水滴を飛ばす前に、やんわり包んで拭き取ってくれる。手くらい自分で拭けると断っても、させてくれない。

「これがわたくしたちのお役目なのです」

「お役目を拒まれるのは、死ねと言われているようなもの」

「貴き御方に仕えることは、我ら聖神殿神官にとって至上の喜び。どうかその喜びを取り上げないでくださいませ」

潤んだ瞳で切々と、しかも波状攻撃で訴えられると、鬱陶しいとか言えなくて受け容れざるを得ない。さすがにトイレでお尻を拭かれるのだけは、断固阻止したけど。

王様と同じくらい身分の高い〝神子〟として異世界に召喚されたなんて、最初は超ラッキーとか思って浮かれたけど、だんだん面倒くさくなってきた。身分が高いって、いいことばっかじゃないんだね…。

なんてしみじみしている間に、三人の王候補たちが代わる代わるぼくの前に跪《ひざまず》いて『朝の挨拶』をしていく。片膝だけとはいえ、大の大人が跪いているのに、挨拶を受けるほうが椅子の上で体育座りしてるんじゃ、さすがに失礼だ。

ぼくは足を降ろして背を伸ばした。

王候補たちが口にするセリフはだいたい同じ。「ご機嫌麗しくうんぬん」とか「ご尊顔を拝しほにゃらら」とか。時候の挨拶みたいな感じ。

それでもルシアスに「昨夜よりずいぶん顔色がよくなられて、安心しました」と、内緒話みたいに小声で言い添えられたときには、なぜか胸がきゅんとして、ちょっと嬉しいと思ってしまった。

うーん…。やっぱりぼくが女子だったら、絶対惚れてると思う。そういや昨日キスされたんだよなー。キスっていうか口移しだけど。あ、ヤバイ。なんかルシアスの唇見てたらドキドキしてきた。

顔が熱くなってきた気がして、さりげなく頬に手を当てる。かゆいところを掻くふりでごしごしこすって熱さを誤魔化してたら、ルシアスがなんともいえない甘い目つきでぼくを見た。いわゆる流し目ってやつかな。

他のふたりもけっこうイケメンだけど、ルシアスは群を抜いてる。なんだか存在感が違う。他はソフトフォーカスがかかってるのに、ルシアスだけ輪郭くっきりで解像度も高い感じ。目が合うと思わず逸らしてしまうのに、気がつくと見てしまう。

なんだろ、これ。

挨拶を終えると、三人は用意された椅子に腰を降ろした。そしてなぜか熱心にぼくを見つめてくる。何か話したそうなのに、全員無言でぼくをじっと見るばかり。鈍感なぼくでもさすがにわかる熱い視線に戸惑いながら、

「…えーと、もしかして、ぼくから声をかけるまで、話しかけちゃいけないことになってる、とか？」

確か『王宮の薔薇《ばら》』っていう有名な漫画で、そう

いう場面があったはず。身分が高い人から声をかけられるまで、低い人は話しかけちゃいけないって宮廷ルール。

「左様でございます」

王候補たちが入ってきてからは、身を退いてひっそり壁に同化していたジュナイドが静かに答えた。

——…当たりですか。

ぼくは思わず天を仰ぎ、目覚めてから何度目になるか分からない溜息を吐いた。

ほんとに、面倒くさいことになっちゃったなぁ…。内心でぼやきながら、とりあえず全員の性格を把握するために、ぼくは当たり障りのない質問をしてみた。「趣味はなんですか」「こっちの世界でオススメの小説は？」「好きな映画は？」「映画もテレビもない？　じゃ、お芝居とか」等々。

相手の反応が微妙なので、自分でもアホな質問をしてると自覚はできた。だけど他に話題がない。

ちなみにルシアスの趣味は魚釣り。仕事の合間を縫って、唯一気が抜ける時間なんだって。ディーランは身体を鍛えること。いかにもな感じだね。ウェスリーは勉強だって。薬の調合とか好きみたい。

オススメの小説は全員なし。こっちの世界では小説——すなわちエンタメ系のフィクションそのものが存在しないらしい。あるのは神話と、歴代の王とか神子の業績を記した年代記。それに有名な神官が書き残した聖書的な記録だけ。神話はかなり多くて、幼児用から大人向けまでいろいろあるんで、こっちで読書といえばイコール神話なんだって。

フィクション系の小説も漫画もないと言われて、かなりショックを受けたけど、神話にもそれなりにバリエーションがあって面白いですよ、首都についたらお見せしましょうと言われて、ちょっと気分が上向いた。そのタイミングを計ったように、入り口のほうから声が聞こえた。

「エル・グレン卿が参上いたしました」

三人の王候補の視線がなぜかぼくに集中する。表情とか反応を確認されてるんだろうな…と思いつつ、気にせず「どうぞ」と許可を出す。ぼくが許可しないと、誰もこの中に入ってこれないんだ。

垂れ布をゆっくり押し上げて現れたのは、薄いロシアンブルーみたいな青みがかった灰色の髪に、落ちついた緑色の瞳の持ち主だった。

「遅参をお許しください。レンドルフ＝エル・グレンと申します」

そう言って一礼してみせた男の歳は、ルシアスより十歳くらい上に見えた。顔つきもからだつきも整ってるのに、印象は地味。素材はいいのに、手をかけないから垢抜けない公務員みたいなイメージ。

でも今はそんなことはどうでもいい。大切なのは、彼と一緒に入ってきた人物だ。目深にフードを被っているせいで表情はよくわからない。でもぼくにはそれが誰なのか一目でわかった。

「アキちゃ…っ」

大きな音を立てて椅子から立ち上がると同時に、周囲から腕が伸びてきてぼくの動きを止めようとした。それをきっぱり振りきって、アキちゃんに駆け寄り、そのまま飛びかかる勢いで抱きついた。

「アキちゃん！」

ぎゅうぎゅう抱きしめて再会を喜ぶと、耳のうしろで覚えのある溜息が聞こえた。

「春夏…」

呆れたような、少し鬱陶しそうな。でもそれはポーズだってわかってる。ぼくを抱きしめ返したアキちゃんの腕は力強く温かく、そしてほんの少し震えていた。

† 王都で神様とご対面

王候補たちに森で助け出されてから、王都（アキちゃんに、首都じゃなくて王都だって訂正された）にたどりつくまで三日かかった。

その間に判明した重要事項は以下のとおり。
一、ぼくは王都についいたら、四人の王候補たちと《特別な交流》をして、一番相性のいい相手を王に選ばないといけない。
《特別な交流》の詳しい内容については、王都についてから教えてくれるらしい。そのことをアキちゃんに言ったら「見合いみたいだな」って言われて焦った。ジュナイドの口ぶりから、あながち外れでもなさそうだったから。
二、アキちゃんはこっちの言葉がわからない。
三、ぼくだけ言葉がわかるのは『神の水』っていう特別アイテム（森でルシアスに飲まされた、あのまずい飲み物）のおかげ。『神の水』は神子専用の特別アイテムなので、他の人が飲むと死んでしまう。すなわち、アキちゃんには翻訳機能搭載不能。
黒髪と黒い瞳は差別対象だっていうハンデもあるから、アキちゃんにとってはかなりなハードモードになる。

それだけでも相当ショックが大きかったんだと思う。血の気が引いた青い顔で「マジかよ…」ってつぶやかれると、さらに『元の世界には戻れない』っていう厳しい事実を告げるのは、どうしてもできなかった。だからぼくはとっさに嘘をついた。

「戻る方法がないわけじゃないらしいんだけど、それってぼくが…神子としてちゃんと目覚めたら使えるようになるんだって」

口から出まかせの単なる時間稼ぎ。でも、アキちゃんがこっちの生活に慣れて余裕が出てくるまでは、希望はあった方がいいと思うんだ。

「なんで戻すときだけおまえの力頼みになるんだよ。喚《よ》んだのはこっちの連中だろ？　だったら戻すことだってできそうなものなのに。よりにもよっておまえの覚醒《かくせい》待ちかよ」

　アキちゃんには恨みがましく文句を言われたけど、ぼくはへらりと笑って誤魔化した。

「元気出してよー。ぼく、がんばるからさ」

「……期待してる。なるべく早く頼む」

　アキちゃんはぜんぜん期待してない、半分あきらめ口調でぼくを激励してから、ちょっと声をひそめて言い添えた。

「帰るときは、おまえも一緒なんだろ？」

　その言葉がすごく嬉しくて、同時に嘘をついてることが苦しくて、胸が疼《うず》いて痛かったけど、ぼくは満面の笑みで嘘をつきとおした。

「もちのロンだよ」

　ハードモードのアキちゃんに比べたら、ぼくなんてイージー通り越して超チート。だから愚痴ったり弱音を吐いちゃいけない。

　そう思って我慢してたけど、その夜、箱馬車で一緒に寝てくれたアキちゃんが、次の日には「外で寝る」と言い出して、レンドルフの天幕で寝起きするようになったあたりで、不満の芽が伸びた。

　トイレはもちろん、一日一回の湯浴み（小さな浴槽で半身浴的なやつ）も箱馬車の中。外には一歩も出してもらえないぼくと違って、アキちゃんは自由だ。外見で差別されるっていうのも、レンドルフが一緒ならほとんど気にしなくていいみたい。だからうっかりぼやいてしまった。

「アキちゃんはいいなぁ。自由に外に出られて」

　口にした瞬間に後悔したけど、もう遅い。

　当たり前だけど、アキちゃんはちょっと苛ついたとき特有の、呆れ顔でぼくを見返した。

「は？　なに言ってんだよ。出たきゃ出たいって言えばいいだろ。おまえの言うことなら、みんななんでも聞くんじゃないのか？　ありがたい神子さまなんだろ」

突き放したその言い方が冷たくて、泣きたくなった。ほんのひと言『おまえも大変なんだな』って同情してもらえたら、それで気はすんだのに。

やっぱり、ぼくの願いは叶わない。

でも、最初に無神経なこと言ったのはぼくだから、自業自得だよね…。

そんなやり取りを交えつつ、ぼくたちが王都についたのは西日がまぶしい夕方だった。

アキちゃんとしっかり手をつないで、三日ぶりに箱馬車から降り立ったぼくの目に、最初に飛び込んできたのは、薔薇色の夕陽が射し込む白亜の廊下。そこに、白地に金の派手な服を着た男たちがずらりと並んで待ちかまえている。

どうやらぼくの出迎えらしい。

「ご無事の到着、お喜び申し上げます。皆さま聖所にて首を長くしてお待ちでございます。長旅でお疲れかと思い、輿《こし》を用意いたしました。どうぞお使いください」

挨拶した人が指さした先には、上半身裸で腰に布を巻いただけのムキムキマッチョメンが四人、跪いて取り囲んでる祭りのお御輿《みこし》みたいな乗り物。

「——…いえ、あの…いいです。ぜんぜん疲れてないんで歩きます。っていうかずっと馬車の中に居たんで、むしろ歩きたいです！」

というのは表向きで、本当は、御神輿にはひとり分の椅子しかなくて、アキちゃんと一緒に乗るのは無理そう、というのがお断りの理由だ。

「左様でございますか。ではこちらへどうぞ」

ぼくはしっかりアキちゃんの右手をにぎりしめて、先導の人たちについて歩きはじめた。

前後左右には出迎えの人たちが、一、二メートルの距離を保ちつつぼくたちを取り囲むように歩いてる。道案内と護衛を兼ねているそうだ。その内側、ぼくのすぐうしろには四人の王候補たちが横一列に並んでついてくる。左側にはアキちゃん。右側には半歩遅れる形で、教育係のジュナイドがつき従う。

馬車が止まったのは、回廊に囲まれた中庭のような場所で、見上げると夕暮れ時の色が濃くなった青空を背景に、天に向かってそびえ立つ何本もの尖塔《せんとう》が、西日を受けてきらきら輝いて見えた。

奥へと進む廊下に脚を踏み入れると、列柱がどこまでも果てしなく続いている。その景色をぼくの拙《つたな》い形容詞で表現するなら、とにかく『すごい』。

屋内はどこもかしこもびっしり装飾で埋まってる。浮き彫り透かし彫り線彫りその他で、植物や動物や人、それに抽象的な模様が延々と続く。基本的に建物の材質は牛乳プリンみたいな半透明の白石を使ってるから、彫刻だらけでもあまりうるさくは感じない。それでも、奥へと進むごとに白石以外に金色が増えてきて、模様も飾りも段々手が込んでいく。そこに薔薇色の夕日が窓から射し込むと、ものすごく幻想的な雰囲気になる。

「うわー…」

口をあんぐり開けて立ち止まりそうになるたび、アキちゃんがぼくの手をぎゅっとにぎり返してくれる。ぼくはアキちゃんの肩に自分の肩をくっつけて、小声で歓声を上げた。

「すごいね。きれいだね。真っ白でキンキラキン」

廊下の幅は五メートル、天井の高さは二十メートルくらいあるのかな。角を曲がったり、階段を降りたり昇ったりするたびに、不安を誤魔化すためにわざとはしゃぐふりをする。なにしろ広い廊下や階段の左右には、そろいの制服に身を包み、本物の槍《やり》を手にしたマッチョメンたちが立っていて、ぼくが近づくたびに手にした槍を突き上げるポーズを取るんだもん。

マッチョメンは王宮警備兵だとか、槍が本物だという情報は、教育係のジュナイドが教えてくれた。ジュナイドは他にもぼくが「あれはなに？」とつぶやくたびに小声で教えてくれた。ぼくはそれを復唱して、言葉の通じないアキちゃんに伝える。

アキちゃんの反応は「そうだな」とか「うん」とか省エネモード。その分まわりの状況を見て、ぼくが気づかないいろんなことを把握したり、考えているんだと思う。目深に被ったフードの下で、唇をきりっと引き結んでる。

同じフードつきのコートでも、ぼくのはただの飾りっぽい。頭のてっぺんにちょこっと引っかけて、目立たないようピンで留めてある。貴人なので姿を人目にさらすのは『はしたない』けど、金色の髪は見せつけたい…って意味らしい。

ぼくの格好は箱馬車にいたときとほとんど変わらないけど、これまでで一番豪華。ものすごく手の込んだ刺繍がびっしり入った、床を擦るくらい長いネグリジェ風の白い服の上に、真っ白なフードつきコートを着てる。どっちも見た目より軽くて、慣れると着心地は悪くない。ちょっと股のあたりがスースーして落ち着かないけど。

ちなみにこっちの世界の下着はパンツじゃなくて、いわゆる褌《ふんどし》。着け方は慣れるまでちょっと面倒くさいんだけど必死に覚えた。もたもたしてると『やはり私たちにお任せください』って、従者の人たちが迫ってくるから。

トイレのプライベート空間だけは死守してるけど、着替えはみんなが見てる前でさせられるんだよね…。同性とはいえ人前で裸になるのは恥ずかしいから、嫌だって言ったんだけど、これから先ずっとこうだから慣れてくださいって言われた。それでも嫌だって断ってたら、一番歳下のフィリが教育係のジュナイドに手の甲を鞭《むち》で打たれた。

鞭だよ。信じられる？

ぼくがわがまま言うと、従者が罰を与えられる。ぼくは身分が高すぎて、直接罰を与えることはできない。それができるのは神だけなんだそうだ。

だから代わりに、身のまわりの世話をしてくれてる人が処罰の対象になる。わがままの種類によっては、ジュナイドも処罰を受ける側になるらしい。

理不尽すぎて理解できないけど、そういう決まりだって言われて絶句してしまった。

フィリにはもちろん謝ったけど、『いいのです。神子様に、なかなかこちらのしきたりを受け容れていただけなかったのは、わたくしの落ち度ですから。罰は当然です』って言われて、申し訳なさと、脅迫されたような不快感が混ざった、なんともいえない気持ちになった。

そういうこともあって、アキちゃんに助けて欲しかったんだけど、ぼくの言い方が悪くて苛つかさせてしまったんだよね。いろいろ落ちついたら、もう一回ちゃんと相談しよう。

そんなことを考えているうちに、目的地についたらしい。先導者たちが立ち止まり、水が流れるように素早く脇にどいた。

開けた視界の先には、螺旋《らせん》状の模様が描かれた巨大な両開きの扉。それが音もなく開いて、中から神官が現れた。三人は白い立派な顎髭の持ち主で、そのうしろに控えているのは髭無しで少し若い。

「正面にいらっしゃるのが正上位神官ウリセラ様。左側が正中位神官ザナリス様、右側が同じく正中位神官ラドニキス様でございます。ウリセラ様は当代最高位の神官長でいらっしゃいます」

教えられた端から名前を忘れそう。最後にくり返されたウリセラだけは覚えた。『瓜を競りにかける』でウリセリ…違う、ウリセラ。よし。

身分はキリスト教でいうところの教皇みたいなものかな…と思いつつ、ぼくはアキちゃんに「神官だって」と端折《はしょ》って通訳した。

「神子様、お待ちしておりました。さあ中にどうぞ。聖なる白き我が竜蛇神も、神子の到着を心待ちにしていることでしょう」

さあどうぞと、重ねてうながされてぼくはアキちゃんの手をにぎりしめた。これから一国の王を選ぶ儀式がはじまるんだと思うと、脳天気のぼくでもさすがに緊張する。

そんなぼくを力づけるように手をにぎり返してくれたアキちゃんと一緒に、巨大な扉をくぐろうとしたとき、問題が起きた。

「その者は〝災厄の導き手〟ではありませんか？　なりません、〝災厄の導き手〟が神子とともに聖所に足を踏み入れるなど、あってはならぬことです」

フードを深く被って髪も瞳も隠していたのに、どうしてばれたのか。神官長のウリセラがアキちゃんを指さして声を震わせた。

またか…と思いつつぼくはアキちゃんを擁護した。

アキちゃんは〝災厄のなんちゃら〟じゃないし、ぼくの命の恩人で大切な友人だ。アキちゃんと一緒じゃなきゃ、中には入らない。そこまできっぱり言ったのに、神官長の態度は揺るがない。

「あまりわがままを申されますと、神子様よりもそちらの〝災厄…〟いえ、大切なご友人の立場がまずくなりますが、よろしいですか？」

「まずくなるって、どういう意味」

「神子様がいくら友人だと言い張ったところで、その者の姿は不吉な〝災厄の導き手〟そのもの。私以外に気づく者が現れて、必ず排除しようと思うでしょう。排除の意味がわかりませんか？　死を賜る…命を奪われるという意味ですよ」

「そんなの絶対許さない！」

「でしたらこの場に残してください。ここならまだ言い逃れようがある。しかし神のおわす聖所はなりません。人は騙《だま》せても神はお気づきになる。そして、確実に命を獲《と》り上げるでしょう」

それでもよろしいかと重ねて問われ、ぼくは「うぐ…」と言葉につまった。いいわけがない。でも、そんな物騒な話を聞いてしまったら、ますますアキちゃんをこんなところに残すわけにはいかない。

「じゃあせめて、アキちゃんを安全な場所に連れて行かせてよ」

「なりません。儀式の刻限が迫っております。ご友人の案内なら誰か別の者に任せましょう」

「そんなのダメ」

アキちゃんの命を獲ると言ったその口で言われても、信用できるもんか。

ぼくが睨みつけると、神官長ウリセラも口をへの字にひん曲げて睨み返してきた。そのまま両者一歩も退かない膠着《こうちゃく》状態に陥りかけたとき、レンドルフが落ちついた声で助け船を出してくれた。

「私が責任をもって、彼を安全な場所に案内いたしましょう」

それで話は決まった。

ちょっと悔しいけど、レンドルフなら箱馬車で過ごした三日間で人柄がいいことは証明されてるし、なによりもアキちゃんが信用してる。

「でもいいの？　レンドルフだって王侯補なんだから、儀式に出席しないといけないんじゃない？」

「ご心配には及びません。儀式といっても、はじめのうちは神子様が着替えたり沐浴《もくよく》したり宣誓したりするのを眺めているだけですし、そのあとは祈りや聖句の暗唱、それに神官長のありがたい説教が長々続くはずです。王侯補が儀式に参加するのはそのあとになりますから。それまでにアキを安全な場所に匿《かくま》って、戻ってまいります」

着替え？　もくよく？　途中でちょっと気になる発言があった気がするけど、そのあと早口で伝えられた今後の予定とか説明を、アキちゃんに通訳して伝えるのに必死で、それがなんだったのか忘れてしまった。

レンドルフに寄り添われて去っていくアキちゃんの背中を名残惜しく見送っていたら、ウリセラに手を取られてうながされた。

「神子様どうぞ中へ。聖なる白き神がお待ちです」

枯れ木みたいな指なのに意外なほど強い力で手を引かれて、ぼくは渋々ウリセラに従い、大きな扉をくぐって中に入った。

聖所と呼ばれる巨大なホールは、今まで見てきたどこよりも派手でキラキラしていた。美術工芸品にはあまり詳しくないぼくでも、その空間にかけられた手間とお金の膨大さは予想がつく。

扉から中央にある祭壇まで一直線に、金で縁取りされた純白の絨毯《じゅうたん》が敷かれている。その上を、ぼくは神官長《ウリセラ》に手を引かれて歩いていった。

中央にある祭壇は、台座が四角で他より一・五メートルくらい高くなってる。段差の低い階段を十段くらい上ると、真円の台座が現れる。円の直径は三メートルくらい。台座の表面にはびっしり模様が入っていて、そこからゆらゆらと蜃気楼《しんきろう》のような、湯気のようなものが湧き出してるのが見えた。

「それではまず、御身を清めていただきます」

円盤の手前で立ち止まったウリセラにうやうやしく頭を下げられて、ぼくはアホみたいに瞬きした。

「へ？」

「円盤の表面に湧き上がった〝神の光〟がお見えになりますか？　服を脱いで、あの光で御身をお清めください」

どうやら軽く水浴びすればいいらしい。目の前にあるのは水ではなく、水みたいな光だけど。

「服…脱ぐの？　ここで？」

台座の上からだと、ぐるりと三百六十度まわりがよくみえる。一辺一〇〇メートルくらいありそうなホールには、びっしり人が入ってる。全体の六割くらいは神官で四割は貴族。なぜ見分けられたかというと、着てる服が違うから。ほとんどの人は椅子に座ってるけど、うしろの方は立ち見っぽい。全部で何人いるんだろう。千人単位なのは確実な見物人の前で、まさか服を脱げと言われるとは思わなかった。

そういえば、さっきレンドルフが『もくよく』とか、着替えがどーとか言ってたっけ…。これのことかと思いつつ、もう一度「ここで？」と確認すると、神官長は少しも動じることなくうなずいてみせる。

「ええー…」

さすがにちょっと泣きたくなった。

誰か助けてくれないかな。

台座の下をちらりと見ると、最前列にルシアスの姿が見える。アイコンタクトを取ろうとしたら、目の前にウリセラが立ってさえぎられてしまった。

「往生際が悪うございますぞ。素直に従ってくださらねば、教育係に責任を取ってもらうことになりますが、よろしいか」

ジュナイドが手の甲を鞭で打たれるくらいなら、別にいいやと思ったけど、たぶん『責任を取らせる』内容は、そんなものじゃないんだろう。

それでもふんぎりがつかず迷っていると、小声でさらにささやかれた。

「御身を衆目にさらすのは、これが最初で最後。神の子たる御身の姿を拝見するのは、ここに集った人人にとって一生に一度の僥倖《ぎょうこう》なのです。裸身をさらすことの何が恥ずかしいのです。神に愛されるそのお身体を目にすることは、神臣たちにとって神の恩《おん》寵《ちょう》を授かるにも等しい喜び。彼らの期待を裏切るのですか？」

独特の抑揚で説得されると、脱がないことがものすごく極悪非道なことに思えてきた。カメラマンに乗せられて、気がついてたら脱いでたと告白する女の子って、こんな気持ちだったんだろうか。

「わかった…。脱げばいいんでしょ、脱げば」

半分やけくそになって上着の釦に手をかけた。

ウリセラが身を退いて階段を降り、台座の下に待機すると、ぼくは壇上でひとりストリップをする羽目になった。

フードつきの白いコートを脱ぎ捨てると、ホール全体から「おお…」というどよめきが起きる。コートの下に着てるのはベアトップタイプだから、胸元の紐をゆるめると、そのまま下にストンと落ちた。列席者たちから、さらに大きな溜息ともうめき声ともつかない声が上がる。

そのあたりでなんだか馬鹿馬鹿しくなって、ぼくはさっさと褌タイプの下着も脱ぎ落とした。褌は、身につけるときは少し手間なんだけど、脱ぐときは紐を引くだけでするっと外れる。

一糸まとわぬすっぽんぽんになると、どうだとばかりに胸を張って壇下の人々を見た。ウリセラは満足そうにうなずいて、早く次の沐浴をしろと目でうながしている。ジュナイドは神妙にまぶたをふせて微動だにしない。見物人の多くは有り難そうに手を合わせ、感激して涙を流している人もいる。純粋に感動してる人だけじゃない。中にはあきらかに性的に興奮してるっぽいオヤジもいて、ちょっとウゲー。そういうのは冷たく無視して、最後に最前列の王候補たちに視線を戻す。

ウェスリーは落ちついてる。ディーランからはスケベオヤジと同じ熱気を感じた。そしておそるおそる確認したルシアスは、なぜかちょっと怒っていた。

なんで？

もしかして、ぼくがストリップを強制されたことに腹を立ててくれてる？

いやいやいや。勝手に都合よく想像しちゃだめだ。

——…でも、あとでちょっと聞いてみよう。

もし本当にそうだったら嬉しいな…と思いつつ、ぼくは神官長ウリセラに指示されるがままに沐浴をすませ、新しい服を着せられて、うんざりするほど長々とした儀式に突入していった。


儀式は三部構成になっている。

第一部は、ぼくのストリップと光のお清めショー。

第二部は神官長ウリセラをはじめとする、神官団によるお祈りコーナー。朝礼の校長先生の話とか、お坊さんの読経とかとは、くらべものにならない長さで延々と続くんだけど、その間、ぼくはレースの垂れ幕で囲まれた台座の上で、座り心地の良いクッションに座って祈る振りをしてればよかったから助かった。九割くらいは寝てたと思うけど、叱られずにすんだ。列席者のほとんども寝てたみたいだから、たぶん問題ないんだろう。そのあと小一時間ほど休憩があって、軽い食事がふるまわれた。

「神子様のみが口にできる貴い神饌《しんせん》でございます」

そう説明されて差し出されたのは、薄甘い綿菓子みたいなのと、薄じょっぱい麩菓子《ふがし》みたいなの。どっちも真っ白で、まずくはないけど歯ごたえもなく、たくさん食べる気にはなれない。

食事と休憩が終わると、第三部の開始。第三部からはレンドルフも参加したけれど、私語を交わす余裕はなくて、アキちゃんのことは聞けなかった。

第三部のメインはぼくのお祈り。

お祈りといっても、神官たちが唱える呪文《じゅもん》みたいなのとは違って、祭壇の円盤上に立って心の中でひたすら神を呼ぶというもの。疲れたら座ったり寝転んだりしてもいい。とにかく神が顕《あらわ》れるまで呼び続けろと言われた。

言葉にすれば単純なんだけど、これが一番大変だった。なにしろ呼んでも神がなかなか顕れてくれない。時間がかかるのは神官たちも想定内だったらしく、ときどき休憩を挟んでくれた。

正直、神を呼ぶとか、姿を顕すとかは言葉の綾《あや》で、単なるパフォーマンスだと思ってた。でも、夜中から朝方まで、朦朧《もうろう》としながら教えられたとおり呼び続けていたら、最後に本当に顕れてびびった。

もしかしたら睡眠不足を利用した集団催眠とか、ヤバイ薬を使った幻覚かもしれないけど、確かにこの目で見た。

ぼくが座った円形の台座の下から白い光が立ち昇り、そしてはるか頭上からは、天井の円い水晶盤を貫通して金色の光が降りそそいで、巨大な柱を形作った。柱はやがてゆらゆらと身をくねらせ、大きな白い竜蛇神に変化した。

寝惚けて幻覚を見たわけじゃない証拠に、見物人たちからいっせいに歓声が沸きあがった。ぼくの裸を見たときとは別の意味で、興奮してるのが伝わってくる。ほっとしたような、期待に応えてもらった満足感のような、深く沸き立つような喜びの波動。

竜蛇神は金色に光る瞳で舐《な》めるようにぼくを見て、嬉しそうに身をくねらせた。そのとたん、ホール全体がぱっと輝いて、シャワーみたいに光の粒が飛び散った。見物人たちの歓声がひときわ大きくなる。

その中で、ぼくは文字通り蛇に魅入《みい》られたカエルみたいに、身体が痺れて身動きできないまま、さわさわと近づいてくる光の触手を、ぼんやりと見つめていた。

透明感のある白い触手は、一本かと思えば何本にも分かれ、そうかと思うとまた一本にまとまったりして、ぼくの身体中を這いまわった。舐めるように巻きついたり、やわらかな先端で突いたり、自由気ままにぼくの身体を触りまくる。ちょっとくすぐったくて、ぞくぞくして、変な気分になりそう。

早く終わらないかな…。救いを求めて視線を泳がせても、視界はやわらかな薄金色と白色に染まって、大勢の列席者も最前列の王候補たちの姿も見えない。

そのうち、ぼくの左腕に巻きついていた触手が、何か見つけたみたいに動きを止めた。すると、他の触手もうねうね身をくねらせながら左腕に集まってくる。腕というか、正確には手首の、アキちゃんがつかんだ手の痕《あと》が痣になってる場所。

この痣は日が経つごとに薄くなるどころか、なぜか濃くなって拡《ひろ》がりつつある。これには神官医もお手上げらしく、朝晩の定期健診のたびに難しい顔でうなられる。痣なんて放っておけばそのうち治るのに、大袈裟《おおげさ》だな…と、ぼくは気にも留めてなかったけど、やっぱりなにか問題なんだろうか。

複数に分かれた触手たちは、入れ替わり立ち替わり手首の痣を突いて身をくねらせたかと思うと、突然さっと身を引いて消えた。

同時に、どこからか声が聞こえてくる。

大きなトンネルの向こうで、たくさんのオペラ歌手が朗々と歌い上げてるような不思議な響き。なにを言っているのか耳を傾けているうちに、口が勝手に動いてなにか言い出した。

《これは異界わたりの代償としてついた瑕《きず》。放置すれば身を蝕《むしば》み、やがて命を奪う〝死の影〟。食い止めるには我が民の血肉を摂《と》るがよい。命の血潮を啜《すす》るもよし、子種を腹に注ぐもよし》

自分でしゃべっているのに意味がよくわからない。続けて他にもなにかべらべらしゃべったけど、そっちは記憶にも残らなかった。

トンネルの向こうのオペラ歌手みたいな声が遠のくと、自分の意識も遠のきはじめた。完全に気を失う前に、神官の誰かが大声で「神託は下された！」と叫んだことが、不思議なほど印象に残った。

気がつくと、神官たちに抱きかかえられて控え室に運び込まれるところだった。そこでまた気が遠くなり、気付け薬を嗅がされて我に返ると、窓の外がぼんやり明るくなっていた。

神との触れ合いがどれくらい続いたのか、よくわからない。儀式がはじまったのは昨日の夜だから、ほぼ十二時間は過ぎたことになる。

寝不足と疲れでよろよろしながら輿に乗せられて控え室を出ると、神官たちに囲まれながら、来たときとは違う道を通って、これから暮らすことになる住居に連れて行かれた。住居といっても部屋とか戸建てのレベルじゃない。森や泉や小川が点在する広大な庭つきの神殿群だ。

神殿は森の中とか泉の縁とか花畑の中とか、いくつかバリエーションがあって、その日の気分とか季節によって住む場所を変えていいらしい。

「……ここに、ぼくひとりで住むの？」

水色から青に変わりはじめた空の下、果てなく続くように見える庭をながめて呆然《ぼうぜん》とつぶやくと、従者頭《がしら》のセルヴィスがおっとり笑いながら建物の中へと案内してくれた。

「ここは〝神子の庭〟と呼ばれております。庭の主《あるじ》は一代におひとり。当代はハルカ様が庭の主となります。お疲れでございますね。湯浴《ゆあ》みは起きたあとにしましょう。まずはこちらでお休みください」

内側からぼんやり光っているように見える、きれいな白い柱が立ち並ぶ神殿の中、花と植物の浮き彫りが印象的な部屋に導かれると、床より少し高くなった場所にぶ厚いマットレスが鎮座していた。見るからにふかふかで、霞《かすみ》みたいな上掛けがふんわり乗ってる。マットレスの頭上には小さな円盤みたいなものがあり、そこから薄桃色のレースが重なり合うように降りてる。いわゆる天蓋《てんがい》ってやつだ。

ベッドに向かってよろよろ近づく間に、上着、中着をほとんど抵抗なく脱がされ、クリームみたいな肌触りの寝間着を着せてもらった。いつもは遠慮したい『手取り足取り』だけど、今回ばかりはありがたい。ベッドに倒れ込むと誰かがサンダルをやさしく脱がせてくれて、頭の下には枕が差し込まれた。

遠くで誰かが「〝死の影〟についてご説明申し上げねば」とわめいているけど、他の誰かに「神子様は大変お疲れです。明日《みょうにち》になさいませ」と言い返されて黙り込んだ。

ふわふわの霞みたいな上掛けを掛けてもらうと、閉じたまぶたの向こうが暗くなる。誰かが日除けのカーテンを引いてくれたんだ。どこからか良い匂いが漂ってきて、あまりの気持ちよさに大きく息を吐き出したところで、スコンと記憶が途切れた。

次に大きく息を吸って目を開けると、昼近くになっていた。欠伸をして目をこすりながら時間を聞くと、きっかり六時間眠っていたらしい。

見慣れない顔の従者が天蓋を上げると、十人近い従者たちが手に洗面器やタオルや櫛《くし》や服、サンダル、盆に載せたアクセサリー、飲み物、軽食、扇などを捧《ささ》げ持って待ちかまえている。

「……」

溜息を吐いて逃げ出したいのをぐっと堪え、ぼくはベッドから降りて両手を軽く広げた。あとは全部従者たちがやってくれる。歩く場所も座る場所も、ごはんを食べるタイミングも指示通りにやれば間違いない。小腹が空いたとか喉が渇いたとか、ちょっとつぶやいただけで、すぐに軽食や飲み物が運ばれて来る。

今日はまず、ベッドのある部屋を出て、半分露天になってるお風呂《ふろ》に連れて行かれて軽く汗を流したあと、朝の…っていうか昼だけど、起床後の定期健診を受けた。神官医はいつものように、日に日に濃くなるぼくの手首の痣を調べて顔を上げた。

「昨日の儀式で、この痣について聖なる白き竜蛇神から託宣がございました。覚えておいでですか？」

「——…なんだっけ」

ぼくが首を傾げると、神官医は昨日ぼくが代弁したという神の託宣をくり返し、説明してくれた。

「聖なる白き竜蛇神によるとこの痣は〝死の影〟と呼ばれ、異界をわたる際にできた瑕とのこと」

「ああ…うん。ちょっと思い出した」

「治療には、こちらの人間の血肉を摂取していただく必要があります」

「うええー…、それってもう決定事項なの？　血肉って言われても、カニバとかぼく超無理だから」

「決定事項でございます」

神官医は頭痛を堪えるみたいに、こめかみを指で押さえながら、淡々と治療法を説明してくれた。

それによると、血肉といっても生肉を食えとかいう物騒な話ではなく、体液を摂取すればいいらしい。

「血を飲み物に混ぜていただく方法もありますが、接吻《せっぷん》をして唾液《だえき》を飲めば事足りるかと思われます。折りよく王候補たちとの《特別な交流》もはじまりますから、そのあたりは心配しなくても大丈夫でしょう」

「…？」

なにが大丈夫なのか、今イチ話の流れがつかめない。体液＝唾液は理解できる。唾液＝キスもＯＫ。キス＝《特別な交流》がよくわからない。なんでそうなるわけ？《特別な交流》ってチューとか込みなの？

頭をひねりつつ、とりあえず湯浴み後の寛衣《かんい》に着替えて朝食兼昼食を食べた。そのあとは正装に着替える。着替えも自分でやるのは立ったり座ったり、移動のために歩くくらいで、他はすべて従者たちがやってくれる。

「このあと、午後からは『王候補の宣誓式』だっけ？

どのくらい時間かかるかわかる？」

背もたれのある椅子に座って髪を梳《す》かしてもらいながら訊ねると、箱馬車の中でぼくの世話をしてくれた三人の従者たちの中で、一番ぼくに同情的で、なんとなく話しやすいレイアルが、温かいお茶を差し出しながら教えてくれた。

「宣誓式は夕方からです。その前に新神子誕生を祝う儀式があります。これはさほど長くかかりませんからご安心下さい。そのあとは全国からお集まりくださった賓客、貴人、重鎮などの祝賀をお受けになられます。これは休憩を含めて三時間ほどでしょうか。そのあと光神殿の大露台《バルコニー》で見姿の儀。一般参賀の人々に神子様のお姿を披露することです。これもごくごく短時間ですので、負担は少ないかと」

「そのあと宣誓式？」

「はい」

「宣誓式が終わったら、次はどうなるんだっけ？」

一度に説明されてもぼくが覚えきれないので、予定についてはその都度教えてもらうことになってるけど、とりあえずいつになったら自由になれるのか、気になるので訊いてみた。

「本日のハルカ様の公務は、宣誓式への臨席で終了です。そのあと…明日という意味でしたら――」

「明日からは、いよいよ王候補のひとり目と《特別な交流》を開始していただきます」

ぼくの質問に答えたのはレイアルではなくジュナイドだ。彼はいつでもぼくの側にいる。用がないときは気配を消してるから、あまり鬱陶しいとは感じない。油断してると居るのを忘れるくらいだ。

「《特別な交流》って、要するにお見合いみたいなものだよね」

前に教えてもらった説明をアキちゃんに話したとき、そう言われた。『見合いみたいだな』って。そのときの会話をぼんやり思い出しながら確認すると、ジュナイドは「左様でございます」とうなずいた。

「最初は誰になるの？」

　レンドルフがいいな。アキちゃんの話が聞けるし、頼んだら会わせてもらえるだろうし。

「それは宣誓式で決まります」

「どうやって？」

「印つきの金盤を箱の中から引いていただきます」

「ふうん」

　要するにくじ引きか。指名はできないんだ。

「おひとりとの交流期間は十日間ですが、最後の一日は聖なる白き竜蛇神への報告日となりますから、実質九日間ですね」

「その間は、何しても自由なわけ？」

「《特別な交流》の一番の目的は、神子が王候補と親しくなることですから、その点さえ押さえてくだされば、基本的に何をなさっても自由です」

「そうなんだ…。あ、さっき神官医にキスで唾液がどーとか言われたけど、もしかしてそういう意味の親しくってこと？　あっち男で、ぼくも男なんだけど、いいの？」

「お望みであれば一日中、睦《むつ》み合われてもかまいません。ただし、許可なく神殿外へお出になるのは厳禁です。神殿の外に出ると神の御加護が及ばぬ場合がございますから。万が一にも御身に危険があってはなりません。くれぐれも自重なされませ」

「はいはい」

　宗教絡みって、だいたい同性愛は禁止じゃなかったっけ。こっちの神様っておおらかだねぇとか、ムツミアウってどういう意味だっけとか考えていたせいで、後半の小言は聞き流してしまった。

「ひとり十日で四人だと、一ヵ月ちょっとか。それでもう王様を決めないといけないの？」

　十日というか実質九日間、会って話をしたりしただけで、相手が王にふさわしいかどうか、わかるものなのか。言ったらなんだけど、ぼくは人を見る目がない。嘘も見抜けないいし、相手が良い人の振りをしてたら、そのまま信じてしまう。ぼくがアホだと言われる所以《ゆえん》だ。少し長くつき合えば、言ってることとやってることが食い違ってるのが見えてきて、自己申告してるほど良い人じゃないってわかるけど。

アキちゃんはぼくと違ってけっこう鋭いから、一緒にいてくれると心強いんだけどな。難しいかな。レンドルフに頼んで会わせてもらえば大丈夫かな。

「四人すべてと交流が終わりましたら、そこで王を決められるのが最善ですが、もしも決めかねるようでしたら、もう一巡なさっても大丈夫です」

「あ、そうなんだ」

ちょっとホッとした。

一国の王を選ぶなんてあまりにも責任重大なんで、できれば全力でお断りしたいんだけど、それは無理だと延々言い聞かされたからあきらめた。せめてアヴァロニスの人々にとって良い王様を選びたいから、自分にできる限りの努力はしようと思う。即位したとたん公約を撤回して、消費税を爆上げするような人には王様になって欲しくないもんね。

「宣誓式が終わったら、すぐ王候補に会える？」

レンドルフにアキちゃんがどうしてるか確認したくて訊ねたら、ジュナイドは目を細めて、なぜか笑いに近い表情を浮かべた。

「すでに気になる御方がおられるのですな。よいことです。しかし残念ながら、今宵《こよい》の逢瀬《おうせ》は叶いませぬ。王候補の皆さまは宣誓式のあと晩餐会《ばんさんかい》にご出席。そのあとの懇親の宴《うたげ》が終わるのは真夜中過ぎ。神子様は夜更かしせずにしっかりお休みになり、明日からはじまる王候補の訪《おと》ないを、楽しみにお待ちになられるのがよろしいでしょう」

「そっかー…」

アキちゃんに会えるのはまだまだ先だとわかって、

かなりがっくりきたけど、とりあえず文句を言ったり反抗したり、逃げ出そうとしても無駄で二度手間なのは経験済みなので、ぼくは心を無にして馴染みのない儀式の山を乗り越えた。

† ぼっちの神子と四人の王候補

王候補が神に感謝を捧げ、王候補として神子に忠誠と愛を誓うという『宣誓式』の最後に行われたくじ引きで、最初の《特別な交流》相手は金髪イケメンのルシアス＝エル・ファリスに決まった。

レンドルフじゃなかったことに、ちょっとがっかりしたけど、ひとり目がルシアスっていうのは悪くない。……悪くないどころか、けっこう嬉しいかも。あの人、かなり良い人っぽいし。ぼくに対して最初からなんとなく好意的だし。

まあ、イケてる外見のおかげで、初見からぼくに好意的な人は別に珍しくないけど。

ルシアスの場合は、百年の恋も冷めるゲロぶっかけという超マイナスな初対面スタートだから、他の人よりなんとなく、ぼくへの好意が本物っぽい…気がするんだよね。

そんなわけで、諸々《もろもろ》の面倒くさい儀式が終わって、ひと晩ぐっすり寝て起きて、着替えて朝ご飯食べてまた着替えて、そろそろ最初の王候補、ルシアスがやってくる頃だと、庭の泉の脇に建つ四阿《あずまや》の中でそわそわ待ちかまえていた。

四阿《あずまや》は乙女チックな白い柱と、きれいな幾何学紋様っぽい透かし彫りの欄干に囲まれていて、中には丸テーブルを囲むように大きめの長椅子《ベンチ》が四つある。食事や茶を楽しむもよし、景色を楽しむもよし。ごろりと寝転がって昼寝をしても気持ちよさそう。

地面より一メートルくらい高くなってる四阿から眺めた庭は、檜みたいな形の高い樹や、青緑や黄色や鮮かな緑で珍しい形の葉を茂らせた樹木や、その場でもいで食べられる果樹が生い茂り、数え切れないほどの花たちがどこまでも果てしなく咲き乱れて見えるほど広大なんだけど、実際には果てがある。

神子の庭と外界の境界線は、ぶ厚くて高い壁でできている。壁には東西南北の四箇所に出入り口があるらしいけど、どれもがっつり門番がいて、一部の高位神官以外は、ぼくの許可がないと入って来られないんだって。

昨日暗くなってからここに来て、すぐに寝ちゃったから庭の中はまだほとんど見てない。ルシアスが来たら探検がてら一緒に散歩でもしようか…なんて考えていたら、ようやく本人が現れた——けれど、なぜかプリプリ怒ってる。怒っていても相変わらず超イケメンだけど。

「——…どうしたの？」

おお麗しの暁《あかつき》の美神《びしん》うんたらっていう美辞麗句がはじまる前に、ぼくの方からさっさと声をかけたら、ルシアスはハッとしたみたいに身動《みじろ》いで表情を取り繕《つくろ》おうとした。

「いえ、なにも。失礼いたしました。神子様にはご機嫌麗しく…」

「無理しなくていいよ、怒ってるのはわかってるから。ぼくの前で変に誤魔化すのは止めて。そういうの苦手なんだ」

森で助けてもらったことと、箱馬車の中でも親切にしてもらった慕わしさに加えて、この人は言えばわかってくれるという本能的ななにか……たぶん甘えのようなものがあって、ぽんぽん言いたいことが言える。

「……神子様」

「それも止めて。神子じゃなくて名前で呼んで」

「…ハルカ様」

「ハルカでいいってば」

「――…」

「それでどうしたの？」

少し話しただけで、本当はふたりで会えるのを楽しみにしていた自分に気づく。ルシアスもそうだと思っていたのに、なぜか怒って現れたから理由が気になってしかたない。

ルシアスはぼくをじっと見つめてから、降参するみたいに両手を軽く広げ、大きく肩で息をしながら口を開いた。

「エル・グレン卿が」

エル・グレン卿といえばレンドルフのこと。そしてレンドルフといえばアキちゃんだ。

「レンドルフがどうしたの!?」

続きを待たずに、座っていた長椅子から勢い立ち上がって身を乗り出したとたん、ルシアスが盛大に眉をひそめた。わかりやすく言うと『ムッとした』。

ルシアスは顔の半分を手で覆いながら、ちらりと視線を逸らして口の中でなにかつぶやき、そのあとすぐに自分の失態に気づいたように手を下ろして、ぼくの顔をしっかり見つめ直した。

「神子…いえ、ハルカさ…――ハルカ。あなたに確認したいことがあります」

「なに？」

「あなたは、エル・グレン卿がお好きなんですか？」

「――――は？」

話の流れが唐突すぎてついて行けない。

これはぼくがアホだからじゃないと思う。

「ええと、質問の意味がよくわかんないんだけど。とりあえず、レンドルフは嫌いじゃないよ。でも好きかって言われると微妙。どっちかっていうとライバルになるんじゃないかな」

「好敵手《ライバル》…？」

今度はルシアスが「わけがわからん」という顔になる番だ。仕方ない。今後のこともあるから、ぼくはざっくり説明した。

「アキちゃんて、ぼくの友だちいるでしょ。森でぼくと一緒にいた。ぼくが一番大事なのはアキちゃんなの。そのアキちゃんをこっちで保護してくれてるのがレンドルフ。だから彼のことが気になるだけ」

ぼくとしては無駄なく端的に話して、誤解される要素はないはずなのに、ルシアスはなぜか探るような目でぼくを見た。そして低い声で迫ってくる。

「――そんなに…本当にあの〝災厄の…〟いえ、友人が大切なんですか？　それだけが理由なんですか？　本当は友人を出汁《だし》にしてエル・グレン卿に逢《あ》いたいだけじゃないですか？」

思いつめた表情でぐいぐい押し寄せてくる勢いに、ぼくは思わず身を引いて、視線を泳がせた。

「えー…と」

ぼくがナナメな受け答えをすると、アキちゃんがイラッとした顔で黙り込むことがよくあるけど、あれってこういう気持ちだったのかな…。

ぼくは自他共に認めるアホだけど、ルシアスも同類だったらどうしよう…。相手の明後日《あさって》さに引きずられて、ぼくまで本題を見失いそうになったとき、腕をつかんで軽く揺さぶられた。

「誤魔化さずに答えてください」

その振動で、見失いかけた要点を思い出す。

「だからさっき言ったでしょ！　ぼくが大切なのはアキちゃんだって。レンドルフはアキちゃんの保護者だとしか思ってないよっ」

そう断言しながら、目の前に迫ってきていたルシアスの鼻をぎゅっとつまんでやったら、ルシアスは「ふが」っと間の抜けた声を出して身を引いた。そのまま水鉄砲でもくらったみたいに瞬きを何度もしながら、びっくりした顔でぼくを見下ろしてくる。

やばい。怒ったかな？

いくらこの世界で身分はぼくの方が高いと言っても、自分より十歳も年上の人の鼻を引っ張るのはやりすぎか。叱られるのを覚悟して首をすくめると、予想に反してルシアスは大らかに笑い声を上げた。

「そうでしたか」

ぼくにつままれた鼻をなぜか嬉しそうにさすりながら、ルシアスは「ハハハ」と笑って一礼してみせた。

「これは失礼致しました」

憂いが晴れた様子の、朗らかな笑顔を向けられて、ぼくもほっと息を吐いた。余裕を取り戻すと本当にイケメン振りが際立つ。

あ、でも、さっきちょっと聞き捨てならないこと言ってたから、確認しとかなきゃ。

「ルシアスも黒髪と黒い瞳の持ち主のこと〝災厄のなんちゃら〟って思ってる？」

そういえば箱馬車の中で、アキちゃんの腕をひねり上げようとしたんだよね。こっちの人にとっては当たり前の事実でも、ぼくには受け容れることができない。ルシアスがこれからも外見でアキちゃんを嫌うなら、ちょっと今後のおつき合いについて考えないと。そう思って訊ねると、

「それは…――」

ルシアスは一度何か言いかけて口を閉じ、少し考えて意見を述べた。

「正直に申しましょう。私はこれまで〝災厄の導き手〟について深く考えたことはありませんでした。狂信者どものように、見つけたら即処刑するほど愚かではありませんが、彼らが差別されるのは正当な理由があり、仕方のないことだと思っていました。ですがあなたの…ハルカの友人だというあの者が〝災厄の導き手〟として理不尽に迫害されるとしたら、それには断固反対します。遅まきながらこの私

も、エル・グレン卿と同じように、可能な限りあの者を保護するために力を尽くすと誓いましょう」

その宣言だけでもちょっと感動的だったのに、ルシアスが次に取った行動には度肝を抜かされた。

ルシアスはぼくの前に片膝をつき、ぼくの指をやさしくつかんで宝物みたいに押し戴《いただ》いた。そして低いのに張りがある、男らしい甘い声で宣誓したのだ。

「なによりも愛しいあなたのために、蒼穹《そうきゅう》の守護者エル・ファリス卿の名にかけて」

愛しいあなたとか言われながら、宝石みたいな青紫色の瞳で下からじっと見つめられたら、相手が男だとわかっていても腰が砕けそうになる。

「愛しい…？」

「はい」

「それって、ぼくのこと？」

「はい。そうです」

まっすぐぼくを見てきっぱり言いきった顔が凛々《りり》しくて、とても嘘とは思えなくて、頬がゆるんだ。

「そっかー…えへへ」

照れ隠しに髪を掻きながら、白く輝く石の床を爪先で無駄に突いて「ぼくも」と答えた。

「ぼくもルシアスのこと、ちょっといいなって思ってたんだ。けっこう好きかもって」

そう正直に伝えたら、ルシアスの顔にも嬉しそうな笑みが浮かんだ。

「本当ですか？　私を好いてくださるのですね！　なんたる幸運、なんたる誉れ。ありがたき幸せにございます」

ルシアスは全身から喜びを発散しながら立ち上がり、ぼくの手を取って顔を近づけてきた。その姿からは、現れたときの怒りが嘘のように消えている。

それで思い出した。

「そういえば、レンドルフがどうとか言ってたけど、怒ってた理由って何？」

訊ねたとたん、寄り目になるくらい顔を近づけていたルシアスが、酸っぱいものを嚙んでしまったみたいに目を閉じた。

「ルシアス？」

重ねて確認すると、ルシアスは大きな溜息をひとつこぼし、ぼくから顔を離して腰を伸ばし、仕方なさそうに説明してくれた。

「エル・グレン卿があなたに会わせてくれと言ってきたんです。《特別な交流》初日から逢瀬を邪魔しようとは、非礼で不躾《ぶしつけ》きわまりないと断ったんですが、かなりしつこくて」

「え？」

あの地味で、ぼくには興味なさそうなレンドルフが、ルシアスを怒らせてまで会いたいと食い下がるなんて、あまり想像できない。理由があるとしたら、ただひとつ。

「もしかして、アキちゃんのことで何かあった？」

言葉にしたとたん、嫌な予感が胸に広がる。

「その通りです。『アキのことでどうしても神子に伝えたいことがある』と言っていました。そう言えば神子は必ず面会に応じてくれるはずだから…と」

そこまで聞いた時点でぼくはルシアスの手を振り払う勢いで指を引き抜き、四阿の階段を飛び降りた。

「神《み》…ハルカ！」

「ルシアスのばか！　早くそれを言ってよ‼」

「馬鹿…って——」

「レンドルフはどこ？　今すぐ会うから！」

ひとりで走り出したいのをぐっと堪えてその場で地団駄を踏みながら、呆然と四阿の中で立ち尽くしてるルシアスに向かって、ぼくは拳を振り上げた。

「いいから早く案内して！」

なんとなく腑《ふ》に落ちない表情を浮かべたルシアスに先導してもらい、庭の端まで行くと、蔓《つる》花が巻きついた門柱と扉が現れた。左右には武器を携えた門番らしきマッチョメンが、ひっそり気配を消して立っている。

ルシアスが軽く手を上げると、マッチョ門番が速やかに扉を開けてぼくたちを通してくれた。扉をくぐると外側にも扉を護るふたりの門番がいて、ぼくの姿を見たとたん、音がするくらいキリっと姿勢を正す。扉の外は四畳半くらいの狭い空間で、突き当たりにまたしても扉。それをキリっとした門番に開けてもらうと、少し離れた場所に待機しているレンドルフの姿が見えた。

「レンドルフ、遅くなってごめんなさい」

「神子……！」

両手をにぎりしめてその場で小さく行ったり来たりしていたレンドルフは、ぼくの顔を見て悲痛な表情を浮かべた。それだけで、異常事態が発生したとわかる。

「アキちゃんになにか問題が？」

わずらわしい挨拶は抜きにして、すぐさま本題に入ると、レンドルフはぼくに向かって頭を下げた。

「アキが、行方不明になりました」

門番には聞き取れない小声で申し訳なさそうに、レンドルフは食いしばった歯の間から、ひと言ひと言しぼり出すような声を出した。演技でもなんでもない、本心からの後悔がにじみ出た声だった。

「は…？　え？　行方不明って、どういう意味？」

疑問はそのままレンドルフを責める言葉になった。

レンドルフはひときわ強く拳をにぎりしめ、項垂れたまま説明してくれた。

「昨夜、かなり夜が更けてからようやく身体が空いたのでアキの様子を見に行ったところ、姿を消していました」

「消して…って、なんで？　自分で外に出て迷子になったって意味？」

「いえ。昨日そうしたことが起きたので、あの聡《さと》い子が同じ事をくり返すとは思えません。心当たりはすべて捜索しましたが見つかりません。現在、私が投入できる最大限の人員を割《さ》いて捜索にあてていますが、未《いま》だ手がかりすら見つかりません。つきましては神子様に何か心当たりはないか、捜索の糧になる情報はないか、あれば、どんなささいなことでも構わないので教えていただきたく…。エル・ファリス卿に無理を言って、謁見を願い出た次第でございます」

レンドルフの話を聞いてるうちに、事態が飲み込めてきて血の気が引いた。

「行方不明……アキちゃんが……――」

さすがに鈍いぼくでも、人を殺して荷物を奪う追い剝ぎが出没する治安状態の国で、言葉も通じない国で、黒髪に黒い瞳という外見だけで迫害される国で、誰にも何も言わず姿を消すことの意味はわかる。

アキちゃんが自分からどこかへ行ってしまうはずがない。だったら誰かに攫《さら》われたか襲われたか――。考えたくもない嫌な予想が浮かんだ瞬間、急いで頭を振って不吉な考えを追い出した。

「神子、どうかお願いします。アキが行きそうな場所、好きなこと、なんでもいいですから、捜索に役立ちそうなことを教えてください」

この世でアキちゃんを一番に心配してるのは自分だと言いたげな、頭上から降ってきた切羽詰まった口調のレンドルフに突然苛立ちが爆発して、ぼくは顔を上げた。

「なんで、どうして!? レンドルフ、アキちゃん守るって言ったじゃん！　任せてくださいって…！」

この国《アヴァロニス》では黒髪と黒い瞳が迫害の対象になる。運悪くひどい人間に見つかれば、その場で私刑《リンチ》に遭い命を落とすこともある。

だからレンドルフが安全な場所に匿って、ちゃん

と安心して暮らせるように手配してくれるって…、

「そう言ったじゃないか!!」

「嘘つき」と口の中で叫びながら、にぎった拳で思いきり胸を殴りつけると、レンドルフは血を吐くような声で謝罪した。

「申し訳、ありません…ッ」

「ごめんですめば、警察はいらないんだってば！」

バカバカと詰《なじ》りながら、岩みたいに硬くて厚くて、ぼくが拳で殴ったくらいじゃ毛ほどのダメージも与えられない胸や腕を叩いていたら、うしろからやんわり声をかけられた。

「ハルカ…」

門番とはいえ人目のある場所で、神子が無抵抗の王候補に手を上げるのは、さすがに外聞が悪いとでも思ったのか。

背後に立ったルシアスに、そっと腕をつかんで引き離されて、ぼくはようやく我に返ることができた。

「あ…」

冷静になったら涙がこみ上げてきた。

「アキちゃん…！——」

この世で一番大切な人の名を口にしたとたん、両目が熱くなって涙が噴き出した。目の縁からこぼれた雫《しずく》が、ボタボタ落ちて床を濡らしていく。

「神子の大切な友人を見失ったこと、心からお詫《わ》びいたします。必ず見つけ出します。だからどうか」

知っていることを教えてくれと頭を下げるレンドルフに向かって、ぼくは、ぬぐってもぬぐってもこぼれ落ちる涙で両手を濡らしながら、大きくうなずいた。

「うん…、わかった」

そうだ。ここで今レンドルフを責めて泣いたって、しょうがない。そう思い直して顔を上げると、背後から大きな溜息が聞こえてきた。

「──仕方がないですね…。こんなところで長々と愁嘆場を繰り広げられては、どんな噂を広められるかわかったものではありません。《特別な交流》中の私が許可します。神子の庭に入られよ、エル・グレン卿。ハルカも、それでよろしいですね」

「うん…？」

　正直、特別な交流中のルールとか、他の王候補との関係とか、ぼくはまだぜんぜん把握していない。だからルシアスの溜息の意味も、深い感謝を示したレンドルフの態度の意味もよくわからないまま、とにかくレンドルフを神子の庭に招いた。

　そしてルシアスのことはそっちのけで、ひたすらアキちゃんの捜索に役立ちそうな情報をレンドルフに語り続けた。

　アキちゃんが好きなもの、好きなこと、得意なこと、苦手なこと、性格、癖。それだけじゃなく、ぼくたちが元の世界でどんなふうに暮らしていたか、レンドルフの質問に答える形で話し続けて、どれくらい経っただろう。ルシアスが現れたとき、太陽は広大な庭を囲むぶ厚く高い壁の向こうから顔を出したところだった。それが真上に来たあたりで、レンドルフがおもむろに立ち上がって頭を下げた。

「とても参考になりました。神子と、寛大なるエル・ファリス卿には深く感謝申し上げます。今日のところはこれにて失礼いたします」

　何か進展があればすぐに報《しら》せますと言い置いて、レンドルフが速やかに立ち去ろうとしたので、ぼくはあわてて呼び止めた。

「待って！」

「はい？」

「ぼくも一緒に行ってアキちゃんを捜したい」

「無理です」と、間髪入れずに応えたのはレンドルフではなく、ルシアスだった。

「どうして？」

　むっとして振り返ると、ルシアスは胸の前で腕を組み、ぼくを見下ろした。

「あなたはこの国のことを、まだほとんど知りません。それどころか、自分がお住まいになっているこの神殿の構造すらご存知ないでしょう？」

「うぐ」

「神殿だけでなく、王宮のどこに何があるのかご存知ですか？　廊下や階段がどこに通じているかも知らず、どうやって友人を捜すのです。道も知らず歩きまわっても、迷子がもうひとり増えるだけです」

「…──」

ぐうの音も出ないとはこのことか。

ぼくが唇を噛んでルシアスを睨み上げている間に、レンドルフはそそくさと一礼して去ってしまった。


「ルシアスの意地悪！」

「意地悪じゃありません。冷静に現状を認識しているだけです」

「わかるけど、言い方ってもんがあるでしょ！」

レンドルフの姿が見えなくなったあと、ぼくは長椅子に置かれていたクッションをつかんでルシアスに投げつけた。八つ当たりだ。

ルシアスはぼくの八つ当たりを軽々受け止めて、長椅子に戻し、涼しい顔で正論を続ける。

「そもそも、神子が神殿の外に出るのは禁じられています。建物の構造や通路を頭に入れたところで、捜索に加わることはできません」

「え、そうなの？」

「教育係《ジュナイド》から聞いていませんか？」

「えー…あー、言われたかもしれないけど、覚えてない。ぼくって記憶容量小さいみたいで、一度に説明されても全部覚えるのって無理なんだ。まあでも、なんとなく予想はつく。王都に来るまでだって、箱馬車から一度も外に出してもらえなかったもんね」

もう一度クッションをつかみ上げたものの投げる気にはなれなくて、抱きしめたまま長椅子に腰を下ろした。クッションごと脚を抱えて膝頭に頬をくっつけ、深く長く息を吐く。

「アキちゃん…」

なんで？　どこに行っちゃったの？

行方不明という単語を思い浮かべたとたん、胸が潰れそうな不安が押し寄せて、まぶたを強く閉じた。

「ハルカ」

すぐ隣にルシアスが腰を下ろす気配がして、肩に大きな手のひらが置かれたのを感じた。

温かい。

大きくて温かな手のひらが、肩から背中を何度もやさしく撫で下ろしていく。

慰めてくれるんだ。やさしいなと思いながら目を開けると、思ったより近くにルシアスの顔がある。

睫毛《まつげ》が長い。しかもバサバサ。肌もきれい。でも男らしい。眉がくっきりしてるせいかな。

「瞳《め》の色、青紫だね。タンザナイトみたい」

「ハルカは美しい碧色《あおいろ》だ。夏の砂浜に打ち寄せる波の色」

『お前の瞳《め》、南の海みたいにきれーな色だな』

昔、アキちゃんにそう言われて、すごく嬉しかったことを思い出す。思い出したとたん涙がぽろりとこぼれて、ひっぐ…としゃくり上げてしまった。

「アキちゃんに…なにかあったらどうしよう。ぼくのせいでこんな世界に来ちゃったのに、ぼくはぜんぜん助けてあげられなくて、役立たずで…」

ルシアスにやさしくされてぐすぐすと鼻をすすりながら、アキちゃんがぼくを助けようとしてできた手首の痣を見てたら、これまでいろいろ我慢してきたことが一気に決壊した。

子どもみたいに「うわん」と泣いて、膝に顔を突っ伏すと、ルシアスが今度は頭を撫でてくれた。

「エル・グレン卿はああ見えて切れ者です。きっとあなたの大切な友人を見つけ出してくれるでしょう。だからそんなに泣かないで」

「うん…」

涙と鼻水でぐちゃぐちゃになりながら、顔を上げずにうなずくと、ルシアスは意識して明るい声でぼくを励ましてくれた。

「喉が渇いていませんか？　お腹は？　一緒に昼食を食べましょう。食事をしてハルカの大切な友人の話を聞かせてください。あなたさえよろしければ」

「ね？」と耳元でささやかれて、なぜかぞくりと腰が痺れたけど、理由は深く考えなかった。そんな余裕はなかったから。

ルシアスが軽く手を上げると、どこに潜んでいたのか、お盆やタオルや洗面器を持った従者たちがわらわらと現れて、テーブルの上に豪華な昼食を用意してくれた。ぼくはレイアルが差し出してくれた花の香りがする蒸しタオルで泣き濡れた顔を拭き、セルヴィスの給仕で食事を摂った。食欲はなかったけれど、いざというときのために食べておかないと。食べないと動けなくなるのは学習したから。

食事のあとは、ルシアスに誘われて庭を散策した。咲き乱れる花のアーチをくぐり、白い石畳の上を歩きながら、ぼくはアキちゃんとの馴れ初めから話しはじめた。

「アキちゃんと初めて会ったのは九歳のとき。児童養護施設で一緒になったんだ」

ルシアスは聞き方がうまくて、ぼくはいくらでも話し続けることができた。

四人の王候補のひとり目、ルシアス＝エル・ファリスとの《特別な交流》一日目は、そんなふうに過ぎていった。

その日の夜。布団に入っても眠れなくて、何度も寝返りを打っていたら、レイアルが心配して様子を見に来た。

「花茶でもお持ちしましょうか？　気持ちが落ちついて眠りやすくなります」

ぼくより三つ年上のレイアルは、きれいに切りそろえた長くて色の薄い金髪と、水仙みたいにすらりとした身体の持ち主だ。ルシアスやレンドルフと並ぶと華奢《きゃしゃ》でほっそりして見えるけど、ぼくと比べたら立派な大人体型。だいたいこっちの人《アヴァロニス》って、日本人に比べて体格がひとまわりっていうかふたまわり以上大きい。身長も、レイアルは一八〇センチ、ルシアスなんか二メートル近くあるんじゃないかな。骨格からして作りが違う感じ。だから背が高くても間延びした感じはなく、スタイルはめっちゃいい。

「花茶より、ほうじ茶が飲みたい…」

目をこすりながら身を起こすと、ベッドの脇に跪いたレイアルが少し困った表情でやさしく微笑んだ。

「煎《い》り茶では目が冴《さ》えてしまいます」

おっとり言われて「そうなの？」と首を傾げた。

『神の水』のおかげで自動翻訳されて言葉は通じるけど、ときどきこんなふうに小さな齟齬《そご》がある。

たぶんぼくが言ってる言葉を、こっちにあるものの中で一番近いものに当てはめているからだと思う。ぼくがいた元の世界では、ほうじ茶は夜飲んでも大丈夫なノンカフェインだったはず。でもこっちでは、名前も違うし別物なんだ。

「…花茶でいい」

ぼくが言い直すとレイアルは嬉しそうにうなずいて立ち上がり、天蓋から降りたレースの向こうに消えた。そしてすぐに戻ってきて、小さなカップが乗った金色のお盆をぼくにうやうやしく差し出した。

「ありがと」

薬草っぽい匂いがするお茶をちびちび飲みながら、

ぼくはレイアルに探りを入れてみた。

「あのさ、昼間ルシアスに『神子は外に出られない』って聞いたんだけど、本当？」

レイアルは微笑みを崩さず無言のまま、わずかに首を傾げ、少し考えてから口を開いた。

「間違ってはいませんが正しいとも言いかねます」

「わかりやすく教えて」

ぼくは両手を合わせ、すっかりお馴染みになったお願いを口にした。レイアルは少々お待ちくださいと言って茶器を片づけ、薄いノートみたいなものを持って戻ってくると、そのノートに大雑把な見取り図を描きながら説明してくれた。

「神子様が自由に出歩いていいのは、神殿の中心にあるこの〝神子の庭〟内です」

「うん」

「庭の外側、四方にあるこの建物は光神殿、風神殿、花神殿、水神殿と申します。この四神殿も希望すれば足をお運びくださってもかまいませんが、御庭のように自由気ままに、おひとりでそぞろ歩くというわけには参りません。政庁を訪問するための正装に着替えていただき、先触れを出し、侍従と護衛を伴っていただきます。滞在は前もって決めた予定時間を過ぎてはなりません。下位の神官などに直接声をかけてもいけません」

「…面倒くさいね」

「それだけ貴い御身分なのです」

「うーん…、まあいいや。それで、四神殿の他にはどんな建物があるの？」

レイアルが悪戯《いたずら》っぽく、あなたの考えなどお見通しだと言いたげに、ちらりとぼくを見た。

「いいじゃん、教えてよ。自分が住んでる建物がどんなふうになってるかくらい知ってないと、いざというとき困るでしょ」

「いざというとき？」

「地震が起きて避難するとか、火事が起きて逃げるとか。あと、敵が攻めてきて逃げるときとか」

レイアルは目を丸くして驚いてから、クスクスと笑いだした。

「神子様は本当に面白い方ですね。聖なる白き竜蛇神が守護するアヴァロニスの大地が、揺れることなどありえません。同じように、聖なる白き竜蛇神に守護された神殿群から火が出ることもございません。敵…というのが何を指しているのかわかりませんが、盗賊の類など神殿はおろか、王宮に至る正門に指を触れることすら叶いませんから、ご安心ください」

「…そういえば、こっちの世界って一国単位で独立してて、侵略戦争とかには縁がないんだっけ？」

「聖なる白き竜蛇神がおわしますから」

「そーでした」

ぼくはもう一度「うーん」とうなって、レイアルが描いた略式図を見つめた。

とりあえず庭の外にあるという四神殿にさえ出れば、あとはどうにでもなるような気がする。いざとなったら「神子様でございい！」と伝家の印籠《インロー》をかざせばなんとかなるんじゃない？

「そんなにお知りになりたいならお教えしますが、ジュナイド様には内緒ですよ」

レイアルは聞き分けのない弟に対する忍耐強い兄のように、小さく溜息を吐きつつ声をひそめた。

「もちのロンだよ」

鬼の教育係《ジュナイド》に知られたら、鞭打ち刑が待ってる。ぼくの目が白い…じゃなくて黒いうちは…っていうか碧だけど、とにかく色がついてるうちは、もう二度とぼくのせいで鞭打ちなんてさせない。

「四神殿の外側には、各州領主の館《やかた》があります」

「レンドルフの館はどこ？」

「エル・グレン卿ですか？　領地に対応してますから北ですね。北の中央左、こちらになります」

見取り図上を指さした場所を、ぼくは頭に叩き込んだ。一応、攪乱《かくらん》のために他も聞いておこう。

「ルシアスは？」

「エル・ファリス卿の館はこちらです。東の中央左。エル・ルーシャ卿は北の中央右、エル・グレン卿のお隣ですね。エル・メリル卿は西の左端です」

レイアルは聞いてもいないのに、他のふたりの王候補の館も教えてくれた。エル・ルーシャは白い髪のウェスリーで、エル・メリルはマッチョのディーランだ。

「ふうん。ありがと」

「お役に立てて幸いです」

しとやかに目を伏せてノートを畳んだレイアルの顔を見ていたら、頼んでみる気になった。彼ならきっと、こっちが押せば折れてくれるような気がする。

「幸いついでに、こっそりぼくを外に連れ出してくれない？　レンドルフの館に行ってみたいんだ」

「とんでもないことでございます。いくら神子様のお願いでも、それればかりは…」

「一生の恩に着るからさ、お願い！」

パンッと顔の前で手を合わせると、レイアルはものすごく困った顔をした。それでもフィリやセルヴィスみたいに、打てば響くような断り方はしない。

「危ない真似をするつもりはない。ただ、アキちゃんが匿われてた部屋を見たいんだ。見たら、どうして姿を消したのか、何か思いつくかもしれないし」

「……」

「お願いします！　本当にぼく、こっちに来てから頼れる人がほとんどいないんだ。みんなぼくを敬って従うふりをしてるけど、本音ではぼくの言うことなんて聞いてない。みんなが言うこと聞くのはジュナイドとか、上の人の命令だけでしょ？」

「…それは」

「いいんだ、別にそれは。仕方ないってわかるから。

でも、ぼくのこと本当に貴い神子だって思ってるなら、本気の頼みくらい聞いてよ」

お願いだから…と、指を組み合わせて祈るみたいに頭を下げたら、レイアルはものすごく焦った声で「顔を上げてください」と小さく叫んだ。そうして大きく息を吐き、仕方ありませんねと肩を落とす。

「神子様にそこまでお願いされたら、断るわけには参りません。わかりました。それでは明日、朝食のあとで、従者に変装して神殿を抜け出しましょう。服や通行証はこちらで用意しておきます。それでよろしいですか？」

「うん！」

レイアルはけぶるようなやさしい眼差《まなざ》しでにっこりぼくに微笑んで、布団に入れとうながした。

「では、今夜はしっかり眠っておいてください。明日はちょっとした冒険になりますから」

もちろんぼくは素直に従って、首まで上掛けをかけてもらった。

ほんの少しだけどアキちゃんの捜索に協力できる。そう思うと、胸をふさいでいた重石のような不安が、少しだけ軽くなり、まぶたを閉じると同時にやっと眠気が訪れてくれた。

翌朝はいつもの時間に起こされる前に目が覚めた。

朝の沐浴を済ませて定期健診を受け、着替えて食事をしてまた着替える。神子扱いされはじめてから六日目にもなると、さすがに毎日のルーティンは覚えた。従者の前で真っ裸《まっぱ》になるのも、服を着せられるのも慣れてきて、いちいち考えなくても身体が動くようになりつつある。

極力いつもと同じように行動したつもりだったけど、そわそわしてるのは伝わるのか、フィリやセルヴィスに「エル・ファリス卿のご訪問が待ち遠しいのですか？」「昨日一日でずいぶん仲睦まじくなられたようで、安心しました」「聖なる白き竜蛇神も大いにお喜びになられるでしょう」などと、誤解されて冷やかされてしまった。うーん…、従者たちってもしかして噂好き？

「そのルシアスなんだけど、今日はちょっと準備したいことがあるから、訪問は午後からにして欲しいって伝えておいてくれる？」

レイアルと一緒に神殿を抜け出している間に、うっかり会いに来られたら騒ぎになる。適当な理由をでっち上げてセルヴィスに頼むと「畏《かしこ》まりました」と請け負ってもらえた。去り際に「焦《じ》らすというのは、良い手ですね」と、意味ありげに目配《めくば》せされたのは、たぶん、なにか別方向に誤解したんだと思うけど、都合がいいから放っておいた。

食後の着替えをすませると、ぼくはレイアルと一緒に散歩に出た。もちろん神殿を抜け出すためだ。

身長の二倍もある花棚の影で従者の服に着替えて、庭の北側にある門扉から外に出た。門扉の両脇に立つ門番たちは、レイアルの顔と通行証兼身分証でもあるブレスレットを見ただけで、すんなり通してくれた。そのうしろから、ぼくも怪しまれない程度にフードを被って顔を隠し、レイアルに続いて扉をくぐり抜ける。

「意外とあっさりだね」

「あの門番たちは新参で、神子様のお顔を存じ上げませんから。昨日のうちに手をまわして輪番に手を加えておいたのですが、うまくいきました」

「へえ、すごい」

「これくらいできなくては、神子様づきの従者になどなれません」

「そうなの？」

「はい。神子様のお世話をさせていただけるのは聖神殿の神官だけと決まっています。聖神官には並大抵の努力ではなれません。家柄、頭脳、容姿に秀でているのは当たり前で、さらに、聖なる白き竜蛇神のお許しを得なければならないのですが、こればかりは努力でどうにかなるものではありません。持って生まれた資質ですから」

いつもは控えめで、おっとりして見えるレイアルが、珍しく興奮気味にまくしたてる。選ばれた者の自負というか、プライドが垣間《かいま》見えるその勢いに、ちょっと引きつつ、ぼくは同じ感想をくり返した。

「へえ…、すごいんだね」

ぼくの反応の薄さに、しゃべりすぎたと気づいたのか、レイアルはくっと唇を引き結んだあと、いつものおっとりした表情に戻った。

「おしゃべりはこのくらいにして、先を急ぎましょう」

レイアルは次々と扉を抜けて階段を降り、また昇り、回廊をぐるりとまわったり長い廊下をひたすら進んで、ぼくをレンドルフの館が見える場所まで案内してくれた。

「ここから見える、あの建物がエル・グレン卿の州領館になります」

有能な聖神官とはいえ、さすがに州領主の館に忍び込むことはできないらしい。隣接する花神殿の展望塔に登って、館の外側を眺めるだけだと言われて、かなりがっかりした。途中からずっと階段を登ってばかりいたから、変だとは思ったんだ。

「えー遠い…。もうちょっと近くまで行けない？」

運動不足の身体を鞭打って、ひたすら登ってきたのにこの仕打ち。息を切らしながらぼくが文句を言うと、レイアルは申し訳なさそうに「申し訳ありませんが、無理です」と謝った。

「うーん…」

ぼくは展望台の手すりから身を乗り出すようにして、レンドルフの館をじっと見つめた。

建物は三階建てで、外壁は白っぽいベージュ色の石でできてる。少し離れた両隣にも同じような建物があるけど、間に葉の茂った高い樹がたくさん生えてて、互いの視界をさえぎってる。建物のまわりにはそこそこ人通りがあって、ときどき玄関らしき場所から出たり入ったりしている。

そんな人の流れをじっと見ていると、ふいに淡く青白い光が浮き上がって見えた。細いヒモみたいな光の筋と、小さな丸い光の珠《たま》が、建物の一箇所から外に流れ出て、州領館より少し離れた場所に集まる。

なんだろう…？　光を見てるとなぜかアキちゃんの姿が思い浮かぶ。

「あっちの、あそこにある建物はなに？」

ぼくは光を目で追いながら、指をさして訊ねた。

「あれは下位の神官や下使《かし》たちの食堂ですね。そのとなりは一時保管所。外から運び込まれる食糧や雑貨などを検品して、各所に配送する建物です」

レイアルの説明を聞きながら、ぼくはさらに目を凝らした。青白い光の筋は食堂のあたりで点々と光の珠を増やしてから、再びレンドルフの館に戻った。そして中庭に面したあたりでふわふわくるくる揺らめいたあと、またしても館の外に出る。さっきとは別のルートだ。その行き先に目を凝らそうとしたけれど、残念ながら、木の葉や建物にさえぎられるとものすごく見づらくなる。

「なんだろ、あれ。レイアルにも見える？」

「なにがですか？」

「あの青白い光」

「青白い…光？　わたくしには見えませんが」

「ほらあそこ」

さっきと同じ動きをくり返しはじめた光の筋を、指さして説明しても、レイアルは首を傾げるばかりで話が通じない。どうやら本当に見えないらしい。

「神子様は聖なる白き竜蛇神の寵愛を受けた特別な存在。わたくしたちにはない不思議な力があってもおかしくはありません」

「へー……」

そりゃすごい。っていうか、ああいう光ってこっちの世界特有のもので、誰でも見えてると思ってたけど、違うんだ。そのことにもびっくり。

「確か先代の神子様も、人の気配が光のように見える御方だったと記録に残っております。その力のせいで、どこに隠れてても見つかってしまうと、王が笑いながら自慢したという逸話があるそうです」

「人の、気配……」

それでピンときた。

「わかった。あれはアキちゃんの気配だ！」

もしくは残像。たぶんそう。それ以外に、あの光がぼくに見える理由は思いつかない。

そうとわかれば、やることはひとつ。

「レイアル」

ぼくが振り返った瞬間、レイアルは余計なことを教えてしまったという顔で、首を横に振った。

「なりません」

「お願い、あの光を追わせて」

「なりません。もうそろそろ御庭に戻りませんと、エル・ファアリス卿がいらっしゃいます」

「ルシアスなら待たせても大丈夫だよ。あとでちゃんと謝っておくし」

「そういう問題ではありません」

「お願い」

「駄目です。最初にわたくしと約束しましたよね。時間になったら戻ると」

「そうだけど。でもアキちゃんの行方がわかるかもしれないんだ。光が消えちゃう前に、お願いだから確認させて」

「駄目です」

これまでの柔和さが嘘のような硬い態度で、レイアルはぼくの願いを却下した。そしてぼくに近づいて腕を取ろうとする。つかまったら最後だ。他の従者と同じく、レイアルも見た目のたおやかさを裏切る力の持ち主で、いざとなったらぼくなんて軽々持ち上げられてしまう。

「——…ごめん！」

ぼくはクルリと身をひるがえし、油断してるレイアルの脇を通り抜けて階段に飛び込んだ。これまで何を言われてもほとんど反抗せず、流されるままに従ってきたことが初めて役に立った。

「神子様…ッ!!　お戻りくださいッ！」

焦って追いかけてくるレイアルの声を振りきって、ぼくは階段を駆け降りた。

階段が途切れると、来たときとは反対側の通路に向かってダッシュして、レンドルフの州領館がある方向を目指す。早くしないと、あの光が見えなくなる前に、なんとしても行方を突き止めないと。

絶対にアキちゃんを見つけるんだ。


ただその一心で、約束を破られたレイアルの焦りや怒りについては考える余裕がなかった。

「神子様…ッ!!」

追いかけてくるレイアルの声が高い天井に木霊したとたん、それに応えるように足音が鳴り響いてわらわらと人が集まり、あっという間にぼくの行く手をさえぎる壁になった。

「神子様、これ以上の勝手はなりません」

あっという間に、どこからこれだけ集まったのかと思うほど大勢の護衛や警護士に取り囲まれて、ぼくはそれ以上、どこにも行くことができなくなってしまった。


『神子の脱走』騒ぎは、ぼくが予想していたよりはるかに大きな問題になった。

張本人のぼくは口頭による注意だけですんだのに、変装や通行証の手配など、脱走の手引きをしたレイアルの罪はより重いということで、准上位《じゅんじょうい》聖神官から准下位《じゅんげい》に降格、従者の身分剝奪《はくだつ》の上、無期限の謹慎処分となった。神官にも格があって、神子に拝謁できるのは准上位以上だと教えられた。准下位は見習いに毛が生えたようなもので、神官の中では最下位。准上位まで昇格していた神官にとっては、かなり屈辱的なことらしい。

　でも、それだけならまだ救いがあった。ジュナイドに連れられて懲罰室に入ると、ぼくの脱走を手伝ってくれたレイアルが真っ青な顔で待っていた。

「神子様を傷つけるわけには参りませんので、代わりに罰はこの者が受けます」

　聞きおぼえのある宣言のあと、レイアルは手ではなく背中に鞭打ちを受け、さらに腕を斬《き》り落とされそうになった。

「止めてよッ！　レイアルは悪くない！　ぼくの頼みを聞いてくれただけでレイアルは悪くないッ！」

　絶叫して刑の執行中止を求めると、ジュナイドはちらりとぼくを見たあと、小声で処刑官になにか指示した。処刑官は菜切り包丁みたいな刃物の切っ先を、腕から指に変えて振り下ろした。

「——…ッ」

　左手の小指と薬指を失ったレイアルの悲鳴が、懲罰室に響きわたる。

　ぼくは声も出せず、その場に凍りついた。切断面から噴き出した血があたりに飛び散って、目の前が紅《あか》く染まる。刑を見届けたジュナイドが、表情も変えず冷たく言い放った。

「神子様がわがままを申された結果でございますぞ。目を背けず、しっかとご覧になられませ」

　罪の色である黒い盆に載せられた、血まみれの二本の指を見せつけられて、ぼくは声を出すことも、息をすることもできない。

　罪悪感のあまり目を逸らした隙に、レイアルの一部だった二本の指は持ち去られ、そのあとは二度と話題に上らなくなった。

午近《ひる》くになるとルシアスの訪問が知らされ、四阿に昼食が用意された。他の従者たちは何事もなかったようにいつもの顔、いつもと同じ動きで神子の世話を焼くために待機している。作り物めいたすまし顔の裏で、彼らがなにを考えているかわからない。わからないことが恐い。

『神子様のわがままのせいで…』と、恨みがましい目で睨まれた方がまだマシだった。

こっちの世界に来て、こんなに怖いと思ったのは初めてだ。見知らぬ森で目を覚まし、アキちゃんとふたりで追い剝ぎに襲われた旅人の遺体を見たときとは、違う意味の怖さに全身が震える。

「神子様、どちらに行かれるのですか？　もうすぐエル・ファリス卿がいらっしゃいますよ」

「あそこの花壇、泉の脇に咲いてる黄色い花のとこにいる。誰もついて来ないで。ひとりになりたい」

誰とも目を合わせず四阿を出ると、ぼくはとぼとぼ歩いて、四阿からは死角になって見づらい茂みの陰に身体をねじ込んだ。そのまま腰を下ろして両脚を抱え、小さく背を丸めて膝に顔を埋め、声を出さずに泣いた。花の中にひっそりと身を隠して。

――ごめんなさい…。

何度謝っても、斬り落とされたレイアルの指は戻らない。それとも、神に頼めば戻してくれるんだろうか。こんなときアキちゃんがいてくれたら、きっと相談に乗ってくれるのに、アキちゃんはいない。自分ひとりで考えなきゃいけない。『神子様がわがままを申された結果』というジュナイドの言葉がよみがえるたびに「だってアキちゃんの行方をどうしても調べたかったんだ」という言い訳が胸の中で暴れる。けれど次の瞬間には、血の気の失せた二本の指が目の前に浮かんで、息が止まりそうになる。

こんな想いをするくらいなら、自分の指を切り落とされた方がマシだった。

自分がやったことの責任くらい自分で取りたいのに、それすら許してもらえない。

「もう…やだ。帰りたい…」

こっちの世界に来てから初めての弱音が洩れた。

元の世界の父さんの家は、決して居心地がよかったわけじゃないけれど、少なくともこんなふうに誰かを傷つけることはない。

——そうか？　愛人《おまえ》の子の存在は父親の妻の心を傷つけ、その息子と娘に嫌悪感を与えて苦しめていたじゃないか。だからおまえはあの家で、幽霊のように扱われてた。気配はするけど存在しない者として、顔を合わせても無視され、言葉もかけてもらえず、家族の行事にも参加させてもらえない。そんな家に帰りたいのか？

……わかん…ない。


うつむいたまま胸の中でつぶやくと、風が吹いて葉擦れの音が響く。甘い匂いがふわりとただよい、花びらが雪のように舞い散ったかと思うと、ふいに光が射し込んで、膝の間から見えていた地面が明るくなった。

「ハルカ」

気配も足音も立てず、どうやって近づいたのか。気遣いとやさしさと、ぼくに対する惜しみない愛情がたっぷりつまった声が聞こえた瞬間、肩が震えた。

膝頭に額を押しつけたまま地面を睨んでいると、温かな金色の光が、ゆらゆら揺れながらそっと寄り添ってくるのが見えた。

「ハルカ。話はすべて聞きました」

ささやくように静かな声が頭上に落ちる。そのまま髪をそっと撫でられて、ぼくは顔を伏せたまま、強く唇を嚙みしめた。

「辛い想いをしましたね。私でよければ力になります。なんでも仰《おっしゃ》ってください」

「……っ」

ずるい。こんなときにそんなやさしい声で、やさしいことを言われたら、弱音を吐いて甘えたくなる。

目の前に膝をついたらしいルシアスが、ぼくの顔をのぞき込む気配がする。耳に当たった吐息が温かい。体温が伝わる距離で見つめられている。今、顔を上げたら、きっと唇がぶつかるくらい近いと思う。

「ハルカ、どうか私を頼ってください」

懇願するような声の響きに負けて、うっかり顔を上げてしまった。

ぼくの顔は涙と鼻水でぐちゃぐちゃで、まぶたも腫れてかなりひどい状態だったと思う。だけどルシアスは笑いもせず、心配そうな表情でぼくを見て、両手で頬を包んでくれた。

「死にたいくらい反省した顔ですね」

そのまま親指で涙をぬぐわれ、それでもこぼれ落ちた涙を、唇で吸い取られたら、変な声が洩れた。

「ふ…ぅえ」

自分には、こんなふうに慰めてもらう価値なんてない。そう思って身をよじろうとしても、ルシアスの手は離れない。

「あまり、自分を責めすぎてはいけません。あれが彼らのやり方なんです」

「でも…」

ぼくのせいで…と言いかけた唇を、指でそっとふさがれてしまった。ルシアスはそのままぼくの耳元で内緒話のようにささやいた。

「やつらは、自由な小鳥の翼を手折って二度と飛べなくする術《すべ》を、本当によく心得ている」

「……え?」

「ああやって酷《むご》い罰を見せつけて、あなたにわざと罪悪感を植えつけたんですよ。そうやって自分たちの言いなりにしてしまうんです。『逆らえば身代わりを罰するぞ』と、常に脅して」

「そんな…」

「あなたはもっと気をつけないといけません。従者だと思って油断していると、いつの間にか主導権をにぎられてしまう。そうやって神官や従者に操られ、傀儡《かいらい》にされた王や神子がこれまで何人いたことか」

「かいらい…？」

「くぐつ。操り人形のことです」

ぼくは持てる知識を総動員して、ルシアスが言おうとしていることを理解しようと努力した。映画やドラマによく出てくる黒幕と似たようなものかな。

そういえば、ちょっと前に読んだ中国の時代小説に、宦官《かんがん》の言いなりになる皇帝の話があったっけ。

そんなことを一生懸命考えていたら、肩がくっつくほどすぐ隣にルシアスが腰を下ろした。

「ちょっと狭いですね」

そう言いながら、ルシアスは手遊《てすさ》びに花が咲きこぼれる枝を揺らして、口調を改めた。

「ハルカ、あなたは強くならねばなりません」

「強く…？」

ぼくはルシアスを見た。花びらがこぼれて、ちらちら光りながらルシアスの髪に舞い落ちる。まるで光でできた王冠みたいに。

「そうです。神の声を聞く至高の存在、王と同等の身分という立場をきちんと受け止めて、使いこなせるようにならねばなりません」

「――…そんなの」

ぼくには無理だと言いかけたけど、ルシアスの強い眼差しを受けて口を閉じる。

冗談で言ってるわけじゃない。ルシアスはものすごく真剣な表情で言葉を続けた。

「第一に、彼らの巧妙な要求を無条件に受け容れて、主《あるじ》を操れると思い上がらせてはなりません」

「操る…？」

「神官というのは、本当にしたたかな連中なんです。どんなに甘言を捧げられても油断してはいけません。主導権は常に自分がにぎるようにしないと」

「どうやって？」

ぼくが首を傾げると、ルシアスは噛んで含めるように具体例を教えてくれた。

「たとえば毎日の決まり事。しきたりだから従ってくださいと言われるでしょう？　でも本当は必要ないんです。ほとんどの決まり事は、単に彼らが仕事を失いたくなくて言い張っているだけですから」

「…でも、じゃあ、今いる十人の従者たちに『今日から着替えは自分でするから、手伝いはひとりでいい』って言ったら、あぶれた他の九人に恨まれない？　おまえたちは必要ないって言われたようなものでしょ？　自分の存在意義を否定されるのって、けっこう地味にＨＰ削られるっていうか、辛いと思うんだけど」

ルシアスは茂みの葉を指先でパラパラ弾きながら、少し意外そうにぼくを見て微笑んだ。

「ハルカ…。あなたは本当にやさしい人ですね。それにおそらく、自分で思うより聡明《そうめい》だ」

「そーめー…」

びっくりした。その単語を使って褒められたのは、生まれて初めてかもしれない。

「仰る通り、単に『今日から洗面器持ちはいらない。靴を履かせる係もいらない』と言ったところで聞き入れられないでしょう。ではどうするか」

ルシアスは、若葉が茂る枝をもう一度シャララと鳴らしながらぼくを見た。

「代わりの仕事を与えればいい。たとえば…」

「庭の草取りとか？」

思いついたまま答えると、ルシアスは噴き出した。

「ははは。草むしりですか、それはいい！　庭の世話は庭師がいるから、自分たちの仕事ではないと言い張るでしょうが、あなたが花壇でも作りはじめて手伝わせれば、文句も言えないでしょうね」

「ええ!? マジでそんなんでいいの?」

ぼくがびっくりして聞き返すと、ルシアスはうなずいた。

「いいんです。今は上官に命じられてあなたに仕えている従者たちに、あなたが仕事を与え直すことが大切なのですから。そうやって主導権を取り戻していく。上官ではなく、あなたの指示に従うように。もちろん上に立つ者として、仕える者たちへの感謝も忘れてはなりません。だからといって、彼らの巧妙な脅迫に屈して、あなたが萎縮《いしゅく》する必要はない」

間接的に「レイアルの斬刑はあなたのせいじゃない」と慰められた気がするけど、素直に喜べない。

「レイアルに対する処罰が、ぼくを言いなりにするためのものだったとしても、彼が指を失ったのは、やっぱりぼくのせいだ。どうやって償えば…」

膝頭に顎をついてまぶたを伏せると、ルシアスがそっと肩を抱き寄せてくれた。

「だからこそ、あなたが強くなる必要があるのです。あなたが発言力と影響力を身につけて、本当の意味で『王と同等の身分』を手に入れたら、彼を従者として、もう一度お召しになればよろしい。前と同じ身分と報酬に、指を失った分を上乗せして。それで彼の名誉は回復させられる」

「そ…っか!」

真っ暗な視界に光が射し込んだように、取り返しのつかない罪悪感に押し潰されそうだった気持ちが楽になる。

「そういう方法が、あるんだ」

ぼくが少しだけ笑顔を浮かべて顔を向けると、ルシアスも力づけるようにうなずいてくれた。

「はい。今日明日すぐにというわけには参りませんが、長期的視野で事にあたる必要性も覚えておくと、今後なにかと役に立つかと」

「そうだね。うん。よし！」

ぼくは両手に力を込めて、茂みの隠れ処を抜け出し、陽射しの下に立ってルシアスに手を差し出した。

「ありがとう、ルシアス。本当に」

「どういたしまして」

ルシアスは差し出したぼくの手をにぎり返し、軽やかに立ち上がってぼくの身体を抱き寄せた。

「お役に立ててなによりです。ハルカ…」

ルシアスの瞳がなにか言いたげに揺れながら、ゆっくり近づいてくる。

「私はあなたの笑顔を見るために、生まれてきたと言っても過言ではありません」

「へぁ？」

突然はじまった甘いセリフに視界がくらりと揺れたのは、目眩のせいではなく、腰を抱き上げられて、くるりとその場で一回転したせいだ。


目の前できらきらと金色の光が弾ける。

まぶしくて瞬きしたら、唇にむにゅっと弾力のあるものが押しつけられた。

「んぅ？」

驚いて身を引こうとしたら、後頭部を大きな手のひらで押さえられて動けなくなる。弾力のあるなにかはますます唇に吸いついて、気がついたら口を開けて侵入を許していた。

——あれ？　これってもしかして、ルシアスの唇？

……と、舌？

チカチカ瞬く光に幻惑されていた両目が、ようやく役目を思い出したように映像を映し出す。でも近すぎて、やっぱりよく見えない。見えないけど、状況はなんとか把握できた。

ルシアスがぼくにキスして、舌を絡ませてる。

「んん…」

ちょっと、いきなりなにすんのって抗議したかったけど、唇を離して声を出そうとするたびに、より濃厚に舌を舐めまわされて腰が砕けた。

――そういえば、この人キスがすごくうまいんだった…。

腕や足に力を入れて抗《あらが》おうとするたびに、パン生地でも捏《こ》ねるみたいに、巧みに丸め込まれて為《な》す術を失う。それがまた背徳感というか、奪われる快感みたいなものを生み出して変な気分になる。

口の中に溜まった唾液を吐き出したくても、唇がぴたりとくっついてできない。そのうちどうでもよくなってゴクンと飲み込んだら、褒めるみたいに、後頭部を支えていたルシアスの指がゆるゆる動いて、うなじをなぞられた。

その瞬間、下腹部の深いところを刺されたみたいな疼きが生まれた。同時に前が熱くなる。

「――…ッ」

言い訳してもしょうがない。ぼくはルシアスにキスされて、口の中を舐めまわされて、舌を甘噛みされたり吸われたりして、ものすごく感じてしまった。胸がどきどきして息が上がり、そのままもっと強く抱きしめて欲しいって思った。だってすごく気持ちいいんだ。そんな自分の状態に気づいて力を抜くと、ルシアスがようやく唇を離してくれた。

「な…も…――急に…なに、すんの…」

唾液で濡れた唇を手の甲でぞんざいにぬぐいながら、息も絶え絶えに抗議したら、ルシアスはもう一度ぼくの頰を手ではさんで持ち上げ、鼻の頭をくっつけながらささやいた。

「唇接《キス》けです」

「それは、わかってる。ぼくが訊いてるのは」

キスした理由だと言う前に、ルシアスは大輪の薔薇みたいに自信に満ちた表情で言い放った。

「ハルカがあまりにも可愛いので、我慢できませんでした。許可を得ずに触れたことは謝りますが、恋に無粋な前置きなど不要。あなたが私を受け容れてくれることは、わかっていましたから」

「――…すっごい自信だね」

恋って単語についてもうちょっと突っ込んで訊きたかったけど、それこそ無粋な気がして遠慮した。これまでのルシアスの態度と言葉、そして今のキスで、わざわざ確認しなくてもわかるから。

「自信は…それほどありません。あなたはこんなにも魅力的なのに、私はただの王候補のひとりに過ぎない。あなたはこれから、私以外の王候補たちとも《特別な交流》を持つ。あなたが私以外の候補に惹かれるのではないかと、今から嫉妬《しっと》の青い炎で身を灼かれる想いです」

なんて情熱的な言いまわし。もうこの人が王様でいいじゃないかと思うけど、そういうわけにはいかないか。そんなことを考えながら、なぜかなにかが頭に引っかかる。

「嫉妬の…」

青い炎という単語で、頭の隅に追いやられていた大切なことを思い出した。

「――…っそうだ！　アキちゃんのことで大発見があったんだ！」

思い出したとたん、それまでの甘い空気が吹き飛んだ。ぼくはルシアスから身をもぎ離して叫んだ。

「ルシアス、ぼく、レンドルフにすっごく会いたいんだけど、今すぐ呼んでもらえる？」

「…――」

ルシアスは一瞬、般若みたいな顔で固まったあと、天を仰いでぼくから手を離し、盛大に溜息を吐いて肩を落とした。そして、

「ハルカが望むなら、私はそれを叶えましょう」

殉教者みたいにつぶやいて、ぼくがレンドルフと会う段取りを整えてくれた。そのことで従者たちがなにか言いたげに目配せし合ったり、ジュナイドが

ものすごく渋い顔で小言を言いかけたけど、ルシアスが盾になってさえぎってくれた。

アキちゃんの捜索で王宮の外に出ていたレンドルフは、夜になってから〝神子の庭〟にやって来た。

ルシアスに同席してもらって、ぼくが昼間見た青白い光のことを話すと、レンドルフは身を乗り出して詳しく聞きたがった。

「光の行き先を確認したかったんだけど、抜け出したのが見つかって連れ戻されちゃったんだ。レンドルフの館の中に入れたら、もっとちゃんと見れると思うんだけど。外出許可が出なくて」

ぼくが昼間の出来事を思い出して項垂れると、レンドルフは思案顔でルシアスをちらりと見た。

「《特別な交流》中のエル・ファリス卿が同行してくだされば、許可は下りると思いますが…」

「同行者は私だけでなく、神官どもが警護の名目で山ほどついてくる。エル・グレン卿がそれでもかまわないと言うなら、私の名で神官長に許可を申請しましょう」

視線を受けてルシアスが答えると、レンドルフが深々と頭を下げた。

「ご自身の名誉にかかわる申し出、痛み入ります」

「誤解なきように。卿のためではない。すべてはハルカ…、神子のためです」

「承知しております」

そう言ってレンドルフはもう一度深く頭を下げた。

ただ単に外出許可をもらうだけなのに、どうしてこんなに重々しい雰囲気の会話になるのか。ぜんぜんわかんないけど、とにかくレンドルフはアキちゃんのため、ルシアスはぼくのためにいろいろ骨を折ってくれるんだ。それだけは骨身に滲《し》みて理解できた。そして感謝した。

その夜のうちに、ルシアスが外出許可を求める申請書を提出してくれたらしいけど、許可が下りたのは三日も経ってからだった。そのあとすぐに出かけられたかというと、それも無理。神子が正式に州領主の館を訪ねるということで、儀礼的な先触れと返答に一日。随員の仕度や準備に一日。

仰々しい正装を身にまとい、マッチョメンが担ぐキンキラの輿に乗って、やっとのことで庭を出てからも最短距離を行くのではなく、神子のために清められた道を使わないといけないってことで、とんでもない遠回りをさせられた。

途中で何度も文句を言って輿を飛び降りたくなったけど、ルシアスに言われた『長期的視野で物事に当たる必要』という言葉を思い出して、ぐっと我慢した。最短距離なら三十分もかからない道のりを五倍近くかけて、ようやくレンドルフの館に入ることができたのは昼近くになってからだった。

三十人近い随員を引き連れて、比喩《ひゆ》ではなく本当に鳴り物入りで乗り込んだのに、残念ながら期待した成果は得られなかった。

「時間が、経ちすぎたんだ…」

六日前にはあんなにはっきり見えたアキちゃんの痕跡《こんせき》――青白い光は、ほとんど消えかかっていた。どんなに目を凝らしても、集中しても、見えるのはアキちゃんが寝泊まりしてた部屋の中に、ほんの少しだけ。扉を出てどっちの方向に移動したのかすら、見分けることはできない。

「……くそっ」

誰にも聞かれないように口の中で小さく悪態をついて、ぼくは強く拳をにぎりしめた。

ぼくが自由だったら…。

もっと力があって、ジュナイドや神官長ウリセラの命令なんて無視できたら。アキちゃんを見つけることが、できたかもしれないのに。

――強くならなきゃ。

ぼくの胸に、ルシアスに言われた言葉が実感を伴って、深く刻み込まれた瞬間だった。

† 〝死の影〟とキス

「由々しき事態ですぞ。〝死の影〟が消えるどころか、濃くなって拡がりつつあります」

ルシアスとの《特別な交流》も残り三日。ひとりに割り当てられた十日のうち、最後の一日は神への報告日だから、実質は残り二日の朝。

定期健診でぼくの手首を確認した神官医は、眉間に皺を寄せて〝死の影〟をじっと見つめたあと、顔を上げ、ここにはいないルシアスに文句を言った。

「エル・ファリス卿はなにをしてるのです」

「神官医殿に指示されたとおり、一日一回、唇接《キス》けはしている。体液は充分与えているはずだが」

呼び出されて予定より早く〝神子の庭〟にやってきたルシアスは、陽除けのある露台《バルコニー》でぼくの隣に座り、尊大に腕を組んで神官医を睨むみたいに見返した。ぼくに見せる柔和な仕草や表情とはずいぶん違う、隙のない威圧感をまとってる。

——主導権をにぎるって、こういうとこからはじまってるのかな…。

前に言われたことを思い返しながら、ぼくはちらりとルシアスを見た。ルシアスもぼくを見る。

自己申告どおり、ルシアスはぼくに会うと必ず一回はキスしてきた。日によっては二回とか三回も。理由はぼくが可愛くて愛しくて好きだから…だと思ってたけど、治療の意味もあったのか。

視線ひとつでぼくの内心を察したのか、ルシアスは雰囲気をやわらげてぼくに小声で説明した。

「もちろん、治療も理由のひとつですが、唇接《キス》けするのはあなたが好きだからです。そこはお疑いにならないでいただきたい」

「あ…うん。それは、わかってる。うん」

ぼくは自分に言い聞かせるように、何度もうなずいた。でもちょっとショックだったのは事実。

「最初に唇接《キス》けしたとき、治療のためだと誤解されるのが嫌だったので、私の気持ちをきちんと伝えたのですが……——もしかして〝死の影〟の治療方法について聞いたのは、今日が初めてなのですか？」

「ううん。ちゃんと前に説明されてた」

…っていうか〝死の影〟に関する神の声を伝えたのは自分なのに、忘れてた。そして今思い出した。

「そういえば、体液がどーのこーのって言われてたっけ」

大事なことでもボロボロ忘れる自分の記憶力に絶望する。でもこの忘れっぽさのおかげで嫌なことも引きずらずに済むから、悪いことばかりじゃない。

「うぉっほん」

わざとらしい咳払いが聞こえて、ぼくはルシアスと見つめ合っていたことに気づいた。視線を外して前を見ると、神官医がぼくとルシアスを交互に見て、もごもごと口を開く。

「それほど仲睦《なかむつ》まじくなっておいでなら、一番確実な方法で体液摂取なさることをお勧めします」

「一番確実な方法って？」

ぼくの質問に神官医が答える前に、ルシアスが手を上げて発言を封じる。

「それは私が実地で教える。神官医殿はなにひとつ憂いることなく、心安《こころやす》くあられよ」

そのまま露でも払うみたいに手を振ると、神官医は立ち上がって一礼し、神殿の奥に姿を消した。

ふたりきりになると沈黙が落ちて、露台《バルコニー》の手すりに舞い降りた鳥がチチチと鳴く声が大きく響いた。

呼ばれたもう一羽がやってきて二羽で仲よく羽繕いをはじめる。〝神の庭〟にいる鳥は人に追われたことがないから、人を恐れない。ここは楽園みたいに平和な場所だ。ぼくにとっては鳥籠《とりかご》だけど。

「――で、一番確実な方法って?」

忘れないうちに確認しとかなきゃ。

ルシアスはなにも言わない。代わりに長椅子の背もたれに肘《ひじ》をつき、壮絶な流し目をぼくに向けた。

「なに?」

もう一度訊ねると、ルシアスは立ち上がってぼくに手を差し出した。

「散歩に行きませんか?」

なんだろ、もったいぶって。早く教えてくれればいいのに。そう思ったけど、ルシアスと庭をそぞろ歩くのは好きだ。ぼくは素直に彼の手を取った。

優雅な曲線を描く階段を使って庭に降り立つと、ぼくたちは小川に添った小道を歩いて橋をわたり、こんもりと茂る小さな森の中に分け入った。

森の中には小さな空き地があって、そこに、樹の枝からつり下げた色とりどりの布を地面に縫い止めたカラフルなテントができていた。テントの中にはふかふかのマットレスとクッションが敷きつめられていて、昼寝をしたら気持ちよさそうだ。

テントの外には石で作った素朴な竈《かまど》、その横には小さな鍋《なべ》とカップ、スプーンにフォーク、籠《かご》には果物やパン、摘み立てのハーブ、焼き菓子、布に包まれたハムやバターもあった。

「うわ! なんか豪華で可愛いキャンプ場みたい」

「気に入りましたか?」

「うん」

「時には気分転換も必要だと思い、用意しました」

「ルシアス…」

竈で湯を沸かしはじめたルシアスの隣に腰を下ろして、ぼくは自分からちょっと肩をくっつけた。

《特別な交流》の初日からアキちゃんが行方不明になって、それからずっとバタバタして落ちつかなくて、気持ちも落ち込んでばかりいるぼくのために、こんなふうに気を遣ってくれる。

「やっぱり、いい人だね」

「私のことですか？」

「うん。なんかもう、王様はルシアスでいいんじゃないかって気がするんだけど、駄目かな？」

肩をくっつけたまま見上げたら、ルシアスはどこか痛いのを我慢するような苦しげな表情を浮かべた。

「そうできたらどれほど嬉しいか。あなたを独り占めできる。しかしそれは叶いません。公平を期するために、四人の王候補と《特別な交流》を行うまで、選定は下せない決まりです」

「決まり事は変えてもいいって」

ルシアスはふっと笑って、ぼくの肩を抱き寄せた。

「そうですね。でも、この決まりは変えられないんです。人ではなく神が定めたものですから」

「そっかー…、やっぱ駄目か」

しょんぼりしたぼくを力づけるように、ルシアスは沸かした湯でハーブティーを淹《い》れてくれた。見た目は葉っぱのお湯漬けだけど、すごく美味しい。

「《特別な交流》について、教育係《ジュナイド》からどんなことを教えてもらいました？」

ぐるっとまわって、やっと最初の質問に戻ってきた。ぼくはお茶を飲みながら記憶を掘り返してみた。

「十日間、会って話しておつき合いして、一番相性がいい人を選べばいいって」

「それだけ？」

「候補の四人は王にふさわしい資質を備えてるから、あとはぼく…っていうか神子との相性だけが問題だって。能力とか政治力とか気にしなくていい。とにかくぼくが一番気に入った人を選べって」

「交流の内容については？」

「詳しいことはなんにも。難しく考えずに楽しめばいいとかなんとか、気楽なこと言ってた。一国の王様を選ぶのに、本当にそんなんでいいの？」

「……」

ルシアスは顎を指でなぞりながら少し考え込み、それからゆっくり口を開いた。

「〝死の影〟の治療法と、《特別な交流》の内容。ふたつの質問の答えはひとつで済みます。聞きたいですか？」

「もちろん」

「性交《セックス》です」

「――――は…？」

ぼくの手からカップが落ちて、ガチャンと間抜けな音を立てた。人ってびっくりすると本当に手から力が抜けるんだね。

「この国の神《アヴァロニス》は、性交を聖なる行為として奨励しています。神子は王候補とそれぞれ交わって、相性を見極めなければなりませんが、同時に王候補も試されるのです。神子をどれだけ悦《よろこ》ばせることができるかと。一番神子を悦ばせることができた者が、神の祝福を得る。我々王候補は、そう説明されました」

「……えー…あー…」

どう反応していいかわからない。相性って身体《そっち》の相性かよ！　とか、神って言ってもエロ神じゃんかとか、そんな爛《ただ》れたやり方で王を選んで国が滅びないの？　とか、疑問とツッコミが頭の中でぐるぐる渦巻いて二の句が継げない。

とりあえずいつでも逃げ出せるように立ち上がり、退路を確認してから訊ねた。

「性交《セックス》…っても、男同士なんですけど」

それは問題にならないわけ？

「神子は特別な存在ですから、一般の倫理観は適用されません」

「あー…そう、なんだ」

視線を泳がせながら言われた内容を理解しようとしたけれど、頭がフリーズしてうまくまとまらない。

「えーと、ぼくに拒否権はあるの？」

質問したとたん、ルシアスが胸でも刺されたみたいに顔を歪《ゆが》めた。

「あ、違う違う！　そういう意味じゃなくて。ルシアスが嫌って話じゃなく。他にも三人いるでしょ。いくら神子の務めだからって、複数の人とえっちするなんて嫌《や》だよ、ぼく。だから」

あわてて手を振って説明すると、ルシアスはなぜかさらに悲痛な表情になってしまった。

「残念ながら、神子に拒否権はありません」

「——嘘…、マジで…？」

じゃあぼく、ルシアスだけでなく、あのレンドルフともえっちしないといけないの？　ディーランとウェスリーとも？

「嘘ぉ…」

思わずその場にしゃがみ込み、頭を抱えてしまう。

「神子と性交に至らなければ王の選定から除外されてしまうので、たとえハルカが嫌だと言っても、他の王候補はあきらめないでしょう」

「なにそれ…、超理不尽…」

「そうですね。しかし神がそう定められた。人である我々は従うほかないのです」

ルシアスはゆっくり立ち上がって、ぼくの側に膝をついた。そのまま腰を抱き寄せられそうになって、ぼくは腕を伸ばして押し返した。

「ちょっと待って、整理するから。えーと、ぼくがここでルシアスとのえっちを拒否ったら、ルシアスを王に選ぶって言っても認められないってこと？」

「そうです」

「ルシアスは王になりたいんだよね？」

「…はい」

その答えを聞いたとたん、頭の中がミキサーみたいになって、考える前に言葉が口から飛び出た。

「ルシアスは王になりたいから、ぼくとえっちするの？」

それってひどくない？　なんでそう感じるのかよくわからないけど、ひどいと思う。すごいショック。

ムンクの叫びみたいに両手で頬を押さえながら、立ち上がってルシアスから離れようとしたら、かなり強い力で腕をつかまれ引き留められた。

「──順番が違います」

「え？」

ルシアスは腕をつかんだまま立ち上がり、ぼくを包み込むように抱き寄せた。そして憂いを帯びたかすれ声で切々と訴える。

「私はハルカを自分だけのものにしたい。そのためには王になる必要がある。だからここでハルカを抱いて選定の条件を満たしたい。わかりますか？」

言われた内容を頭が理解する前に、胸がきゅんと疼いてドキドキしてきた。──…ぼくって、頭より身体の方が正直かも。ちょっと混乱してわかりづらいけど、ルシアスはぼくが好きなんだよね。

「…うん」

「もちろん、そんな条件がなくても、あなたに触れたいと思っています。たとえば、こんなふうに」

「ひゃ…っ」

突然、足元をすくわれたように視界が半回転して、気がついたらルシアスに抱き上げられていた。

「嫌ですか？」

上からのぞき込むようにささやかれ、下腹部に疼くような痺れが生まれる。

「い…」

嫌じゃない。困ったことに、ルシアスがどんなふうにぼくに触れるのか興味がある。でも、嫌だと言ったらどう反応するのかも知りたい。

「嫌だって言ったら、どうする？」

これまでの礼儀正しい態度からすると、紳士的に、聞き分けよく引き下がるんだろうか。

ルシアスはぼくが嫌がることはしない。そんな安心感…というか信頼感から、単なる好奇心で訊ねたことを、直後にぼくは後悔した。

ぼくを抱きしめるルシアスの腕に痛いほど力が籠もり、全身が二倍に膨れて見えるほど迫力が増す。ルシアスは物理的な圧迫感を感じるほど強い眼差しでぼくを見つめながら、背筋が凍るほど恐い笑みを浮かべて、ゆっくり顔を近づけてきた。

「待…」

高い鼻の先がぼくの頬に当たる。わずかに顔を背けたら、唇の端に食いつかれた。

「…っ」

ちょっと待って。違うんだ。誤解だから、ちゃんと話し合おうよ。そう言いたいのに声を出す余裕がない。二度三度、顔を左右に振ってキスを避けているうちに、いつの間にかカラフルなテントの中に連れ込まれていた。

やわらかなマットレスの上に押し倒されて、両手を頭上でひとまとめにされ、頭を固定されて唇を奪われる。

今までしてきた中で一番濃厚で、容赦のないキス。唇を食べられる勢いで覆い尽くされ、喉に届くくらい深く舌を挿し込まれた。頭上でまとめられてた両腕はいつの間にか自由になってたけど、上からのしかかられて頭を固定されてたら、逃げることもできない。

ルシアスはぼくの唇を思うさま貪《むさぼ》りながら、自由な右手でぼくの身体を撫でまわしていく。首筋、肩、鎖骨、脇腹、腕、腰。どこを触られてもくすぐったい。手のひらに痺れ薬でも仕込んであるんじゃないかって思うほど、ぞくぞくする。身をよじった拍子に尻を揉まれて驚いて、脚をばたつかせたら股間《こかん》を手のひらで覆われて、息が止まった。

「――……っ」

手のひらを軽く押しつけたまま円を描くように刺激されて、一気に身体中が熱くなる。全身から汗が噴き出して、頭の中が真っ赤に染まった。

力の限り抗っても、やすやすとねじ伏せられてしまう体格差。腕力の差。ルシアスが本気を出せば、ぼくなんて赤子の手をひねるより簡単に犯《や》られちゃうんだ……。

相手の紳士的な態度にあぐらをかいて、平和ボケしていたぼくの頭に、ようやく厳然たる現実が突き刺さった。

「ル、ルシ…、アス！　待っ……！」

唇が少し外れた隙に、やっと声が出た。一緒に涙も少し出て、泣きたくないのに声が震えてしまう。

「待っ…てよ…」

両手で目を押さえて涙を隠そうとしたら、ルシアスにつかまれて、やんわり外された。

「あなたが嫌がっても抱きます。あなたの希望を聞き入れて私が手を出さずにいても、どうせ他の王候補には抱かれるんです。こんなふうに泣いて嫌がっても、私と違って止めてはもらえない。私を拒否して、他の候補に強姦《ごうかん》じみたひどい抱き方をされてもいいんですか？」

上から噛みつくみたいに諭されて、ぼくは力なく首を振った。

「……嫌《や》だ」

「私ならやさしく抱いてあげられます。気持ちよくしてあげられる自信もある」

「……知ってる」

「だったら受け容れてください。私だって嫌がるあなたに無理強いなんてしたくない。でも《特別な交流》はあと二日しかないんです。このままあなたを抱かずに終わらせることはできない」

残り二日と言われた瞬間、ルシアスが今日まで我慢してくれていたことに気づいて、申し訳なくなった。本当は焦っていたのに、ぼくがアキちゃんのことで余裕がなくなってたから、ずっと待っていてくれたんだ。必死に平気な振りをして。

「できれば愛し合いたいんです。身体だけでなく、心もつなげて」

懇願するような切実な告白を聞いたら、嫌なんて言えるわけがない。…っていうか最初から嫌だって言うつもりはなかったのに、どうしてこんな展開になっちゃったんだろう。アホな頭で考えてもよくわからないから、代わりにぼくはうなずいた。

「…うん」

「抱いてもいいですか？」

「うんって言ったじゃん。何度も言わせないでよ」

照れ隠しに鼻をつまんだら、ようやくルシアスの顔に笑みが広がった。

「恐ければ目を瞑《つぶ》っていてもいいですよ。こういうことは初めてでしょう？」

「うーん…まあ、初めてだけど…」

裸になったルシアスの身体を見てると、目を閉じるのを忘れてしまう。だって本当にきれいなんだ。肉体美ってやつ。頭上を覆う色とりどりの薄い布を通して落ちてくる、淡い光を浴びた姿は神々しいくらい輝いて見える。そう言ったら、ルシアスは目を細めて、とろけるように甘い声でささやいた。

「私には、ハルカのほうが光の化身に見える」

「そういうの、惚れた欲目って言うんじゃない」

「では、ハルカも私に惚れているんですね？」

「素直に認めるのはなんか悔しいんだけど、そうみたい」

「嬉しいです。本当に、心から」

ルシアスはそう言いながらぼくに近づいて、キスをした。キスしながらマットレスに押し倒してのしかかってくる。さっきとは違って、今度は羽毛みたいにやさしい触り方だ。

ぼくに好かれて、こんなに喜んでくれる人がいるなんて。ぼくのほうこそ嬉しい。すごく。他人から寄せられる好意にこれほど深い満足感を得たことは今までなかった。生まれて初めてかもしれない。

相思相愛って、すごいね。

好きになった人が、自分を同じように好いてくれるって、こんなにも幸せな気持ちになれるんだ。

――…知らなかった。

宣言通り、ルシアスはやさしくしてくれた。ぼくはなにひとつ不安に思うことなく、身を任せていればいい。

触れるか触れないか、産毛をなぞるような指使いで全身くまなく撫でまわされて、ぞくぞく感じた。どこを触られても、感電したみたいに疼きが広がる。指先でうなじを軽く掻き上げられただけなのに、腰が浮くほど背筋が震えた。そのすべてが気持ちいい。

手のひらでぼくの全身に触れたあと、ルシアスは唇でも同じことをくり返した。乳首を吸われて「ひゃッ」と変な声が出て、軽く嚙まれて息が止まった。「それは、やだ」と弱音を吐いたら、唇は離れたけれど、代わりに指でつままれて先端をネチネチこすられて悶絶《もんぜつ》した。

唇と舌が胸から下腹に降りていき、迷いのない動きで性器を舐められた瞬間、びくりと身体が跳ねたけど、やんわり押さえられてさらに口に含まれた。

「ちょ…っ――ルシ…ア…ス」

十歳も年上の、しかも超絶イケメンで王候補だという大人の男の人が、額《ぬか》ずくように頭を下げて自分の性器に吸いついている。ご馳走《ちそう》を味わうみたいに、美味しそうに舐め扱《しご》かれていると思うと、頭が溶け崩れてトロトロのクリームになるくらい気持ちいい。

豊かな金髪に覆われたルシアスの頭に手を置いて、なんとかもぎ離そうとしてみたけれど、無駄な努力だった。引き離そうとしてるのか、逆にもっと奥まで舐めて欲しくて押しつけてるのか、自分でも分からなくなる。下腹の奥から熱が突き上げて、無意識に腰が上下しはじめた。もう少しで出る。そう思って全身に力が入った瞬間。

ルシアスがやさしかったのはそこまで。

ぼくの性器から唇を離したルシアスは、左手で巧みに根元を押さえてぼくの射精を封じた。そのまま右手で潤滑剤だというクリームをすくい取り、ぼくのうしろにたっぷり塗りつけると、ぬめりを借りて指を挿し込んだ。

そのあたりから記憶がとぎれとぎれに混乱して、なにをされたのかよく覚えていない。

「そのクリームはなに？」と訊いたら「潤滑剤」と教えられたことは覚えてる。「軽い催淫《さいいん》効果がある」とも言われた。

「恐いものじゃない。緊張が解けて、痛みを感じにくくなる。だから安心して」

耳を甘嚙みされながら、そう説明されて、同時に脚を持ち上げて大きく広げられた。そのままルシアスが入ってくる。たぶんそこで、一度意識が飛んだ。

気がついたときには、うしろが張り裂けそうなくらいルシアスのもので一杯になっていた。前もって説明されたとおり痛みはない。だけどすごい圧迫感で、息を深く吸うことができない。重苦しい存在感に泣きたいような気持ちが生まれ、同時にルシアスとつながっていることがダイレクトに伝わって、胸が疼いた。無意識にうしろが収縮してルシアスをしめつける結果になり、「きつい…」としみじみ言われてしまった。

ルシアスはゆっくり抜き挿しをくり返しながら、

ぼくの性器を刺激して、悶《もだ》えるような射精に導いてくれた。ぼくが二回出す間、ルシアスはずっとぼくの中にいて、ゆるゆると抽挿をくり返していた。

本当は激しく突き上げたいのを意思の力でねじ伏せて、ぼくが快感を得ることを最優先にしてくれたんだと、あとで思い返して気がついた。最中はただひたすら翻弄《ほんろう》されて、こっちの人《アヴァロニス》のセックスはこういうものなんだと思ってた。

休憩を挟みつつ、結局ぼくは挿入されたまま四回射精した。したっていうか、させられた。ルシアスはたぶん一回か二回。最後のほうは、ぼくが気絶しちゃったんで覚えていない。

気がついたら神殿のいつもの寝間にいて、従者たちが口々に「おめでとうございます」とか「首尾よく目的を果たされましたね」とか「お見事でございました」とか、ルシアスとの行為を褒めるもんだから、穴があったら入りたくなった。

着替えのために裸をさらすのは慣れたけど、さすがにセックスしたことを全員に知られて、しかもそれを褒められるっていうのは居たたまれない。

「恥ずかしいことなどなにもありません。交合は神子の本分でもあるのですから、むしろ誇りに思うべきです」

本気でそう思ってるらしいセルヴィスに淡々と諭されると、よけい布団から顔を出せなくなる。

穴の代わりに布団を被って周囲の視線を避けていたけど、翌朝にはルシアスがまたいそいそとやってきて、今度はガラス張りの温室に連れて行かれた。そしてそのまま一日中抱き合って過ごした。

「今日で最後ですから。せっかくこうして肌が馴染んできたのに、もうすぐあなたと引き離されてしまうと思うと、身を引き裂かれるように辛い…」

陽が落ちて夜になり、もうそろそろ引き上げなければならない刻限が迫っても、ルシアスは名残惜しそうに何度もぼくの身体を抱きしめ、顔中にキスの雨を降らしながら睦言をささやいた。

「もう会えなくなるの？」

流れ落ちるルシアスの金色の髪を指に絡めながら、ぼくも泣きたい気持ちで訊ねた。こんなことならもっと早くから抱き合えばよかった。でもしょうがない。そんな余裕はなかったんだから。

「残り三人と《特別な交流》をして、まだ決めかねると言えば、もう一巡できます」

「そしたらルシアスとまた、こうできる？」

ぼくが自分から唇をくっつけると、ルシアスも深く重ねて舌を絡めてくれた。互いの唾液が溶け合って、それをぼくが飲み込むまで充分堪能《たんのう》してから、ルシアスは顔を離して答えた。

「できます。しかし、もう一巡ということになれば、私のあとにまた他の――」

三人の王候補ともしなければならない。その言葉は口にしたくなかったのか、ルシアスは唇を小さく噛んで黙り込んだ。

「一巡したあとに、王様にルシアスを選んだら？他の人とはもうしなくて済むよね」

「ええ」

「じゃあ、そうする」

ぼくがそう宣言すると、ルシアスは感極まったようにぼくを抱きしめて「あなたを愛しています」と何度も言ってくれた。

「ぼくも」

愛しているとは、さすがに仰々《ぎょうぎょう》しくて口にできなかったけど、精一杯の気持ちを言葉にして伝えた。

「ルシアスが好き」

ぼくたちは、従者が申し訳なさそうに「お時間です」と水を差しに来るまで、月明かりが射し込む温室の中で、一本の樹みたいにぴたりと寄り添い合って過ごした。満月に近い月の光はルシアスの髪のように淡い金色で、見ていると切なくて泣きたくなる。

《特別な交流》九日目の別れは互いに名残惜しく、従者の目もはばからず何度もキスしてさよならを言い、また会おうと約束を交わし合った。

ぼくは東の門扉までルシアスを見送り、無情に閉められた扉の向こうに恋する人の姿が消えてしまうまで、ずっと立ち尽くしていた。

一緒について行きたいと駆け出して、門扉をくぐって逃げ出そうとすれば、自分の代わりにまた誰かが罰を受ける。今度は指だけでなく腕を失うかもしれない。だからぼくはにぎりしめた拳に歯を立てて、鳥籠みたいな〝神子の庭〟に独り残される寂しさに耐えた。

ルシアスとふたりで見上げたときには、あんなにも温かくやさしい色で照らしてくれていた月明かりが、冴え冴えとした青い影を足元に落とす。

山ほどの従者と護衛に囲まれながら、心を寄り添わせる人は側にいない、孤独で小さな影を。

† 聖なる白き竜蛇神への報告

王候補との《特別な交流》最終日は神への報告日ということで、陽の出前に起こされて、いつもより長めに沐浴させられた。

二日間ルシアスに愛された痕が点々と残る身体を、従者たちに見られながら、淡々とした手つきで洗われるのがなんだか切ない。

昨日の朝はあれこれと話しかけてきて、ルシアスとしたことの内容や感想を聞き出そうとした従者たちが、今日はなぜか無言。ぼくの気持ちを察してくれたからなのか、それともそういう決まりなのかわからない。わからないけど質問する気力はなかった。

なんとなく落ち込んだ気分のまま、聖水が満たされた階段状の浴槽から上がると、やわらかな布で水気を拭き取られ、光の加減によって身体の線が透けて見えるくらい薄い服を着せられた。

服といっても、一枚の布をつまんだりねじったりして身体に巻きつけて、ピンで留めただけのようなものだから、どこかに引っかけて一度崩れたら、自分では二度と元の形には戻せないと思う。

「下着は？」

パンツ代わりの褌だけは自分で身につける。それが今日は出てこない。手を出して催促したら、

「神の御前へ参りますときは、必要ございません」

と言われて、頭の中で『？』マークが乱舞した。

「なんで？」

「そのような決まりになっております」

レイアルの代わりに補充されたらしい、新しい従者が滑らかに答える。

そんな決まりには従いたくない。いいから下着を出してと、『主導権をにぎる』ための一歩を踏み出そうとしたけれど、その前にジュナイドが現れて、釘を刺されてしまった。

「決まり事にはきちんと理由があるのです。神の御前に参りますれば、神子様もそのことがおわかりになるでしょう」

「……っ」

ぼくは反論しようとして、止めた。朝から言い争っても仕方ないし、決まり事に逆らうなら、とりあえず一度、神への報告をすませて、本当に下着が不要か、それとも着けていても問題ないか確かめてからにしようと思った。

「本来はその薄物も不要なのですが、さすがに全裸で御庭を歩くのは、異国育ちの神子様にとって負担がおありだろうと心を砕いているのです。どうか我らの配慮を汲み取ってくださいませ」

そう言って深々と頭を下げられたけど、ジュナイドが心の中でぼくを見くびっているのはわかってる。彼が丁寧な物言いで、うやうやしく接するときは、自分の言い分を通したいときだ。

「…はいはい」

ぼくは適当に返事をして訊ねた。

「で、この格好でどこに行けばいいの？」

「こちらでございます」

ジュナイドの先導で連れて行かれたのは、広大な庭のほぼ中心にある泉の縁だった。直径五メートルくらいの真円に近い泉で、東西の縁に白い階段ができてる。幅は人ひとりがやっと通れるくらい。縁から水底に向かって消えて、西側の水中から縁に向かって再び姿を現している。

水はかなり澄んでるのに、階段が途中で見えなくなるということは、相当深いということか。泉の縁から水中をのぞき込んでいるうちに、なんだか嫌な予感がしてきた。

「まさか…、この階段を降りて底に行けとか？」

振り返って確認すると、ジュナイドが「その通りでございます」とうなずいた。

「えー…マジ？」

「心配は無用でございます。この泉の水は、神に連なる者にとっては空気のようなもの。頭まで水に浸かったところで溺れることはございません」

本当かよと思いつつ、ここでぼくを溺れ死にさせる理由は考えつかないので、覚悟を決めて階段を降りることにした。

「階段を降りて泉の底を進み、向こう岸に上がりましたら、そこが神の御座所となります。あとは聖なる白き竜蛇神がすべてよくしてくださいます」

足を踏み出そうとしたぼくに、ジュナイドが猫撫で声を出したので、ちらりと振り返って確認した。

「ふうん…。最終日は報告だって言われたけど、会って話せばいいんだよね？」

「左様でございます。神子様はなにも心配せず、聖なる白き竜蛇神との交歓をご堪能くださいませ」

「……」

なんかちょっとずつわかってきた。ジュナイドがこういう言い方をするときは、重要なことを黙っている証拠だ。嘘は言ってないけど、大事なことも言ってないって感じ。

「…まあいいや。行けばわかるんだし」

気にはなるけど、首をしめ上げたところでしゃべるとも思えない。煮ても焼いても食えない爺さんは放っておいて、ぼくは神に会うために、階段に向かって足を踏み出した。

胡散臭《うさんくさ》いジュナイドに食い下がらなかったのは、神に会えばアキちゃんの行方を教えてもらえると思ったからだ。なにしろ『神』だし。

持ち前の脳天気さをフル稼働させながら階段を降りていき、顎、口、鼻、目、そして頭の天辺《てっぺん》まで水に浸かった瞬間、ふっと世界が変わったような感覚がした。

水の中で目を開けているのに痛くない。水中の小魚が、まるで蝶みたいにひらひら泳いでる。泉の底に生えている水草が、まるで風に吹かれた草原のように見える。肌に触れてる水は、確かに水なんだけど、妙に温かくて軽い。そして明るい。

息をしている自覚もないまま、苦しくないから水底にまっすぐ敷かれている白い石畳を進み、ほどなく現れた昇り階段を上がってみた。

水面から頭が出て、顔が出て、階段を上がりきると、そこはさっきまでいた庭とはまるきり違う世界だった。景色自体はどこか見覚えがある。だけど空気がぜんぜん違う。空気というか色。物の輪郭、奥行きがまるで別物。

泉に入る前の庭がタバコの煙《けむり》渦《うず》巻く部屋の中だと

したら、こっちの庭は木漏《こも》れ日あふれる屋久島《やくしま》って感じ。屋久島ってテレビとかネットでしか見たことないけど。

「なにここ…。どうなってんの？」

来た道を振り返ると、泉もあるし白い階段もあるけど、対岸にジュナイドの姿はない。そして景色も微妙に違う。空の色も青一色ではなく、碧や薄い紫、ところによっては淡いピンク色もあって、ものすごくきれい。

「うわー…」

夢みたいに美しい空には、それ自体が発光してるみたいな白い雲も浮かんでいて、ゆったり風に流されて刻々と姿を変えていく。眺めているだけで一日過ごせそうなほど見飽きない。

「うわー、うわー」と言いながら、アホみたいに空を見上げていたら、うしろでシャララ…と音がした。無数の金属板が触れ合うような、繊細なのに圧倒的な音。

振り返ってみると、そこには木漏れ日を落とす大樹があった。太さは直径五メートルくらい。幹をくりぬいたら、その中で暮らせそうなほど巨大な樹だ。天に届きそうな高い樹上からなにかが降りてくる。白く輝く身をくねらせて、小波立つ小川のようなものが流れ落ちてくる。

「あ…っ」

それを呆然と見守っていたぼくのすぐ脇を、かすめるように通り過ぎ、背後でぐるりとうねって再びこっちにやってきた。流れる小波《さざなみ》は虹色の光を乱舞させながら、ザザン…シャラリと音を立てて、ぼくのまわりを旋回した。その動きを目で追う内に、向こうがまわっているのか、自分がくるくる回転してるのかわからなくなる。目眩のような浮遊感に襲われて目を閉じ、目を開けると、視界いっぱいに白く長い布が乱舞していた。

——違う。布じゃない。白い丸太…、長くて太くて、うねうね身をくねらせる……蛇だ。大蛇《おおへび》。

最初は見上げるほど太かった蛇は、ぼくのまわりを旋回するごとに少しずつ細くなり、最終的には直径一メートルくらいに縮んで動きを止めた。

ついでにぼくも動けなくなった。

「う…」

まるで手品みたいに、気がついたら直径一メートルの大蛇にぐるぐる巻きつかれて、身動きできなくなっていた。動かせるのは両手の先くらい。

痛みを感じるほど強くはない。けれど抜け出すことができないくらいの拘束力で、やわやわと全身を押さえつけられてる。

「な…、これ……ちょ…と、離し…」

身体をひねって逃れようとすると、図体からは考えられない細やかな動きで拘束し直されてしまう。

大蛇の体表は雲母みたいに細かくて薄い鱗で覆われていて、動くたびにシャラランと波音みたいな繊細な音を立てた。鱗は薄いけど弾力があって、肌を擦られても痛くない。とはいえ、手首しか動かせない状態は困る。しばらく格闘して勝ち目がないと思い知ると、ぼくは思わずぼやいてしまった。

「ええ…？　なにこれ…」

そのとたん、答えのように頭の中で声が響いた。

《我はそなたの主神《かみ》》

「へ…？」

《そなたは我の愛し子》

「——…えー？」

もしかして、この大蛇が『アヴァロニスの神』？

《是》

またしても頭の中で声が響いた。

《愛し子よ、そなたの訪れを待っていた》

「あー…はい。初めまして…じゃなくて二度目ですよね。こんにちは、よろしくお願いします」

神への挨拶の仕方など誰も教えてくれなかったので、とりあえず普通に対応してみた。神は別に気を悪くすることもなく、ぼくの身体の上をシャララと擦っていく。

なんとなく機嫌は良さそう。せっかくだから、忘れないうちに大事なことを先に訊いておこう。

アキちゃんがどこにいるのか。無事なのか。

それを知りたくて口を開こうとしたとたん、

《知らぬ》

質問する前に答えが返ってきてしまった。

「…なんで？」

声に出してないのにぼくの考えがわかるの？ という意味ではなく、神なのに知らないことがあるんだ…という意外さと、落胆混じりの疑問が思わず口からこぼれると、神は少し苛立ったように身をくねらせた。当然ぼくの身体も締められて、ちょっと苦しい。どこか遠くでズシン…という地響きが聞こえたけど、もしかして尻尾を叩きつけた音だろうか。

アヴァロニスの神は、どうやらアキちゃんの話題が嫌いらしい。こっちで生まれ育ったわけじゃなくても、黒髪と黒い瞳はやっぱり忌避対象なんだ。

それでもあきらめきれなくて、もう一度訊ねようとしたら、さっきよりも強い力で締めつけられた。ついでに頭の中が痺れるくらい大きな声で《知らぬ！》と怒鳴られた。

《我の結界をすり抜けて、忌々しい黒い影がうろついていたことは知っている。だが、我がそれに気づいて排除する前に、それは消えた》

「えっ…――、嘘…」

《我は嘘などつかぬ》

一段と苛ついた神の声が聞こえて、ぼくはあわてて訂正した。

「違います…！ そういう意味じゃなくて。違くて。アキちゃんが消えたって言葉、それってどういう意味なのかと…」

《知らぬ！》

神のきっぱりした返答で、会話は振り出しに戻ってしまった。神も、自分がわからないことに苛立っているようだ。声の響きがだんだん尖ってきた。

これ以上この話題を続けても、逆にアキちゃんに災いが及びそうな雰囲気なので、ぼくは神に救いを求めるのをあきらめた。

「うう…。ごめんなさい」

素直に謝ると、締めつけがゆるんで楽になった。でもやっぱり身体は動かない。

「あの…すいません。逃げないので、この身体っていうか胴体を解いてくれませんか？」

頼みながら自分の身体を見下ろすと、スケスケの薄い布はいつの間にか取り去られ――鱗の摩擦ですり切れたのかもしれない――真っ裸で大蛇に巻きつかれていた。

「――…あの、ちょ…と」

神はぼくの頼みを聞き入れるどころか、ぼくの両脚を大きく広げて、股の間に太い胴体をねじこんできた。丸太に跨《また》がっているみたいで股間が辛い…と思ったとたん、半分くらいに細くなって、より一層ぴたりと密着してきた。

「え…？」

下腹にこすりつけられていた鱗の一部がざわついて、弾力のある突起が生まれる。しかも一本ではなく複数。太さも長さも違うそれぞれがまるで餌を求める生き物のように、先端を忙しなく蠢かせてなにかを探している。

「…なに？　嘘…」

虹色に輝く白い鱗に覆われた胴体の下で、なにが行われようとしてるのか、自分の目で確認することはできない。だけど大蛇の胴体から伸び出た複数のなにかが、ぼくの下腹部を執拗にまさぐってるのは感じられる。

「止め…」

身体を拘束している太い胴体は、流れるように常に動いている。でもどこまでいっても終わりはない。いったいどれだけ長い胴体なのか。それとも、そもそも頭も尻尾もない存在なのか。わからない。

わかるのは脚の間でうごめく丸太のような胴体が、ザラザラと太腿を刺激し続けていること。そして、胴体から飛び出た細長いものたちが、下半身の大事な場所、敏感で繊細な部分を我がもの顔で蹂躙しはじめたことだけ。

細いといっても指二本とか三本分くらいはありそうなそれは、先端が妙にぬるぬるしていて、肌に触れると吸盤のように吸いつき、指でつままれたみたいな痛みを生む。

「な、なに…これ？」

見えないから、余計に恐くて気持ち悪い。泣きそうになりながら身をよじると、身体を締めつけている太い胴体が、まるで笑うように小波立った。

《不安になる必要はない》

同時に声が響いて、目の前にゆらゆらと身をくねらせた海蛇みたいなものが現れた。

「ッ…——」

蛇に似てるけど少し違う。先端はイソギンチャクみたいな口だけで目がない。太さはルシアスのものと同じくらい。なぜそんなものと比べたかというと、動きがとにかくいやらしいからだ。

それはうねうね身を踊らせながら、唯一自由に動かせるぼくの首筋に吸いついた。続けて現れた二本目は、まるで誘い込むようにゆるんだ胴体の隙間から胸元に滑りこみ、鎖骨や鳩尾のあたりをずるずる這いまわったあと、獲物を見つけたみたいに乳首に食らいついた。

「ひゃ…ッ」

驚いて悲鳴を上げると、首筋に吸いついていたやつが「ちゅぽん」と間抜けな音を立てて離れ、先端からトロリとした粘液を分泌しながら、ぼくの唇に迫ってくる。

「や、止め…！」

首を左右に振ってなんとか逃れようとしている間に、今度は下の方が大変なことになってきた。

太腿の内側や膝の裏、お尻の際どいところに嚙みついたり先端をこすりつけてたやつらが、狙いを定めたみたいに、うしろの窄まりに突進してきた。

「や…だ、嫌だって…っ」

身をよじり、なんとかずり上がって、下から突き上げようとする先端を避けたくても、全身を拘束されて身動きできない。

《さあ、報告を》

「な…なに言って…――」

頭に直接響く声と同時に、必死に力を入れて拒んでいたうしろの、一昨日初めてルシアスによって開かれ、昨日痺れて形を覚えるくらい愛された場所に、もぐり込んできた。

先端から分泌されてるぬるぬるのせいで痛みはない。そしてほとんど抵抗できない。一度入られてしまうと、どんなに拒もうとしても出ていってくれないし、際限なくどこまでも奥に入ってくる。

「っ…ぁあ……ッ」

悲鳴を上げる間もなく、うしろだけでなく前にもなにかが巻きついた。――ちがう。巻きついたんじゃなくて、吸いついた。熱くてやわらかくて小刻みに蠕動《ぜんどう》をくり返す筒のようなものが、ぼくの性器をすっぽり覆って吸引をはじめた。見えなくてもわかる。今ぼくの唇に吸いつこうとしてる、イソギンチャクみたいな頭のやつだ。

「や、ヤだ…嫌…ッ、嫌だ……！」

前の吸引と連動するように、後ろにもぐり込んだものが、ずるずるといやらしい動きで前後しはじめた。ルシアスの動きと似てるけど、ぜんぜん違う。

「いや……だっ」

どんなに嫌がっても、抗っても、大蛇の動きは止まらない。まるで意思のない機械のような冷徹さで、同じ動きをくり返す。

「やだ…よぉ…、助けて…誰…か、ルシ……」

どうしてこんな目に遭わなければいけないのか。

理不尽で酷い扱いに、涙が出てきた。その涙すら、吸盤頭のやつに吸いつかれて舐め取られてしまう。

ものすごく嫌なのに、同じ動きをくり返されるうちに全身が汗ばんで、身体の中が熱くなって呼吸が乱れはじめた。

「う…ぅ……うっ…」

突き上げられて身体がずり上がると、太い胴体がずるずる動いて元の場所に押し戻す。無限運動のようなそんな動きをくり返されるうちに、覚えのある解放感が極まって、死にたくなった。

「や…嫌だ…ッ！　嫌だって…ば…」

バケモノみたいなものに犯されてイクなんて絶対やだ。本気でそう思ったのに、本能的な嫌悪感と一緒に、なぜか背徳的に汚される快感みたいなものもあって、気がついたら性器に吸いついてるものの中に射精していた。

「ぁ…あ…っ――、嫌《や》ぁ…――」

まさしく脳天を突き抜けるような、雷に打たれたみたいな刺激に目の前が真っ白になり、息が止まって全身が無様に震えた。

《ふむ。なかなか良い味だ。ルシアスはそなたをしっかりと善がらせたようだ》

人じゃないものに襲われて、無理やり射精させられたこともショックだったけど、ルシアスとの行為を言い当てられたことにも猛烈に腹が立った。

神のくせにエロオヤジみたいなこと言いやがって

と毒づきたかったのに、声になる前に唇を奪われた。

「――ぅむ…ッ」

奪ったのは、さっきから執拗に唇を狙っていたイソギンチャク頭の一本だ。それは無数に生えそろった触手を蠕動させながら、ぼくの唇に吸いつき、そのままこじ開けて口の中に入ってきた。

「んーッ！　んぅーーッ!!」

驚いて首を振り、気持ち悪いのを我慢して噛み千切ろうとしたけどできなかった。弾力があってやわらかいのに、まるで歯が立たない。

「んー…ぅう、んーー…ッ」

悲鳴を上げてもくぐもった声にしかならず、上も下も吸盤を持った蛇みたいなやつらに犯され続けた。

《なぜ怒る。そなたは我に蜜を与える器。次代の王候補に抱かれて精を受け、よがればよがるほど我のための蜜は濃く、量も多くなる。我のために、男たちに愛されるその身を誇りに思うがいい》

人とは根本的に考えも価値観も違う〝神〟の声が、頭の中で響きわたる間に、性器と胸に吸いついたものの吸引と、うしろを突き上げるものの動きがまた激しくなった。いつの間にかうしろには一本だけでなく二本目がもぐり込んでいて、一本目と交互に抜き差しをくり返してる。さらに途中から三本目も入ってきて、ぼくは逃げることも抗うこともできないまま、あっという間に二度目の射精に導かれた。

それでもイソギンチャク頭の蛇は出ていかず、ぼくは休むことも許されないまま犯され続けた。

痙攣するみたいに三度目の射精に追い込まれたところで、ぼくは嫌というほど思い知った。

神子だなんだと尊《とうと》ばれ、傅《かしず》かれ、逃げられないように監視されて、王候補たちとセックスすることを義務化させられたのは、こういう目的のためだったのかと。

男に抱かれて精を受けた神子の身体は、神の餌になる。

『この国《アヴァロニス》の神は、性交を聖なる行為として奨励しています』

ルシアスが教えてくれた言葉が脳裏によみがえる。

あれはこういう意味だったんだ…。ジュナイドが前もって教えなかったわけだ。こんなことをされると知ってたら、死ぬ気で逃げ出してた。

「くそ…」

もう何度目になるかわからない突き上げと蠕動に戦《おのの》きながら、ぼくは口の中で小さく悪態を吐いた。大きな声で叫ぶ力はもうなかったから。

自分の危機感のなさ、警戒心の薄さを、こんなにも悔いたのは初めてだ。次からはもっと気をつける。ちゃんと考える。

でも、もう遅い。今日は〝神〟の気がすむまで、好きに嬲《なぶ》られるしか他にどうしようもない。

《なぜ悲観する？　そなたももっと楽しめばよい》

こっちの心中などお見通しなのか、〝神〟は突き上げるだけだった動きに旋回や震えを加え、ぼくを喘がせることに勤しんだ。

怖ろしいことに、ぼくの体内奥深くにもぐり込んだものは、先端から媚薬のようなものを分泌したらしい。身体の奥が熱くなったと思ったあとから、ぼくは明らかに興奮して、気持ちよくなってしまった。

心は伴わない。身体だけの反応。でもその気持ちよさは生まれて初めて経験するもので、理性なんて簡単にとけ崩れるくらい強烈だった。

そのまま、どれくらい〝神〟に犯されて射精させられたのかわからない。数を数えるのは途中であきらめた。なすがままに揺すぶられ、気を失って目を開けるたびに太陽が少しずつ移動して、最後は西の空に消えて、あたりが薄暗くなったのは覚えてる。

文字通り、朝から晩まで〝神〟に嬲られて、気がついたときには夜露に濡れた草地に横たわっていた。

素っ裸で、〝神〟が分泌した体液に身体の外側も内側も汚し尽くされて。

このままだと風邪をひく。頭のどこかでぼんやり思ったけど、身体は痺れたように動かない。指一本、自分の思い通りにならないことに笑いがこみ上げた。

――…これが「神の声を聞く至高の存在、王と同等の身分」の正体か。

おかしすぎて、涙も出ない。

「――……助けて、アキちゃん……、ルシアス…」

ぼくは乾いたまぶたを閉じて、音にならない声で助けを求めた。

けれどここは残酷な〝神の庭〟。

声に応えてくれる人は、どこからも現れなかった。

つづく

黒曜に導かれて
愛を見つけた男の話

† 来《こ》し方《かた》

レンドルフは二十八年前、アヴァロニス王国の最北端に位置するエル＝グレン州の、州領主継嗣《けいし》として生を受けた。

両親は政治的野心にあふれた活動的な性格だったが、長子のレンドルフはどちらにも似なかった。

幼い頃は植物や虫や動物を飽きず眺めて一日が過ぎるほど、おっとりしており、お伽話《とぎばなし》や伝説も大好きで、眠る前には必ず乳母《うば》に物語をせがむような子どもだった。やがて自分で文字が読めるようになると、祖父が遺《のこ》した膨大な蔵書室に入り浸り、歴史と神話を読みあさるようになった。

『おまえは、お祖父《じい》様に似たのね』

というのが、幼少期のレンドルフについた枕《まくら》言葉だ。

二歳のときと三歳のとき、それぞれ弟が生まれたが、ふたりとも母親によく似て社交的、ひとときもじっとしていられないほど活動的だった。朝から晩までしゃべり続ける弟たちのやかましさに辟易《へきえき》して、レンドルフはひとりで州城の裏手にある森や渓谷に逃げ出すことが多かった。木漏れ日の落ちる川縁《かわべり》で、大樹の根元に腰を下ろし、携えてきたぶ厚い歴史全書を読みふけり、時々顔を上げて、陽射しを受けてきらめく水面の眩《まぶ》しさに目を細める。そしてまた、過去の喜怒哀楽がつまった物語に没頭して過ごす。

そんな平和でおだやかな日々が終わったのは、九歳になった年の秋。

いつものように、城裏に広がる森に入ったレンドルフは何者かに誘拐された。そのまま殺されそうになったが、犯人が仲間割れして口論をはじめた隙《すき》に機転を利かせ、なんとか逃げ出すことができた。しかし闇夜《やみよ》に乗じて夜通し走り続けた先は、餓《う》えた野獣が徘徊《はいかい》する危険な荒野。死の危険は少しも減っていなかった。

　食べ物も飲み水もないまま荒野を丸二日さまよい、行き倒れて死にかけたレンドルフを助けたのは、アヴァロニスで忌《い》み嫌われ、見つけたら殺しても罪に問われないほど迫害されている、黒髪黒瞳の〝災厄の導き手〟と呼ばれる人々だった。

　人目を避け、人馬の通わぬ荒野の片隅に身を寄せ合って暮らしていた〝災厄の導き手〟たちの集落で健康を取り戻したレンドルフは、彼らのひとりに州領城の近くまで送り届けてもらった。それだけでも一生の恩を感じるのに充分な出来事だったが、その後の成り行きはレンドルフの心に深い傷と、強い決意を刻むことになった。

　行方不明になった跡継ぎ息子を探して半狂乱になっていた父と捜索隊は、無事に戻ったレンドルフの姿を見て大いに喜んだが、継嗣を助けた人間が〝災厄の導き手〟だと知ると、感謝するどころか、激怒して殺してしまったのだ。あろうことかレンドルフの目の前で。

　この一件で心に深い傷を負ったレンドルフは〝災厄の導き手〟がなぜ忌み嫌われ迫害されるようになったのか調べるようになった。歴史と神話研究に没頭し〝災厄の導き手〟を保護する方法を考えることで、なんとか平静を保ち、多感な少年時代を乗り越えることができた。

　表面上は父母に逆らうことなく、州領主の継嗣として相応《ふさわ》しい立ち居振るまいと教養を身につけたのは、その方が自分の望みを叶《かな》えるのに都合がいいと気づいたからだ。

　レンドルフの望みとは、迫害されて年々数を減らしている〝災厄の導き手〟を秘かに保護して、安全に暮らせる場所を作ること。そのために権力が必要なら、州領主を継ぐための努力も厭《いと》わない。それがどれほど愚かしく理不尽なことでも、可能な限り受け入れる。

だから十九歳のとき、領主を継ぐための必須条件だと父に言われて、仕方なく妻も娶《めと》った。

相手の女性は二歳下で、宮廷でも評判の美姫らしかったが、レンドルフには鳥避けに作られた案山子《かかし》の顔と大差なく感じられた。

せめて趣味や興味の在処《ありか》に共通点がわずかでもあれば、レンドルフが示す態度に愛情が加わる余地もあったが、残念ながら妻は内面を磨くより外見を整えることに熱心だという、レンドルフの好みとは真逆の人間だった。自力で書物を一冊読み通せたことがなく、美貌《びぼう》を武器に大抵のわがままは押し通して生きてきた。鏡に見入って己の美貌を眺めることが何より大好きで、その次に好きなのが他人から美しさを称賛されることだという。

そんな彼女を、レンドルフが愛せるはずもなく。当然、彼女を満足させられる賛辞を与えることもできなかった。なにしろ『美人』だと言われても、目に映る姿は案山子の顔だ。夫の義務として妻の美貌を褒めても、真実味が出るわけがない。

結果、妻は結婚して半年を待たず、夫以外の男たちと頻繁《ひんぱん》に出歩くようになったが、レンドルフは見て見ぬ振りをした。自分を美の女神と褒めそやす信奉者たちとのつき合いを咎《とが》められると、彼女は狂ったように金切り声を上げて、一日中レンドルフを責め立てるからだ。

レンドルフは義務の範囲で妻を尊重するとき以外は州領城に寄りつかず、視察の名目で各地を転々と旅してまわり、〝災厄の導き手〟たちを見つけると秘《ひそ》かに保護しはじめた。九歳の頃から計画を錬りはじめ、十年以上かけて秘かに作り上げた隠れ里に救出した〝災厄の導き手〟たちを住まわせ、彼らが安心して暮らす姿を見ることが、この頃のレンドルフにとって何よりの喜びとなった。

　結婚から四年後。妻は男児を出産したが、父親はレンドルフではなく、レンドルフの弟たちだった。たちというのは、妻もどちらが子どもの父なのか分からなかったからだ。

　レンドルフが父でないことだけは確かだった。

　なにしろ出産の一年以上前から、彼女と褥《しとね》を共にした記憶がない。浮気相手の弟ふたりが本当にレンドルフの『弟』だったなら、生まれた男児を実の子として扱い、継承権を与える道もあった。しかし彼らは表向き嫡出子となっていたが、実は母親の浮気相手の子どもだった。さすがに父も親族もこの醜聞を見逃すことができず、レンドルフの妻は離縁された。彼女は実家に戻され、弟ふたりは嫡出子から庶子に身分を落とされ、継承権も剥奪《はくだつ》されて州領城から永久追放された。

　一連の事件で心臓に負担がかかったのか、父が一年後に身罷《みまか》ったため、レンドルフは二十四歳で領主を継いだ。そして四年後。神殿から指名を受けて次代の王候補に選ばれると、ほどなく顕現《けんげん》するという神子《みこ》を迎えるため、王都王宮に伺候《しこう》したのだった。

† 青天の霹靂《へきれき》

「不測の事態により、異界より召喚した神子が行方不明となった。王候補の方々は速やかに神殿の聖騎士隊を率い、捜索に赴《おもむ》くこと」

　内密に集められた神殿の奥宮で、レンドルフ以外の三人の王候補たちは、神官長が重々しい声で告げた言葉を聞いて色めき立った。

　他より一歩でも一秒でも早く神子を見つけ、己を印象づけられれば、それだけ王に選ばれる確率が高くなる。ただその一心で。

残念ながらレンドルフには、他の三人のように積極的に神子を見つけたい動機――すなわち王になりたい気持ち――がないので、反応も歩く速さも馬に乗るのも、常に皆よりひと呼吸遅れた。

本心では神子の探索などやりたい者に任せ、自分は〝災厄の導き手〟を捜しまわりたい。しかしそれを面《おもて》に出すほど愚かではない。

レンドルフはやる気のなさを淡々とした無表情で誤魔化《ごまか》しながら、捜索隊に混じって騎馬を走らせた。

王都を出てから丸二日と半日後。随行《ずいこう》した神官の占術と神託により、神子は発見された。ただし盗賊に襲われて、今まさに命を落としかねない危険な状況で。

聖騎士隊は状況を素早く確認すると、盗賊に気づかれないよう距離を取って散開し、側面からの急襲態勢を整えた。

「王候補の皆さまは、よほどのことがない限り手出し無用でございます」

事が終わるまで後方に控えていろという聖騎士隊長のぞんざいな物言いに、実戦経験豊かなルシアスや血の気の多いディーランはいきり立ったが、文人気質のウェスリーとやる気の足りないレンドルフはおとなしく従った。――いや、従いかけた。

「待て」

王都を出立してから初めて、レンドルフが鋭い声を出して身を乗り出したのは、前の方から騎士たちのささやく声が聞こえたからだ。

「まちがいない、黒髪だ。災厄の…」

「黒髪は死なせてもかまわない。うしろにうずくまっている金髪の、神子だけは無傷で救い出せ」

「お待ち下さい、聖騎士隊長」

王候補といっても、身分は神殿の聖騎士隊長とそう変わらない。レンドルフは丁寧な言葉で隊長を呼び止めながら前に出て、騎士たちが言っていた『黒髪』を確認した。

――いた。確かに黒髪だ。

薄暗い森の中で、遠目にもはっきりとわかる。黒い髪。ほっそりとした身体《からだ》つき。背も低い。

――小さいな、まだ子どもじゃないか。

この距離では男か女かも分からない。けれど、なんとしても助けなければと思う。

「なんでしょうか？　エル・グレン卿」

「神官長の説明では、神子の召喚地点がずれた理由は、神子以外の者が一緒に召喚されたからだとか。ならばあの黒髪は神子の縁者である可能性が高い。無闇に命を奪えば、神子に叱責《しっせき》…いや、最悪罷免《ひめん》を言い渡される可能性が高いと思われるが」

早口で淡々と告げてから、強い視線を向けると、騎士隊長はぐっと眉間《みけん》に皺《しわ》を寄せた。そのまま、瞬き一回分の間にあらゆる損得勘定を済ませたらしい。

「――で？」

それならどうするつもりだと言外に訊《たず》ねられ、レンドルフは前方に視線を戻しながら提案した。

「あの黒髪の身柄は私にお預けください。私が全責任を持って保護し、皆さまには一切迷惑をかけないと約束いたします」

「ほ…、やる気がなさそうだったのに、どうした風の吹きまわしか。ここへきて急に神子に対して点数稼ぎですか」

「ばれましたか」

下手に否定せず素直に認めてみせたのが、却《かえ》って隊長の好みに添ったらしい。

「わかりました。確かエル・グレン卿は強弓の名手でございましたな。では左翼へまわって先手を頼みます」

隊長の確約をもらったレンドルフは、騎馬を巧みに操って左翼隊に合流し、左翼を率いる小隊長にも手短に同じ説明をした。

「黒髪を死なせてはならない」

そう言い終わった直後、崖下《がけした》から躍《おど》り出た盗賊のひとりが、落ち葉の上にうずくまった神子の前に駆け寄り、我が身を盾《たて》にするように立ちはだかっていた黒髪に襲いかかろうとした。

盗賊が黒光りする鉈刀《なたがたな》を振り上げると、黒髪は我が子を守る母のように、神子を守るために覆いかぶさった。

凶器が黒髪の頭上に振り下ろされる寸前、レンドルフは聖騎士たちの誰よりも早く強弓をつがえて矢を放つ。大人の親指ほどもあるそれは、寸分の狂いなく盗賊の首を射貫いた。

盗賊の手から鉈刀がこぼれ落ち、頭から地面に倒れ伏すのを見届けてから、レンドルフは視線を黒髪に戻した。


近くで見ても、男か女か判断がつかない。

そんな華奢な子どもが、自分が死ぬかもしれないのに、我が身を盾にして神子を庇《かば》うとは。見た目の儚《はかな》さに反して、とんでもなく勇気と胆力がある子だ……。

思わず感心しながら、同時に周囲の状況を油断なく確認してゆく。

「逃げろ！　逃げるんだ！」

「殺すな、生け捕りにしろ」

盗賊たちは次々と聖騎士たちに斃《たお》された。残りは情報を引き出すためにわざと生かされた者だけ。それもすぐに捕縛されてしまう。

黒髪も殺してはならないという命令が聖騎士全員に徹底されたわけではなかったが、神子を守るために身を挺《てい》して庇ったことが、幸いにも黒髪自身を助けることになったようだ。

ピューイと隊長が鳴らした指笛の合図が聞こえる

と、レンドルフを含めた王候補たちと、聖騎士たちの半数が騎馬から降りた。ここから先は、聖騎士たちより自分たち王候補に優先権がある。

レンドルフは権利を最大限に活《い》かして、神子を背後に庇って立ちはだかる黒髪に近づいた。三人の王候補たちも聖騎士たちも、神子をぐるりと囲う包囲網を狭めながら、黒髪を見て顔をしかめている。レンドルフに遅れてはならじと横に並んだルシアスが、片眉《まゆ》を跳ね上げ、眉間と鼻に皺を寄せてささやいた。

「忌々しい、〝災厄の導き手〟だ」

「違う。神官長の説明を聞いただろう」

レンドルフはルシアスにささやき返して手を上げ、周囲の聖騎士たちに聞こえるよう声を大にした。

「その子が黒髪で黒い瞳《ひとみ》でも、神子と同じ異界から召喚されたなら、この世界《アヴァロニス》の理《ことわり》は適用されない。すなわち〝災厄の導き手〟ではないということだ」

断言すると、今にも剣を抜いて跳びかかろうとしていた聖騎士たちの態度は幾分やわらいだものの、幼少時から擦り込まれた嫌悪感をぬぐうまでには至らない。

レンドルフはもう一度手を上げて、彼らを制してから、真っ青な顔で怯《おび》えて震えながら、それでも神子の傍《そば》を離れようとしない健気《けなげ》な子どもに近づいた。

「もう大丈夫だ」

視線を合わせるために身を屈《かが》め、ゆっくり手を差し出すと、黒髪の表情がわずかにやわらいだ。

恐怖と不安に、安堵《あんど》と期待がかすかに混じった顔立ちは、アヴァロニスの人間に比べると妙に平べったい。だからといって醜いわけではない。不思議な存在感がある。

まるで周囲から浮き上がったように、くっきり輪《りん》郭《かく》が際立って、肌理《きめ》の細かい肌や長い睫毛《まつげ》の一本一本までよく見える。こんなにも他人の顔がはっきりと、美しく見えたのは生まれて初めてだ。

他人の美醜についてこだわりがない…というより、区別がつかないと言った方が正しいレンドルフにとって、それはとても珍しいことだった。

――おかしなこともあるものだ。

内心で首をひねるレンドルフを余所《よそ》に、子どもはさっきよりも期待がわずかに優った顔でこちらを見上げ、妙にカクカクとした、耳に馴染《なじ》みのない言葉を発した。

「סאוו ריא זייג ？　ווו טקנופ איז אַד ？」

女と言われても納得する華奢《きゃしゃ》な身体つきに反して声は低い。よく見ると胸も平ら。

どうやら男のようだ。

彼の発する言葉は、まるで板と鉄を打ち合わせたような、歯切れの良い音をしている。いったいどこから出しているのだろう。レンドルフが瞬きをして思わず首を傾《かし》げると、子どもは必死な様子でさらに言い募った。

「עסאיז שיסערייד יפּילם ？　ליַיען אַ טעלעפּאָנירן רופן」

言葉の抑揚と表情で、なんとなく質問されているのは分かる。けれど、何を言われているのか意味がまるで分からない。

とにかくまず安心させたい。もう大丈夫だと身振りで伝えようとする前に、レンドルフのやり方に焦れたルシアスが飛び出して、黒髪の背後にうずくまる神子の腕をつかんだ。

「טאָמעראָ！」

すかさず少年が叫んで、ルシアスに連れ去られそうになった神子に抱きつく。

その反応ひとつで、彼が神子を大切に思っていること、我が身の危険を顧《かえり》みずに守ろうとしていることが伝わってくる。

「彼なら大丈夫」

心の底から目の前の少年を安心させたくて、努力しなくてもやさしい声が出た。

レンドルフが黒髪の少年自身を守るために、やんわりと両手をつかんで拘束すると、少年は身をよじって、必死に連れ去られた神子の行方を目で追いながら叫んだ。

「…אזן טייד！　אזן קררק די פרילגנ אזן ווממעך！」

その身体をレンドルフはやわらかく、けれど隙なく抱きしめた。自分以外の人間の前で無闇に暴れさせるのは危険だからだ。彼らにしてみれば、異世界から召喚されようがどうだろうが、髪と瞳が黒ければ排除すべき迫害の対象なのだから。

「סבלגנ אזן ווממעך…！」

遠ざかる神子に向かって、さっきと同じ響きの言葉をくり返す。無理やりこちらの言葉に当てはめるなら『アルーカ』と聞こえる。神子の名前か何かだろうか。

「彼は大丈夫だ」

腕の中で叫び続ける少年を安心させたくて、レンドルフはもう一度やさしくささやいた。

それでも暴れて叫び続けるので、やむなく口を手で覆《おお》ってふさいだ。そのまま馬に乗せ、黒髪が目立たないよう頭蓋布《フード》を被《かぶ》せてやる。さらに自分の身体で少年を隠しながら野営地に戻り、華奢な身体を抱えたまま地面に下り立つと、手のひらの下で少年が悲鳴未満のくぐもった声を上げた。湿った吐息がくすぐったい。

まだ恐怖が抜けないのか脚をガクガクと震わせ、自力では立つことができない少年を背後からしっかり抱きしめて支えながら、顔を近づけ、

「君が静かにしているなら、君の友人『アルーカ』に会わせてあげよう」

神子の名前が『アルーカ』で、友人だというのは単なる推測にすぎないが、内緒話のようにささやいたとたん、少年の抵抗がゆるりと止《や》んだ。どうやらこちらの意図を理解してくれたようだ。察しがよく

て助かる。

逃げ出したらいつでも捕まえられる態勢で拘束をゆるめ、神子の御座所として用意された箱馬車まで連れて行く。中に入る前にもう一度、顔を近づけ、唇の前に指を立てて静かにするよう伝えると、少年は聡《さと》い表情でうなずいた。

言葉を介《かい》さずとも、表情と仕草だけで意図が伝わる聡明《そうめい》さに思わず頬《ほお》がゆるむ。官吏を養成する王立学舎に通う子弟でも、こんなふうに察しの良い子どもは多くない。

なにやら我がことのように嬉《うれ》しくて、考える前に手が伸びていた。神子と一緒に丸二日も森を彷徨《さまよ》っていたせいだろう、葉くずや土埃《ほこり》にまみれた黒髪にそっと触れて軽く撫《な》でると、手の下で少年がひくりと身を強張《こわば》らせた気配がする。怯えて振り払われる前に引いた手を、背中に添えて中へ入れとうながすと、少年は強張りをわずかに解いて足を踏み出した。

手のひらから伝わる少年の気配が、ほのかにゆるんで溶け出したようだ。まるでレンドルフの存在を受け入れるように。

思わず、もう一度頭を撫でてやりたい衝動を寸前で押しとどめ、レンドルフは表情を引きしめて神子の御座所に上がった。

入り口の覆い布をめくって中に入ると、病人や怪《け》我《が》人用の安息香が充満している。それでようやく、神子が体調を崩しているのだと気づいた。

ルシアスが強引に抱き上げ、連れ去った姿は視界の隅に映っていた。よくよく思い返してみれば、確かに顔色は悪かったように思う。けれどあのときのレンドルフは黒髪の少年のことが心配で、神子の顔色が悪い理由など深く考えなかった。せいぜい、盗賊に襲われた恐怖で気絶したくらいに思っていた。

しかし箱馬車の中に設《しつら》えられた御座所――特別誂《あつら》えの寝台に横たわる神子の顔色は、予想よりはるかに青白い。どうやらかなり具合が悪いらしい。彼を診察している神官医も、ふたりを見守っている自分以外の王候補たち三人も、皆厳しい表情を浮かべている。

難しい状況で気が立っているせいか、彼らは黒髪の少年に気づいたとたん刺々《とげとげ》しい声で文句を言い放った。

「〝災厄〟を神子に近づけるとは何事だ」

「なぜ連れてきた」

「忌々《いまいま》しい、つまみ出せ」

言葉の響きで拒絶され邪魔者扱いされたのが分かったのか、レンドルフの横で少年が再び硬く身を強張らせたのが伝わってくる。

大丈夫だと、肩に手を置いてなぐさめる前に、少年の方からレンドルフの手をつかんできた。動きは小さくごく控えめながら、溺《おぼ》れる者が藁《わら》にもすがる必死さで、救いを求めるように。

少なくとも、この場面で助けを求められる程度の信頼は勝ち得たらしい。

そのことに安堵するとともに、少年の素直さと警戒心の少なさに危機感を覚える。

〝災厄の民〟として迫害されてきた人々は、例外なく警戒心が強い。滅多《めった》なことでは仲間以外を信用しない。無闇に他人を信用すれば死に直結しているからだ。

まだごくわずかな時間しか接していないが、少年はこれまで迫害されたことがないと思われる。黒髪、黒い瞳でも普通に暮らせる世界にいたのかもしれない。それが神子の召喚に巻き込まれ、アヴァロニス《この世界》に来てしまったのだとしたら……――。

――私が、守ってやらなければ。

レンドルフの中で、ごく自然にその思いが湧《わ》き上がった。この世界《アヴァロニス》でこの子を守ってやれるのは、自分しかいない。

決意を胸に刻みながら、邪険にされて強張っている少年の肩に手を置いて、力づけるように助け船を出した。

「彼は神子の友人です」

『神子の友人』という言葉はなかなか使い勝手がいい。神子の意に添い、神子の好意を勝ち得るためには無視できない存在だからだ。

予想通り、三人の王候補は態度をゆるめ、少年が神子に近づくのを渋々ながら許した。

見慣れぬ場所に連れてこられた猫のように、用心深く周囲の様子をうかがっていた少年の背を、レンドルフが軽く押してやり寝台に近づかせる。そこに横たわっている人物に気づいたとたん、少年は「アルーカ!」と声を上げて駆け寄った。やはり「アルーカ」というのが神子の名前らしい。

急な動きで頭蓋布《フード》が外れて黒髪が露《あら》わになったが、少年は気にする素振りも見せず、ひたすら心配そうに神子の名を呼んで、神官医に向かって何か訊ねた。

「[illegible]?」

それまで脇目《わきめ》もふらず神子を見つめていた神官医は、聞き慣れない言葉に顔を上げ、次の瞬間には腰を浮かして悲鳴を上げた。

「〝災厄の導き手〟……ッ! 聖なる白き竜蛇神よ、我を助け守りたまえ!!」

怯えて助けを求める神官医に、レンドルフは堂々と自信に満ちた声で断言してみせた。

「安心してください。彼は〝災厄の導き手〟ではありません」

冷静なレンドルフを見て、少しは落ちついたらしい。神官医は少年からなるべく離れるよう、身体を斜めにしながら椅子《いす》に腰を下ろし直すと、神子の治療を再開した。

寝台に横たわる神子ではなく、黒髪の少年を注意深く見守っていたレンドルフはすぐに、少年がひどく傷ついた表情を浮かべているのに気づいた。

外で待機している騎士たちの反応、三人の王候補たちの排除したがる態度、そして今しがた神官医が見せた嫌悪と拒絶。言葉が通じず、言われたことの意味はわからなくても、自分が忌避され厭悪《えんお》されていることに気づいたのだろう。

神子の手をにぎる拳《こぶし》が小さくふるえている。

神子と少年の関係が、本当はどんなものなのかまだ分からない。ただ身につけていたものは同じだったから、おそらく制服のある学舎の友人か、同じ師匠に師事する稽古《けいこ》仲間のようなものだろう。身分も同じだったのかもしれない。それがここへきて、互いの扱いの差に愕然《がくぜん》としている様子もうかがえる。

――ほんの少し前まで同じ立場だったのに、気がついたら友人は王を選ぶ神聖な神子、自分は迫害される忌民では混乱もするだろう。

可哀想《かわいそう》に…。


この先、少年と神子の間には天と地よりも大きな身分の隔たりができる。いや、もうできている。

そのことを知ってか知らずか、少年は苦しむ神子の顔をのぞき込み、心配を全身ににじませながらレンドルフに向かって何か訴えた。

「סיירג ןופ ליפ סאד .םס אַ טימ טכורפ יד ןסע ןעוועג זיא ךיא יוג,
טימ יד תוקלמ ןופ סאַלב לעג וצ ןירג, רעד סעמע אַליל שיולב ןי」

何を言っているのかまるで分からない。

表情でそれを伝えると、少年は苛立《いらだ》たしげに髪をかき上げて小さくつぶやいた。それからすぐに何か閃《ひらめ》いたらしい。顔を上げ、レンドルフに向かって紙に文字を書く仕草をしてみせる。

「なるほど、名案だ」

少年の機転に感心しながら、レンドルフは少年に紙葉と脂墨《インク》と筆《ペン》をわたした。

最初は少し苦労したものの、少年はかなり巧《うま》い絵を描《か》いて、神子の不調の理由を教えてくれた。どうやら神子は毒のあるシリカの実を食べたらしい。

レンドルフがそのことを神官医に伝えると、すぐさま適切な治療がほどこされ、ほどなく神子の容態は安定した。

「もう大丈夫」

治療の邪魔にならないよう寝台から離れて見守っていた少年の肩に、手を置いて声をかけると、少年はレンドルフを見上げた。心配したせいか黒い瞳が潤《うる》んでいる。血の気の失《う》せたその顔に、レンドルフが微笑《ほほえ》みかけると、少年はほっと息を吐《つ》いて肩の力を抜いた。

――言葉が通じないわりに、こちらの意図はある程度伝わるのが助かる。

しみじみと少年の察しの良さに感謝しながら、レンドルフは箱馬車を出て自分の天幕に少年を連れて戻った。もちろん馬車を出る前に頭蓋布《フード》を被せ、黒髪を隠すのは忘れずに。


天幕に入って他人の視線から逃れ、ふたりきりになると緊張の糸が切れたのか、少年はぼんやり立ち尽くしたままふらふらと揺れはじめた。

「疲れているだろう」

レンドルフは急いで手桶《ておけ》に水を汲《く》み、顔と身体の汚れを落とすよう身振りで示した。

レンドルフの勧めに素直に従った少年は、身を清めて満足そうな吐息をこぼした。

「ריא קנאד」

さっぱりしたところで、新しい衣服一式を差し出すと、少年はさっきと同じ言葉を発して、素直に身につけてゆく。

どうやら「ריא קנאד」という響きは、感謝を示す言葉らしい。

衣服は箱馬車へ向かう前に、従者に頼んで用意しておいてもらったものだ。自分を含め、捜索隊を構成している聖騎士たちの服では大きすぎる。騎士に

従う従者の中で、少年の背格好に近い者に頼み込んで、着替えを譲ってもらったのだ。

馴染みのない衣装らしく、前後や身につける順番を確認しながら下着と上衣を身にまとい、靴も履き終わると、少年は最後に下穿《したば》きを手に、戸惑った表情を浮かべた。

少年が脱いだ下着をちらりと見ると、脚衣をぎりぎりまで短く切った形状だ。それにくらべると細長い布でしかない下穿きを、どう身につけていいのか分からないのだろう。

「こうするんだ」

レンドルフは衣装櫃《いしょうひつ》から自分の下穿きを一枚取りだし、少年の隣に並ぶと巻き方の順番を教えてやった。

「こうしてこう」

服の上から腰に巻きつけて手本を見せると、その仕草がどうやら笑いのツボに入ったらしい。少年がふいに声を立てて笑った。

眉間に皺を寄せて肩を強張らせ、鋭い目つきで周囲を警戒しているときの表情とは、ずいぶん違う。少年はいくつなのか知らないが、笑うとずいぶん可愛《かわい》らしい。アヴァロニス人にくらべて華奢な体格のせいか、少女といってもさしつかえない可憐《かれん》さがある。

そんな少年の表情に、思わず頬がゆるむのを自覚しながら、レンドルフは彼に温かな食事を与え、自分の寝台で眠るよう勧めた。

「疲れているだろう、ゆっくり眠りなさい」

「[illegible]」

少年は感謝を伝える響きを口にすると、目を閉じて、そのままストンと眠りに落ちた。

よほど疲れていたのだろう。午後の遅い時間に眠りはじめた少年は、夜になってレンドルフが隣に寝転がっても目を覚ます気配がなかった。時々寝返りを打つかすかな動きがなければ、死んでしまったかと思うほどの熟睡ぶりだった。

　少年がようやく目を覚ましたのは、丸半日以上も過ぎた翌朝。彼より早く、夜明け前に起き出して身支度を調え終わっていたレンドルフは、何をするにも戸惑いがちな少年の世話をあれこれ焼いてやった。

　面倒くささは微塵《みじん》も感じない。むしろ、頼られると嬉しいくらいだ。

　身支度を調えてやり、一緒に朝食を摂《と》りはじめたところで、昨日できなかった自己紹介をしてみた。

「私の名前はレンドルフ。レンドルフ＝エル・グレンだ」

　自分の胸を手の先で指し示しながら名前をくり返すと、少年は意図をすぐに理解してうなずいた。

「レン…ドゥーエレィーエフィ…？」

「言いにくいならレンでいい」

「レン」

　少年は唇に馴染ませるようレンドルフの名を呼んでから、鏡に映したように己を指さして、自分の名前らしき響きを口にした。

「האַרבסטפאָלק」

　相変わらず素焼きの破片を踏み砕くような、パキパキとした響きの言葉だ。だがよく耳を澄ましてみると、なんとかこちらの言葉で似た音を見つけた。

「アキ…トゥ？」

「עס ס גוט בייַ אויב שווער צו זאָגן〝アキ〟」

　さっきの自分と同じ、言いにくければ〝アキ〟でいいと言われた気がしたので「アキ」と呼びかけると、少年はそれでいいよと言いたげにうなずいた。

　互いの名がわかったことで、また少し距離が近づいた気がする。

　朝食を済ませると、レンドルフはアキに昨日と同じ頭蓋布《フード》をしっかり被せて、神子の御座所へ連れて行った。他ならぬ神子自身が、アキに会いたがっているという催促が届いたからだ。

天幕から箱馬車まで歩いて行く間、レンドルフはアキに語りかけた。

「こちらの言葉は分からないようだから説明しても無駄かもしれないが、一応注意をしておく。君の黒髪と黒い瞳は、こちらの世界では迫害の対象になっている。私以外の人間に見られないよう注意してくれ。私の目が届かない場所で黒髪黒い瞳だとばれると、最悪殺されてしまう」

脅《おど》しではなく事実を告げながら、少年の顔をちらりと確認してみたが、やはりこちらの言葉はまるで理解できないらしい。アキは真面目《まじめ》な顔でレンドルフの言葉に耳を傾けてはいるものの、内容はわからないという表情をしている。

「とにかく、気をつけてくれ」

鼻の先が隠れるほど深く頭蓋布《フード》を引っ張ってやりながら、しみじみ告げると、こちらが心配している気配は伝わったらしい。


アキはレンドルフの腕にそっと手を重ね、「דאַנק אײַך」と、感謝を示す響きを口にした。

昨日と同じ手順で箱馬車に入ると、すっかり元気になったらしい神子が顔を輝かせ、勢いよく駆け寄ってアキを抱きしめた。

「アキちゃん！」

アキも元気になった神子を見て安心したらしい。気心の知れた者にだけ見せる親しみのこもった表情で神子を抱きしめ返す。

「アルーカ…וואָס צושטאַנד？ אָדער געזונט געוואָרן」

「うん。もう大丈夫」

アキが何か訊ねると神子はそう答え、アキの応急手当てがよかったおかげだと礼を言った。さらに会話を続けようとした神子の背後で、他の王候補たちが口々に「寝台にお戻りください」「それ以上〝災厄〟に近づいてはなりません」「彼は〝災厄を導く者〟、危険です」などと、険しい表情で訴えた。

神子はクルリと振り返ると、彼らに向かって言い返した。

「もう大丈夫だって言ってるでしょ。それにアキちゃんは災厄のなんたらなんかじゃない。またそういう失礼なこと言ったら許さないから」

レンドルフに神子の言葉が理解できるということは、彼には〝神の水〟が与えられたのだろう。〝神の水〟はその名の通り神が与えてくれる特別な液体で、それを飲むとどんな言語でも理解できるようになるという。

今朝早くにそのことを知ったレンドルフは、アキにも飲ませてやりたくて〝神の水〟を携えてきた神官医に頼んでみたが、残念ながら『彼には資格がない』と断られた。それなら隙を見てこっそり盗んでやろう。そんなレンドルフの考えを見抜いたわけではないだろうが、神官医は念を押すように言い添えた。

『資格なき者が神の恩寵《おんちょう》をかすめ盗ろうとしても、報いとして死を賜るだけです』

神の力と無慈悲さは、アヴァロニスの民なら赤子でも知っている。レンドルフは無謀《むぼう》な賭《か》けに出ることをあきらめた。

そんなことを思い出しながら、少年ふたりのやりとりを静かに見守っていると、ふいに神子が振り向いてこちらを見た。

「あなたが最後の一人って本当？」

レンドルフは胸の前に手を当てる最敬礼で、「はい」とうなずいた。

「名前は…ええと」

「レンドルフ」

「レンドルフ？」

「はい」

「ぼくの名前は春夏《はるか》です。季節の春と夏でハルカ。昨日はぼくとアキちゃんを助けてくれてありがとうございました」

「どういたしまして。アキは私が面倒をみますので、どうかご安心ください」

　別に神子の心証をよくするためでも、取り入るためでもない。本心からそう告げたとき、アキが焦《あせ》った声で会話に割り込んできた。

「הה, גאדטן א נטל〝アルーカ〟גאדטן א נטל」

「え、なに？　アキちゃん」

「גאט, ס נט」

　アキは混乱した自分を落ちつかせるように深呼吸をしてから、神子に語りかけた。

　声の調子と抑揚から何か訊ねているようだ。その質問に神子が答えると、アキはさらに質問を重ねた。神子の受け答えから推測すると、なぜ神子だけ言葉が通じて自分は通じないのか訊ねたようだ。神子がうまく答えられず戸惑っていると、ウェスリーが助け船を出した。神子はそれをアキに伝えてから、そのまま「それがさー、聞いてよ」と、自分たちの身に起きたことを話しはじめた。

　体調が回復してから受けた説明を、神子自身もまだよく理解していないらしい。会話の主導権はアキがにぎり、質問に答える形で神子があれこれ説明している間に箱馬車が動き出し、一路王都を目指しはじめた。

　国の名前。目的地。自分は神子として召喚された。アキはその巻き添えでこの世界に来てしまった。そんな神子の受け答えで、アキの質問内容はおおよそ推測できる。そして表情や声の調子から、彼がどれほど衝撃を受け、混乱しているのかも。

　アキにくらべると、どうやら神子はお世辞にも聡明とは言い難いようだ。そのことに、アキが少し苛立っているのも伝わってくる。

　アキの真剣で思いつめた表情を和ませたいと思ったのか、神子が茶化すように泣き真似をすると、アキは絶妙な間合いで神子の後頭部をペシリと叩《はた》いた。

それが親しい相手に対する気安さゆえの行為だということは、された神子の表情からも明らか。それなのに。

レンドルフを除く三名の王候補たちは間髪入れずに立ち上がり、アキの不敬を責め立てた。ふたりに一番近い場所にいたルシアスは、ためらうことなくアキの腕をひねり上げ、他のふたりはすぐに剣を抜ける体勢でアキを睨みつけている。

神子を護《まも》る立場としては正しい行動かもしれないが、神子本人が信頼を寄せている人物に対して、ここまで邪険に扱うのはアキが黒髪で黒い瞳のせいだろう。そのことに強い憤りを感じたものの表情には出さず、レンドルフはすかさず彼らを諌《いさ》めた。

「落ちついてください。彼に悪気はありません」

そう言ってレンドルフが止めていなければ、アキの腕は確実に折られていただろう。

「レンドルフの言うとおりだよ。今のはアキちゃんの愛情表現！　ルシアス、アキちゃんの手を放して！　この先、二度とそんなふうにアキちゃんに乱暴しないでよね。したら、ぼく二度と口きかないから」

神子の好意と信頼を得たい王候補にとって、何より怖ろしい脅《おど》しに、ルシアスは渋々ながらアキの手を放した。他のふたりも神子に言われて剣から手を放し、身を引いて椅子に腰を下ろす。

「アキちゃん、大丈夫？　筋とか痛めてない？」

「[illegible]…」

アキは真っ青な顔で呆然《ぼうぜん》としたまま、何かつぶやきかけた。腕を折られかけた恐怖より驚きの方が大きそうだ。

レンドルフは素早くアキに近づいて、神子が触れるより先にひねられた腕を取った。

「私が診ましょう」

鳥の雛《ひな》をつかむより慎重にやさしく触れながら、痛みがないか確認してゆくと、特定の動きに反応してアキが顔をしかめた。

指先から伝わってくる肌の緊張や筋肉の震えで、かなり痛みを感じているとわかるのに、アキは小さく息を呑《の》んだだけで耐えている。

悲鳴を上げたり、大袈裟《おおげさ》に痛がって同情を引くつもりがない潔さに、好感を覚える。

——本当に良い子だな…。黒髪で黒い瞳でさえなければ、手元に引き取って補佐役に育てたいくらいだ。

自分が苦手な絵も巧いし、聡明で素直で性格もいい。こちらの世界に馴染んで言葉の壁さえ乗り越えられれば、優秀な人材になるだろうに。

「少し筋を痛めたようだが、しばらくすればよくなる。痛みがあるうちは無理に動かさないように」

レンドルフの言葉を神子が翻訳して聞かせると、アキはなんともいえない表情を一瞬だけ浮かべた。

仲間外れにされ、置き去りにされた幼子のような、切なさに似た羨望《せんぼう》と、悔しさとあきらめが混じり合った顔。

けれどそれは、ほんの一瞬で過ぎ去った。アキは小さく溜息《ためいき》を吐いたあと、ないものねだりをあきらめた大人の顔でレンドルフにささやいた。

「」

この響きは感謝を示す言葉だ。

「どういたしまして」

翻訳を待たずにレンドルフが答えると、神子が「なんだ。レンドルフはアキちゃんの言うこと理解してるんじゃん」と感心する。

「いいえ、言葉は理解できません。しかし気持ちはなんとなくわかります」

「なんだ、そうなんだ」

触れたままだったアキの腕が、ふいに小さく強張る。レンドルフは神子に向けていた視線をアキに戻した。

昨日まで友人だった相手が、自分よりはるか高い身分になって大切に扱われているのに、自分は理不尽に暴力を振るわれかけた。友人は言葉が通じるようになったのに、自分だけは蚊帳《かや》の外。

唇を引き結んで感情を抑えているアキから、そんな想いが伝わってくる。もちろん、こちらの勝手な想像だ。けれど我が身に置き換えてみれば、なんとなく今アキが味わっている気持ちが分かる気がする。

レンドルフの視線を感じたのか、アキが顔を上げた。目が合う。

——大丈夫だ。君のことは私が守る。

そんな想いを込めてうなずいて見せると、気持ちが伝わったらしい。アキの肩からふっと力が抜けた。

神子を乗せた馬車はふた晩の野営を経て、三日目の夕方には無事王都に到着した。

旅の間、レンドルフはアキの動向に注意を注ぎ続けた。なにしろ自分以外の誰も、彼の安全に留意する者がいないのだ。本人ですら、自分が置かれた状況がどれほど危険なのか、あまり自覚していない。おそらく、こちらの世界で〝災厄の導き手〟がどれほど迫害されているか知らないせいだろう。

アキ以上に、神子にも危機感がない。ふたりのやりとりを見聞きしているうちに、なんとなく理解したのは、彼らが暮らしていた世界は『死』や『理不尽な暴力』があまり身近ではないらしいということだ。それでもまだ、アキには警戒心があるし、状況を理解して己の振舞いを考える能力が高い。

反して、神子の方はよくも悪くも楽天的。保身のために必要な猜疑心《さいぎしん》すらほとんどない。この世に悪人などいないと信じているのか、それとも自分の命に執着がないのか。

ひとつ確実なことは、神子は『アキが側《そば》にいれば大丈夫』だと信じていることだ。

アキは神子から信頼を寄せられれば寄せられるほど、鬱陶《うっとう》しそうな顔を隠さない。それでもふとした会話の端々や眼差《まなざ》しに、相手への気遣いや思いやりが垣間《かいま》見える。だからこそ、神子もアキを慕って頼るのだろう。

しかし今の…、というよりこれからの状況は、神子に慕われれば慕われるほどアキにとって辛《つら》くなる一方だ。

元は対等な友人同士だったとしても、これからは身分に天と地ほども隔たりがある。

神子よりもアキの方が、その事実を身に沁《し》みて感じているようだ。神子にどうしてもと請われて、箱馬車でひと晩一緒に眠ったものの、翌朝には寝不足だとわかるやつれた顔で『これからは、あなたの部屋で眠りたい』と助けを求められた。

神子に傅《かしず》く神従官たちが、自分たちにとって価値のない者、邪魔者、賤民《せんみん》に対して、どれほど慇懃《いんぎん》無礼で冷たく心ない態度を取るか、レンドルフはよく知っている。

ぼんやりしたところのある神子の目を盗んで、アキにさんざん嫌がらせをしたのだと、容易に想像できた。

神子自身も激変した己の境遇に混乱していて、周囲を観察したり理解する余裕はまだないのだろう。

神従官の態度に気づいて注意したところで、彼らが簡単に態度を改めるわけもない。単に嫌がらせがより陰湿になるだけだ。

従者の気質や気風は、主《あるじ》によって変わる。神子だと言われて一日、二日しか経っていない少年には、まだまだ荷が重い。

だから神子を責めるつもりは毛頭ない。

「アキちゃんがここで眠りたくないって気持ち、ぼくもちょっとわかる。なんか息苦しいもんね、ここ。ぼくも外の天幕で寝たいけど、駄目だって言われちゃったし」

神従官に聞かれないよう声をひそめ、小さな溜息を吐いた神子は、そう言ってアキの言葉を通訳してくれた。

レンドルフは神子に通訳の礼をして、言葉が通じない疎外感にひっそりと傷ついているアキの肩を抱き寄せたのだった。

† 通行証

問題は、王宮に到着した神子が国の中枢である神殿に迎え入れられるときに起きた。

ここ数日で、友人の立場について理解したのか、それとも単に自分が不安だからなのか。神子は箱馬車から降りて神殿前にたどりつくまで、ずっとアキと手を繋《つな》いだままだった。神従官たちが口々にアキを遠ざけるよう進言しても、神子はどこ吹く風で聞き流している。他のことは唯々諾々と従っていたのに、アキに関してだけは譲らない。そういう意味では、柔弱そうな外見に反して胆力がある。

外見といっても、レンドルフには神子の容姿の良し悪《あ》しはよく分からない。審美眼の高さで定評のあるルシアスが「あんなに美しい人間は見たことがない」と、興奮気味にまくし立てていたので、たぶん端麗《たんれい》な顔立ちなのだろう。けれどレンドルフには、蒸かした芋に線と点がついているようにしか見えない。もちろん、そんなことを正直に言うつもりはないけれど。

「いけません！」

聖所に至る大扉の前で神子を出迎えるために待機していた神官たちが、突然あわてた声を上げて神子を止めた。

彼らにとって黒髪、黒い瞳の〝災厄の導き手〟は、殲滅《せんめつ》すべき害獣のようなもの。前もって、彼は神子とともに異界から召喚された人間で〝災厄の導き手〟ではないと報せを送っておいたのに、伝わっていないようだ。

――……いや、知っていても、やはり外見で排斥したいのか。

自分たちが手違いで召喚した異世界人なのだから、神子と一緒に聖所へ迎え入れるだろうと思ったが、目論見《もくろみ》が甘かったようだ。

「アキちゃんも一緒じゃなきゃ嫌だ」

「なりません、災いが訪れます！」

「そんなことない！　アキちゃんはぼくの命の恩人なんだから」

「それでも、なりません」

神子も神官も、どちらも一歩も譲らず押し問答が続く。そのまま膠着《こうちゃく》状態に陥るのはまずい。神官たちの恨みはわがままな神子ではなく、事情もわからず連れてこられただけのアキに向かうだろう。それを避けるために、レンドルフは神子に申し出た。

「私が責任をもって、彼を安全な場所に案内しましょう」

「レンドルフが？」

「はい」

神子は視線をレンドルフとアキの間で一往復させてから、仕方なさそうに溜息を吐いた。

「わかった。あなたのことはアキちゃんもすごく信用してるみたいだから、ぼくも安心して任せられる。よろしくお願いします」

神子はぺこりと頭を下げてから、事情を説明するためアキに耳打ちした。

「レンドルフがアキちゃんを安全な場所に案内してくれるって」

早口で告げられる事情と今後の予定を聞き終わったアキは、不安な表情を浮かべながらも、素直にうなずいて状況を受け入れた。

言葉の通じない異国で、ひとり取り残されるのがどれだけ怖ろしいか。レンドルフには想像することしかできないが、少しでもアキの不安を軽くしてやるために、しっかりと肩を抱き寄せた。

「アキちゃん。それじゃ、またあとで」

「אָיירַאַי ילמריפ. עקאַט」

離れた手を互いに振り合って、神子はアキに別れを告げた。アキがなんと答えたのかは分からないが、声の調子から相手を心配させまいと、気を遣ったのは伝わってきた。

「行こうか」

レンドルフは、心細そうな顔で大扉の向こうに消えゆく神子の背中を見つめていたアキに声をかけ、しっかり肩にまわした腕に力を込めた。

アキはうつむいたままゆっくり腕を上げ、肩に置かれたレンドルフの手に自分の手のひらをそっと重ねた。

小さな手。労働や武器の扱いには縁がなさそうな、ほっそりした指。元いた世界では、特権階級に属していたのかもしれない。

「עקאַט···ריא קנאד」

アキは感謝の響きを口にして、ふわりとレンドルフを見上げた。

黒曜石のように透明感と深みのある黒い瞳と目が合った、その瞬間。錠《じょう》に鍵《かぎ》が嵌《はま》ったように、何かがカチリと音を立てて噛《か》み合った気がした。このまま見つめ続けていたら、言葉を忘れてしまいそうだと思いながら、

「どういたしまして」

きれいな黒い瞳に見入ったままささやくと、アキが嬉しそうに微笑んだ。

——笑うと本当に可愛いな…。

アキの笑顔を見ると、こちらまで自然に頬がゆるんでしまう。

神子の話によると、アキは十五歳らしい。こちらで十五といえば成人の儀を行う歳《とし》だが、アキも神子も歳より幼く見える。元いた世界ではこれが普通だと言われてずいぶん驚いた。

——アキの目に、私はどう映っているんだろう…。

ごく自然にそう思ってから、他人からどう見られているか気になるのは生まれて初めてだと気づく。慣れない自分の反応に若干戸惑いながら、レンドルフはアキの肩を抱き寄せた。そのまま王宮敷地内にある州領館に向かって歩きはじめた。

州領館は、アヴァロニスを構成している十二の州領主にひとつ下賜された建物で、州領主やその縁者が王都に滞在するときの活動拠点となる。その館の中でも別翼に位置する客間のひとつは、人を招いて舞踏会や祝賀会を行うとき以外はほとんど使用されない。州領主の従官か陪臣にふさわしい設えだから、必要なものはほとんど揃《そろ》っているはずだ。

レンドルフは自分の従僕に、客人がひと晩過ごせる食べ物と飲み物を用意して持ってくるよう言いつけると、アキと一緒に客間に入った。家具を覆っていた布を取り去りながら、寝台代わりの長椅子や着替えの在処、後架《トイレ》の使い方を教えた。

そうこうするうちに届けられた水と食糧を置き、最後に身振り手振りで念入りに、頭蓋布《フード》を外したまま窓辺に立つのは危険、勝手に外に出るのも危険。とにかく他人に姿を見られないよう注意してくれと伝えると、アキはきちんと理解した表情でしっかりうなずいた。

「[illegible]」

おそらく「了解」という意味だろう。頼もしい反応に、レンドルフもうなずき返す。

「それではまた後で」

そう言い残して扉を閉め、アキを護るために外から鍵をかけた。そのまま踵《きびす》を返しかけたものの、妙に後ろ髪を引かれて離れがたい。

神殿を内包する王宮敷地内《こ こ》ではなく、市街地にある自分の私的な屋敷に匿《かくま》った方が安全だ。分かっているのに、時間がないことが恨めしい。

——こんなことならセレネスを連れてきておけばよかった。

セレネスはレンドルフの有能な補佐官で、レンドルフが〝災厄の導き手〟を秘かに保護していることを知っている数少ない人間だ。レンドルフが王都に上るときは、留守居役として州領城に残すことが多い。閉じた扉に向かって後悔していると、廊下の向こうから声が響いた。

「エル・グレン卿！　こんなところにいらっしゃったのですか。聖所で皆さまお待ちです。お急ぎください」

なかなか戻らない王候補を捜しにきた神官だ。

レンドルフは仕方なく扉から離れ、自分にとっては時間の無駄としか思えない儀式に参加するため、聖所に向かって歩を早めた。

神子が初めて神託を授かる儀式は神がなかなか顕《けん》現《げん》しないせいで、予定時刻を大幅に超えた。遅くとも深夜には終わるはずが、王候補が次の儀式に備えて仮眠を取るため、解放されたのは明け方近かった。

急いでアキが待つ部屋に戻ろうとしていたレンドルフは、なぜかひとりだけ神官長に呼び止められて足止めを喰らった。理由は、

「禊《みそ》ぎをしていただきます」

神子とともに召喚された異世界人とはいえ、忌《き》避《ひ》

すべき〝災厄の導き手〟と同じ黒髪、黒い瞳の持ち主と、長い時間ともに過ごしたまま儀式に臨んだのは由々しきことである。今回、神がなかなか御姿を現さなかった原因は、それかもしれない。

レンドルフにしてみれば難癖としか思えない理由で、すっかり夜が明けて陽が昇るまで聖香の煙で燻《いぶ》され、聖水で水垢離《みずごり》させられた。

神官の気がすんで、ようやく許されたレンドルフは髪をかわかす時間も惜しみ、駆け足で別翼の客間に戻った。錠を外すのももどかしく扉を開けて中に飛び込むと、昨夜からずっと感じていたかすかな不安が的中した。

「いない…、どこに消えた？　アキ！」

扉は確かに鍵を開けて入った。部屋からいなくなるはずはない。それなのにどこにも姿が見えない。後架はもちろん、椅子の下や棚の中まで確認したあとで、ふと庭に面した窓を見ると、かすかに隙間が空いている。どうやら庭に出たらしい。

急いで庭に飛び出して、アキの名を呼んでみたものの答えはない。野趣に富んだ茂みの下や樹の影に、隠れたり倒れているわけでもない。

「アキ！　どこにいる、返事をしてくれ！」

呼んでも答えが返らないことに、心の底からぞっとした。脳裏にこれまで助けようとして間に合わなかった〝災厄の導き手〟たちの、悲惨な最期がちらつきかける。

不吉なそれを、頭を強く振って追い払ったとき、視界の隅に庭をぐるりと囲む牆壁《しょうへき》が映った。よく見ると、手前の茂みに人が通った痕《あと》がかすかに残っている。そこでようやく思い出した。

「隠し通路か…」

それは庭師や身分の低い下僕が使うもので、いざというときの脱出路でもある。中から外には自由に出られるが、外から中に入るには鍵がいる。州領主を継承して初めて王宮に上がったとき、説明を受けた記憶はあるが、何年も前のことで忘れていた。

どうやらアキはここを使ったらしい。

姿が見えない謎《なぞ》が解けると、ほっと安堵の吐息が洩《も》れる。そのまま把手《とって》のない扉を開けて細い階段を降りると、下階層に出た。主《おも》に従者や従僕、身分の低い神官たちが利用する食堂と、出入りの商人が出店を開く交易所などがある場所だ。人の出入りが激しく活気に満ちているが、その分荒事《あらごと》も起きやすい。

万が一、アキの黒髪や黒い瞳を見られたら、騒ぎが起きるのは間違いない。そうなる前に見つけなければ…。

焦る気持ちを抑えて、レンドルフが周囲をぐるりと見まわしたとき、食堂の方から怒号まじりのざわめきと細い悲鳴が聞こえてきた。

「アキ…!?」

急いで声のする方へ駆け寄ると、食堂前に人垣ができている。

「通せ、通してくれ、道を空けろ！」

騒ぎに夢中な人々の肩を押し退《の》けて前に進むにつれ、悲鳴にも似た叫びがはっきり聞こえてきた。

「――ססאסע לגג עגנסס אדער…הלך סך ער！　ססדגג אג ררסער！　レン דארך！」

間違いない。アキの声だ。自分の名を呼んで助けを求めている。

「סגגס ראסר！　רסלסר!!」

命の危険に瀕《ひん》した者だけが上げる必死の叫びが途切れる前に、レンドルフは人垣を押し退けて前に出た。

「止めろ」

従わなければ凶器を振り上げた腕を斬《き》り落としてやるつもりで、抜き身の剣を手にしたレンドルフの目に映ったのは、捕らわれた獣のように両手両足を縛り上げられ、地面に転がされたアキの姿だった。

頭蓋布《フード》が外れて、黒い髪が露わになっている。それだけで騒ぎの原因は察しがついた。

「止めろ、その者に手を出してはならぬ」

上に立つ者は、ときとして声だけで人を従わせる必要がある。州領主の継嗣として生まれたレンドルフは、子どもの頃からそのための発声法を教えられて育った。大声を出さなくてもよく響き通る、人が自然に注意を向ける声と抑揚。それがアキを危機から救った。

王宮の敷地を巡回する警邏《けいら》隊の制服に身をつつんだ男が、振り上げた剣を頭上で止めたままレンドルフを見た。普段の地味な服装なら「誰だ！」と誰何《すいか》されるところだが、幸い今は王候補として儀式に臨む正装だ。無駄に華美な衣装も時には役立つ。

「こ、これは…ッ、州領侯！　失礼致しました！」

警邏兵はすぐさま剣を投げ捨てて、恭順の意を示した。レンドルフは鋭く男を睨《にら》みつけて、腕のひと振りで後ろに退《さ》がらせる。

「野次馬を追い払え。事情はあとで聞く」

「は…ッ」

今すぐ言い訳したそうな警邏兵が指示に従って見物人を追い払いはじめると、レンドルフは、地面に倒れ伏したまま事切れたように動かないアキの頭を、頭蓋布《フード》で素早く覆い直して抱き上げた。

口元に頬を寄せて呼吸を確かめる。

大丈夫。息はしている。出血するような怪我をした様子もない。恐怖のあまり気を失っただけらしい。

血の気が失せて蒼白《そうはく》になった顔を自分の胸に寄りかからせて、レンドルフは立ち上がった。そのまま「〝災厄の導き手〟をどうして助けるんだ」「見逃していいのか」などと抗議している人垣を警邏兵に押し退けさせて、下階層から立ち去った。

途中で意識を取り戻したアキが、かすれた声で「レン…？」とつぶやくのが聞こえる。

周囲を警戒しながら素早く顔を見下ろすと、虐待を受けた小動物のように怯えきった瞳と目が合い、胸になんとも言えない痛みと熱が生まれた。

「もう大丈夫だ」

私が君を護る。二度と恐い思いはさせない。

決意が声に独特の響きを与える。

安心させるために微笑んで見せると、アキは目元をくしゃりと歪《ゆが》ませて嗚咽《おえつ》をこぼした。

「……ッう…んぐ…っ」

何度も堪《こら》えようとして、堪えきれずにくぐもった声が洩れ、肩が大きく震える。

声を出して泣いてもいいと伝えたくても、今、下手に言葉をかけたら責められていると誤解しそうで、怖くてできない。

腕の中で身を丸めて必死に涙を堪え、にぎった拳で泣き顔を隠そうとしている姿がいじらしい。小さな拳が見る間に涙で濡《ぬ》れてゆく。


アキが深くうつむいて嗚咽を洩らし、肩を震わせるたび、レンドルフの胸に小波《さざなみ》が立つ。

人気のない中庭に面した回廊まで来ると、レンドルフはアキをそっと地面に立たせて、涙と鼻水で濡れた顔を自分の胸に押しつけた。

——この子の性格的に、たぶん泣き顔は見られたくないだろう。

そう思ったからだ。

普通の人間なら泣き叫び、八つ当たりしてもおかしくない場面で、声を殺して涙を隠す。

そういう人々を自分はよく知っている。

迫害されて居場所を奪われ、心に深い傷を負った人々だ。

——アキ…。君も元いた世界で、辛い想いをしながら生きてきたのか？

訊ねる代わりに震える背中に手を添えて、やさしく何度も撫で下ろしてやる。この国《アヴァロニス》では忌み嫌われる黒髪にも、愛《いと》おしさを込めて慰撫《いぶ》を繰りかえした。

やがて、恐怖で張りつめて強張っていた背中から力が抜けて震えが止まる。忙《せわ》しなかった呼吸も落ちついて、涙も止まったようだ。

名残惜しい気持ちで撫でていた手を離すと、ようやくアキが顔を上げた。濡れた睫毛に赤味を帯びた目元、潤んだ瞳が戸惑うように揺れている。

「落ちついたか？」

アキは吸いつくようにレンドルフの顔を見つめてから、我に返ったようにあわてて視線を外した。

「אָ. די אנדערער… אָקוי. זאקן אין」

そして何か答えながら、腫《は》れぼったい両目を誤魔化すためか、ごしごしとこすった。

「そんなにこすると目が腫れる」

やんわり両手をつかんで顔から遠ざけると、アキは濡れた睫毛を何度も瞬かせた。

「ננאם？　די זאגן ננאם？」

不安そうに何かを訴えられて、言葉の通じないもどかしさを強く感じる。彼が何を伝えたいのか知りたくて、黒い瞳をのぞき込んでみても答えは見つからない。

じっと見つめすぎたせいだろうか。アキはふ…っと視線を外してあたりをみまわした。それからおずおずと口を開く。

「אָז…איך לין לגבעכדקק. אינבער די צדק. איך ךאמ ניט טראכטן אזני אנצא צעלדערן. אנצא…」

申し訳なさそうにうつむいた表情や言葉の響きから、謝罪か言い訳だろうと推測する。

だからこちらも思わず訴えた。

「姿が見えなくてとても心配した。人任せにした私も悪いが、黙っていなくなるのは止めてほしい」

心臓に悪いと言い添えると、意味はわからないはずなのにアキは神妙に項垂《うなだ》れた。

「צם טוט טין לייך」

言葉は通じなくてもなんとなく伝わってくる。これはたぶん『ごめんなさい』だ。

責めていると思われないよう気をつけたつもりだったのに、やはり誤解されてしまったか…。叱《しか》るつもりはない。心配したんだと伝えたくて、レンドルフはにぎったままだったアキの拳をやさしく叩《たた》いた。

地面にめりこむ勢いでうつむいていたアキが、ようやく顔を上げてこちらを見る。その機を逃さず微笑みかけると、しょんぼりと下がっていた眉がひょこりと元気を取り戻す。

それを見て、レンドルフは昨日から渡そうと思っていた物を懐から取り出した。

限られた者にしか与えられない通行証だ。

「…ךמאסלצס？　צן מרך？」

「そう、腕環《ブレスレット》。身分証になる」

アキが何を言ったのかは分からない。それでもレンドルフは同意を示して留め金を外し、アキの細い腕に合わせてカチリと閉じた。

「ךוך וווצ, צוצמאכס פוו ךוו צאלך？」

アキは興味深そうに腕環を見つめながら、また何か言った。嫌がっているわけではない。単純に好奇心があるだけらしい。

「身分証だ。無くさないように」

『僕がもらってもいいの？』と言いたげに、手首に嵌った腕環を目の前に掲げたアキに向かって、レンドルフはもう一度念を押す。

「身分証だよ」

それでようやく大切なものだと納得したのか、アキは腕環に右手を添えて、嬉しそうにうなずいた。

「ךאצק אךך. צפטק」

感謝の言葉を口にするとき、アキは本当に可愛い顔をする。素直で健気。見ているとなんでも願いを叶えてやりたくなる。そんな想いがあふれて、気がつくと頭を撫《な》でていた。

「良い子だ」

見た目はとてもそう思えないが、成人の儀が行える年齢の相手に向かって子ども扱いは、失礼だと分かっているが、可愛いものは仕方ない。

このときばかりは言葉が通じないことを、レンドルフはほんの少しだけ感謝した。

そのあと、レンドルフはアキの手を引いて部屋に連れ戻した。手を繋いだ表向きの理由は、万が一にもはぐれないようにというものだが、単純にアキと触れ合っているのが楽しかったからでもある。

神子がアキにくっついて、なかなか離れようとしなかった意味がなんとなく理解できた気がした。

とはいえ、いつまでも一緒に過ごせる余裕が今はない。またすぐに、新神子誕生を祝う儀式がはじまってしまう。王候補は儀式に不可欠な要員として席を外すわけにはいかない。そんなことをすれば不敬罪を問われ、最悪、州領主の位を剝奪されてしまう。

レンドルフは可能な限り時間をかけて注意を与えた。

「今度は中から鍵がかけられるようにしておくが、私が戻るまで決して外に出ないでほしい。もしどうしても出る必要があるときは、充分に警戒すること。絶対に黒髪と黒い瞳を見られないように気をつけるんだ」

身振り手振りを総動員して伝えたものの、きちんと理解したのか分からない。どちらかというと、勝手に出歩いたことを咎められたと思ったらしい。

アキも必死に身振り手振りを駆使して、何か訴えはじめた。

空になった水差しを逆さに振ってから、喉《のど》に手を当てて口を開けてみせ、それから窓の向こうを指さして、両手で水をすくう振り。

喉が渇いたから、水を求めて庭に出た。

それなら仕方ないとうなずくと、アキは安心したように力を抜いた。

――私に身勝手だと思われるのは、辛いということだろうか。

身勝手だと思ったことなどない。むしろ、歳より冷静で抑制が利きすぎていると思うくらいだ。

そんなことを考えながら、レンドルフはこのあと自分が戻ってくる時間や、今後の予定などを伝えようとした。けれどやはり、身振り手振りでは限界がある。レンドルフはアキが箱馬車でシリカの実の絵を描いたことを思い出した。自分が不得意なせいで、思いつくのが遅れた。

急いで紙と筆を用意すると絵談をはじめる。

今後の予定を伝えるために、自他ともに認める下手くそな絵を描いて見せると、呆気《あっけ》に取られた表情で紙面を見つめていたアキが、耐えきれないと言いたげに噴き出した。

「笑えるくらい下手だろう。分かってるよ」

できればアキには、格好いいところだけを見せておきたかったが、仕方ない。

ばつの悪さを誤魔化すために頭を掻《か》くと、アキはすぐに笑いを収め、真剣な表情で改めてレンドルフの絵を見つめた。悪のりして絵の稚拙さをあげつらわない、その生真面目《きまじめ》さが好ましい。

レンドルフは心の中でしみじみと、アキはやっぱり良い子だな…と、想いを新たにした。

レンドルフの次に筆をにぎったアキの絵は、やはり素晴らしく巧かった。

「素晴らしいな。どうやったらそんなに巧く描けるんだ？　州領城に戻ったらぜひ資料整理を手伝って欲しい。発掘した遺物の絵を描く仕事なんだが、私が描くと却って混乱するから止めてくれと言われて、記録が滞って困っていたんだ」

正直な感想を述べると、褒められたことが伝わったのか、アキは照れくさそうに頬を赤らめた。そしてさっきレンドルフがしたように、頭を掻きながらぽそぽそと答える。

「ילאַוואשזוי ס סע ···ןופ רעדנוזאַב」

雰囲気的に謙遜《けんそん》だと感じたので、「そんなことはない。本当に巧い」と言い募った。

はにかんだ表情で顔を上げたアキと目が合う。そのままずっと見つめ合い、いつまでも絵談義を続けたかったが、そろそろ時間だ。レンドルフが腰を上げると、つられたようにアキも立ち上がった。そのまま並んで歩いて扉の前に立つと、

「なるべく早く戻る」

そう言い残して部屋を出る。

扉を閉める寸前にアキが浮かべた寂しそうな表情が、いつまでもまぶたに焼きついて仕方なかった。

† 失踪

夕方には戻る予定が夜に延びると決まった時点で、レンドルフは一度、アキの部屋に伝言を届けさせた。使いの者は信用できる従僕を選んだ。戻ってきた従僕は「お元気でした」と、アキの様子を報告してくれた。だから、その時点では部屋にいたはずだ。

それなのに。

夜更けにレンドルフが客間に戻ると、期待していた出迎えどころか、室内のどこにもアキの姿はなかった。

あんなに注意したのに、また使用人の通路を使って外に出たのか…と、さすがに少し憤りながら庭と通路、そして通路の先の下層階を隈無《くまな》く捜索したけれど、アキはどこにもいない。

「嘘《うそ》だろう…、冗談だと言ってくれ」

レンドルフは動揺のあまり震えはじめた両手を、力の限り強くにぎりしめた。

王宮敷地内はおそろしく広い。大小無数の宮殿や神殿が建ち並び、場所によっては迷路になっている。ただ迷子になっているだけだと自分に言い聞かせ、可能な限りの人員を使って秘かに捜索した結果、分かったことはアキが失踪《しっそう》したという事実だけ。

陽が昇って朝になってもアキは見つからなかった。

唯一の救いは、王宮内で〝災厄の導き手〟を捕らえたという情報がないことだが、だからアキが無事だという証《あかし》にはならない。

せっかく助けた少年を、己の失態で失った。

「クソ…ッ」

レンドルフは己の馬鹿さ加減を心の底から呪《のろ》いながら、唯一の手がかりを知る人物、アキについて誰よりも詳しい神子に助けを求めることにした。

まずは正式な手順を踏んで、神子を擁する聖神殿に拝謁を願い出たが、「ご自分の順番をお待ちください」と、けんもほろろにあしらわれたため、今日から《特別な交流》相手として〝神子の庭〟への出入りを許されたルシアスに直接頼み込んだ。

しかしルシアスは己の権利を侵害するレンドルフの申し出に腹を立て、当然のようにすげなく断った。

それでもあきらめずに食い下がり、

「神子様の友人であるアキのことで、どうしても神子様御本人にお伝えしたいことがあるのです。アキのことで大切な話があると言えば、神子様は必ず会ってくださるはず。どうか、そのことだけでもお伝えいただきたい」

そう言い募ると、ルシアスは怒りも露わにレンドルフの腕を振りきって〝神子の庭〟に姿を消した。

そして小一時間もしないうちに、庭から出てきた。レンドルフの望み通り、神子を伴って。

「レンドルフ、遅くなってごめんなさい」

神子は不安の入り交じった期待の面持ちで、レンドルフの周囲に視界をさまよわせた。そしてレンドルフの側にアキがいないことに気づくと、あきらかに落胆した表情を浮かべた。

アキはどこだと訊ねたいのは自分の方だと、内心でひとりごちながら、腰を折って目線を合わせると、神子は心配そうに首を傾げた。

「アキちゃんになにか問題が？」

「お耳をお貸しくださいますか」

「へ…？　耳？」

神子が王候補と《特別な交流》を行うための神殿内には、そこかしこに神官たちの耳目がある。人払いをすれば会話が聞こえない距離まで離れ、姿を隠したりもするが、基本的に聞き耳を立てられ、自分たちがしていることはなにひとつ見逃すまいと、つぶさに監視されていると思った方がいい。

「――内密に、お話がございます」

それでもまだ小首を傾げる神子に、ルシアスが背後から「内緒話ですよ」と助け船を出すと、神子はようやく理解できたらしい。「どーぞ！」と勢いよく、レンドルフの唇にぶつかる勢いで耳を近づけた。

視界の端でルシアスが不機嫌そうに眉根《まゆね》を寄せるのが見えたが、とりあえず無視して、レンドルフはそのままちらりと周囲に視線をめぐらせてから、神子にそっと耳打ちした。

「アキが、行方不明になりました」

「は…？　え？　行方不明って、どういう意味？」

無邪気に聞こえる問いかけは、レンドルフの失態を糾弾する響きを含んでいるように聞こえた。

レンドルフがなるべくわかりやすく、アキが行方不明になった経緯を説明し、捜索の手がかりとなるアキの好みや癖を教えて欲しいと頼むと、神子はようやく事態が飲み込めてきたらしい。

顔から血の気が引いて、手を震わせ、レンドルフを責め立てた。

「なんで、どうして!?」

守ると言ったくせに嘘つきと詰《なじ》られて、返す言葉もない。「申し訳、ありません」と頭を下げ、神子の気持ちが落ちつくのを待って、アキの話を聞き出すことができた。

その情報を元に捜索計画を組み直し、領地で留守居をしている補佐官《セレネス》も呼び出した。捜索隊の隊長に、自分で描いたアキの似顔絵を見せ「申し訳ありませんが、却って混乱します」と、神妙な表情で差し戻されて、己の狼狽《ろうばい》ぶりを自覚したりもした。

翌日の夜には、神子の方から呼び出しを受けた。正確には異例ともいえる連日の謁見に許可を出したルシアスから、

「ハルカが「アキちゃんが心配でたまらない…」と言って泣くからだ。私といても上の空で、エル・グレン卿に会わせてくれと頼まれたら、聞き入れるしかない」

そう訴え、幼児に泣かれてほとほと困り果てたような表情を浮かべた。

ルシアスがそんな情けない顔をするのは初めて見た。美女や子どもの泣き落としに屈するような男ではなかったはずだが…と、心の中で首を傾げつつ、レンドルフはその日の捜索を一旦切り上げて〝神子の庭〟に向かった。

二度目の拝謁で、神子から『アキの気配だと思われる青白い光を見た』という素晴らしい情報を得たが、唯一その光を見ることができる神子が〝庭〟を出て、アキの痕跡を間近で確認するまでに日数がかかりすぎてしまい、結局役には立たなかった。

その一件で、融通が利かず酷薄な神殿に対する、レンドルフの憤りはより一層増した。

《特別な交流》中にもかかわらず、自分以外の王候補が神子に会うことを許したルシアスについては、神官たちの間で瞬く間に噂が流れた。

初っ端から神子に侮《あなど》られ、他の王候補に《交流》

の権利を侵害された情けない男だと。

ルシアスには申し訳ないことをした。機会があれば彼の汚名を雪《そそ》ぐために協力は惜しまないと、心に刻みながら、レンドルフはアキを捜し続けた。

その後、ルシアスとの《特別な交流》が終わってレンドルフの番になり、庭を訪れると、神子は開口一番『アキちゃんは見つかった!?』と訊ねてきた。

レンドルフが無言で首を横に振ると、水をかけられた種火のように、一瞬で気持ちが沈み込むのがわかった。こんなにもわかりやすく感情を露《あら》わにするのは異世界人だからか。

神子ほどではないが、アキも素直に気持ちが伝わってくる少年だった。喜怒哀楽が全開で駄々《だだ》洩れな神子と違って、アキは感情を制御する術は知っていたようだが、相手に気取らせない訓練は受けていないようだった。

警戒心も薄かった。神子の話によれば、元いた世界では外見を理由に迫害されることもなかったという。そんな子どもが右も左もわからず、言葉も通じない世界に放り出されて生き延びることができるのだろうか。

いや、ただ放り出されただけならまだ希望がある。一番怖ろしいのは捕らえられて監禁され、拷問の果てに殺されることだ。

神への信仰心が篤《あつ》い者の中には、神に仇《あだ》なすと予言された〝災厄の導き手〟に対して、異様な憎しみを募《つの》らせ、ただ殺すだけでは飽きたらず、傷つけ苦しめて死に至らせることに情熱を燃やす輩《やから》もいる。それが神の御心《みこころ》に叶う行為だと信じて疑わないのだ。

レンドルフはこれまで何度も、何人も、そうした狂信者たちの犠牲になった〝災厄の導き手〟たちを見てきた。

間に合わなかった者、せっかく助け出せたのに手遅れで、目の前で力尽きて命を落とした者。

嬲《なぶ》り殺され、野ざらしにされた骸《むくろ》たちの無念の叫びが聞こえた気がして、仕事の手を止めたことが何度もあった。

自領から呼び寄せた補佐官《セレネス》に命じて、捜索に必要な人員も増やした。人は増えても、あまり派手に捜しまわることはできない。〝災厄の導き手〟狩りの主体である神官たちに気づかれると、却って危険だからだ。

眠るとアキの夢を見た。血を流して逃げまわり、助けを求めて泣いている夢。

「アキ…！」

眠りの中で伸ばした手が、少年の細い腕をつかむことはない。そのことに絶望しながら、レンドルフは髪を掻きむしって残酷な運命を呪った。

そして祈った。

「神よ…。アヴァロニスの神ではなく、アキの世界の神よ！　そして〝災厄の導き手〟が信じる神よ！　どうかあの子の命を救ってください。助けてください。死なせないでください…！」

異端の神に祈ることは、アヴァロニスの民が決してしてはならない禁忌のひとつだ。神にばれれば罰《ばち》が当たる。けれどレンドルフは、ためらうことなく禁忌を犯した。

自分は神の教えに背いて、もう何年も〝災厄の導き手〟を保護している。けれど神罰はまだ下っていない。たとえこの先、神の劫火《ごうか》に焼かれる運命が待っているとしても、恐れはしない。

そんなレンドルフの決意を嘲笑《あざわら》うかのように、アキの行方は杳《よう》として知れず、時間ばかりが無情にも過ぎ去っていった。

王都に放っている密偵から『最近、珍しい曲を演奏する辻《つじ》音楽家が評判になっているそうです』という情報をレンドルフが得たのは、アキが行方不明になった日から七十日目のことだった。

　その辻音楽家がアキに関係していると直感したのは、前に神子から話を聞いていたからだ。

『アキちゃんは修学院《がっこー》の余科《ぶかつ》に音楽を選んでたんだ。就学院《ちゅーがっこー》から習いはじめたんだけど、練習熱心だからすごく巧いんだよ』

　神子はそう言って、神子とアキが暮らしていた異世界の音楽を口ずさんで聞かせてくれた。

　それはレンドルフがこれまで聞いたことのない旋《せん》律《りつ》で、神を讃《たた》えるものでも世界の成り立ちを物語るものでもなく、こちらの世界の常識からすると意味のない音の連なりだったが、妙に耳に残るものだった。一音一音に意味があり、旋律によって聖句や神話を表現しているこちらの音楽と異なり、意味のないでたらめな音の連なりでありながら、感情に訴える力がある。

　密偵から『珍しい曲を演奏する辻音楽家』と聞いた瞬間、アキではないかと閃《ひらめ》いたのはそういう理由からだった。

　もちろん、ただの人違いという可能性は大いにある。それでもこれまで二ヵ月半近く、アキを見つけるための有益な手がかりがほとんどないままだったレンドルフにとっては、救いの光明に思えた。

　レンドルフはこれまで二回、各十日ずつ、計二十日間、行われた神子との《特別な交流》期間を、ほとんどアキに関する情報収集にあててきた。

　交流期間中に神子と交わす会話は九割九分アキの話題だったが、最初に『アキを見つけるためには、どんなささいな情報でも必要なのです』と頼んだ結果なので、神子から不満が出ることはなかった。

　むしろ、神子のほうから積極的にアキの話をしてくれた。

『ぼくの話がアキちゃんを見つけるのに役立つなら、

丸一日でも二日でも話し続けるし。アキちゃんを見つけるためならなんでもする。街に出て直接探すこともできないぼくの代わりに、レンドルフ、どうかお願いだからアキちゃんを見つけて…助けて…！』

心配のあまり涙で潤《うる》んだ瞳《ひとみ》でまっすぐ見つめられ、手を合わせて懇願されるまでもなく、レンドルフは己の能《あた》うるかぎりの力を注いでアキの捜索にあたっている。

王の選定期間中、王候補が最優先すべきは神子との《特別な交流》だ。しかしそれは一回十日間。自分の順番が終わると、次の順番まで他の候補三人分、三十日間は自由に行動できる。王都に滞在して神官や貴族たちと誼《よしみ》を結ぶもよし、自領に戻るもよし、各自の裁量に任されている。

他の候補と《特別な交流》中の神子に、抜け駆けで会うことは基本的に禁止されている。拝謁《はいえつ》は神子が望み、交流中の候補が許可した場合にかぎってだけ許される。

レンドルフがこれまで、ルシアスと《特別な交流》中の神子に会えたのは、ルシアス本人が寛大な心でそれを許してくれたからだ。

他の二名の候補——ディーラン＝エル・メリルとウェスリー＝エル・ルーシャは、神子がどんなに頼み込んでも、泣いても、脅迫しても、頑《がん》として交流中に他の候補と会うことを許してくれないという。

それが普通の反応だ。自分との交流中に、他の候補に会いたいなどと言われるのは、侮辱されたも同然、男としての沽券《こけん》に関わる大問題だ。神子のそんな発言を他の誰かに聞かれでもしたら、男として、王候補としての名誉は著《いちじる》しく傷つけられる。

神官たちの噂《うわさ》話は風よりも早く国中を駆けめぐることで有名だ。

ルシアスも本来なら、己の権利が侵害されるような願いを簡単に聞き入れる男ではない。それが何度も許しているということは、レンドルフ同様、神子との交流を密にして絆《きずな》を深める――結果として王に選ばれる――ことに関心がないのか。それとも己の権利を譲り、他の王候補と親密になる危険を冒してでも、神子の願いを叶えてやりたいと思うほど、神子のことを想っているか。どちらかだ。

ルシアスの本音がどこにあるのかは、この際どうでもいい。大切なのは、アキのことをよく知っている神子からどれだけ情報を聞き出せるかだった。

アキが行方不明になってすぐの頃、神子がアキの気配だと思しき青白い光を見たという重要な手がかりは、融通の利かない神殿のしきたりに阻まれて失われた。それ以後、有益な手がかりはひとつもないまま二ヵ月余りが過ぎた。

その間、引き取り手のない遺体収容所から、アキと同じ背格好の少年が運び込まれたという連絡を何度か受けた。そのたびに、レンドルフは身分が分からぬよう変装して確認に赴き、アキではなく別人だったことに安堵した。安堵しながら、アキと同じ年頃――に見えるということはこちらの人間なら十二、三歳――の子どもが、懇《ねんご》ろに弔《とむら》う者もないまま神殿の共同墓地にぞんざいに埋葬される、この国《アヴァロニス》のありように暗澹《あんたん》たる気持ちになった。

『珍しい曲を演奏する辻音楽家』の情報は、そんな状況の中でもたらされたのだった。

レンドルフは早速、捜索の焦点をその辻音楽家に絞った。

密偵には、さらに詳しい情報を集めるよう要請し、時間が許すかぎり自らも城下に赴いて、アキだと思われる『辻音楽家』の所在を捜し求めた。

しかし八〇〇万人もの民が暮らす王都で、ひとりの人間を捜し出すのは容易ではない。

定住していればまだしも、相手は神出鬼没。密偵が新たに探ってきた情報によると、件《くだん》の辻音楽家は同じ場所では二度と演奏せず、現れる時間も定まっていない。そして演奏を終えると素早く姿を消してしまうという。誰も次にいつどこで演奏するか知らず、辻音楽家が男なのか女なのか、若者なのか老人なのかすらわからなかった。

最初の情報から五日後に、『辻音楽家』は小柄で、怪我をしているのか醜《みにく》い傷痕《きずあと》でもあるのか、頭を布で巻き頭蓋布《フード》を目深に被っていることがわかった。

アキは小柄だ。そして、頭に布を巻き頭蓋布《フード》を目深に被っているのは、黒髪を隠して目の色を探られないためだとすれば、符合はぴたりと合う。ここまでくれば、期待するなと言われても期待せずにはいられない。

レンドルフは密偵を通じて、王都にそれぞれ縄張りを持ち活動している情報屋たちに、『辻音楽家』の居場所を突き止めた者、そして自分を生きている彼の元に案内できた者には褒賞金を出すと伝えた。もちろん、その際『辻音楽家』に決して危害を加えないこと、正体を曝《あば》こうとしないことと厳命して。

季節は夏が過ぎて秋になり、そろそろ朝晩の冷え込みで金扇樹《きんせんじゅ》の葉が色づきつつある。

レンドルフの元に待望の報せがもたらされたのは、アキが失踪してから八十三日目のことだった。

三日前にアキだと思われる辻音楽家が目撃された王都西区の、第三層七番街近くの宿に泊まっていたレンドルフは、朝食を中断して、そこそこ羽振りのいい下級貴族の出で立《いた》ちに身なりを調えると、宿を飛び出して愛馬に飛び乗った。見てわかる供はふたり。他に市井《しせい》の住人に身をやつした護衛役がふたり、影のようにレンドルフにつき従っているが、彼らは主《レンドルフ》の身に危害が及ばないかぎり、影に徹するよう訓練されている。

報奨金目当てで情報を持ち込んだ情報屋に先導されて移動すること半日。西区の第三層から北区の第四層に入ったところで、前方に人垣が現れた。喧嘩《けんか》か違法な見世物でも行っているのか、広場のほうから妙な騒がしさと興奮状態が伝わってくる。

「何事だ？」

つぶやくと同時に歩を進めようとしたレンドルフを、供のひとりがさえぎった。

「自分が見て参ります。閣下…ではなく旦那《だんな》様はここでお待ちくださ――」

「[illegible]…！」

主の安全を第一に考えた従者の語尾に、聞き覚えのある悲痛な声が重なって聞こえた。

「[illegible]… [illegible] [illegible]！」

木の板を鉄棒で叩いたようなカクカクとした音の連なりで、意味はわからない。けれど、その声に含まれた切実ななにかは理解できた。

「アキ…！」

「お待ちください…閣下！　危険です…っ」

止めようとする供の手をふりきって、レンドルフは騎馬のまま人垣に飛び込んだ。

「痛てぇ！　押すなッ」

「なんだなんだ、俺じゃねぇよ」

「〝災厄の導き手〟が捕まったって」

「これから処刑だってよ」

「首を落とすって」

「なんだ、あの首に巻きついてる黒いのは」

「悪魔だ！　引き剝《は》がせ！」

「〝災厄の導き手〟の血を供物にすると、神が願いを叶えてくれるって本当か？」

興奮して口々に叫びながら、人の命が奪われる場面を見物しようと集まった野次馬たちを、レンドルフは力尽《づ》くで押し退《の》けて進んだ。

「押すなって！　誰だっ…――、あ…」

「畜生《ちくしょう》、お貴族様だからって偉そうにふんぞり返りやがっ……――てひっ」

文句を言って進路を邪魔しようとする者には、容赦なく抜き身の剣を突きつけて脅《おど》すうちに、土嚢《どのう》のように押し合いへし合いしていた人垣が、ようやく途切れて、広場の中央まで見晴らすことができた。

市場に野菜を持ち込むための木箱を裏返して連ねただけの、簡単な台座の上に石畳を剥いだらしい石板が置かれている。

その上に、ひとりの少年が頭を押しつけられていた。秋の陽射しの下、見間違いようのない黒髪が、灰色の石板の上で力なく揺れている。

その横に、太くて厳《いか》つい男がゆっくり歩み寄ってゆく。鈍色《にびいろ》にくもった斧《おの》を携《たずさ》えて。

目に映った情景が、何を意味しているのか理解した瞬間。

「止めろ！」

レンドルフは叫びながら目にも止まらぬ速さで剣を鞘《さや》に収めると、背中に背負《しょ》っていた強弓を引き抜いてつがえた。

斧を手にした男はわずかに、迷うそぶりを見せたものの、結局制止を無視して腕を振り上げ、そのまま振り下ろそうとした。

レンドルフは一瞬も躊躇《ちゅうちょ》することなく、男に向けて矢を放った。

正確には、男が振り上げた斧めがけて。男の身体を射ても、手から離れた斧がアキの身体に落ちたら意味がないからだ。

須臾《しゅゆ》の間もなくガキンと甲高い衝撃音が響きわたり、同時に「ぎゃッ！」という悲鳴が上がって、男の手から凶器が吹き飛ぶ。

レンドルフは息継ぐ間もなく第二矢を放ち、一射目の衝撃でよろめいた男の肩を射貫いてやった。男はさっきよりさらに情けない声を上げながら、ふんばることもできずうしろに反《そ》っくり返り、無様に台座から転がり落ちた。

周囲の野次馬からいっせいに声が上がる。

醜態をさらした処刑人を笑う者、面白い見世物を邪魔された文句を言う者、未《いま》だに〝災厄の導き手〟を殺せと叫ぶ者、無責任に囃《はや》したてる者たち。それらを蹴散《けち》らす勢いでレンドルフは騎馬を進め、流れるような動きで素早くアキの側に下り立った。

「アキ…！」

跪《ひざまず》いて声をかけると、アキは『生きてる』と言いたげに指をかすかに動かして応《こた》えてくれた。土埃《つち》と汗と血で汚れた顔色は紙のように青白く、最後に見たときよりずいぶん痩《や》せている。

苦しそうに呻《うめ》き声を上げながら、レンドルフに向かって伸ばそうとした腕も、手首も、手も指も、すべてが痩せて肌も荒れ、出逢《であ》った頃のしなやかさは影もない。そうしたすべてに、失踪していた三ヵ月間の苦労が垣間見えて、胸が痛くなった。

それでも生きて、生き延びて、なんとか命のある状態で再会できたことは僥倖《ぎょうこう》以外の何物でもない。

レンドルフはそっとアキを抱き起こして、やさしく言い聞かせた。

「辛いなら、無理に動こうとしなくていい」

そして「よくがんばった。もう大丈夫だ」と重ねて励ましながら、身体の状態を素早く確認した。おそらく全身の打撲、複数の裂傷、そして左脚が折れて…爪先《つまさき》があらぬ方向を向いている。

折れたのではなく、折られたのだろう。逃げられないように。

「この…腐れ外道の、糞《くそ》ッたれどもめ！」

レンドルフはアキを抱きしめながら口の中で毒づいて、周囲に群がる見物人たちを睨みつけた。

自分の身の安全を投げ打ってでも、友人を庇おうとする心やさしい少年に、なんという非道な仕打ちだ！　貴様らには人としての良心がないのか!?

　犠牲になった〝災厄の導き手〟を目にするたびに再燃する怒りが、胸の奥から全身に広がりかけたとき、にぎりしめていた手の中で、アキの指がかすかに動いた。

「アキ？」

　あわてて視線を戻すと、アキは眩しいものでも見るように、何度も瞬きをくり返しながら、レンドルフを見上げてささやいた。

「――レン…[illegible]…？」

「そう。私だ。アキ、もう大丈夫だ。もう何も心配しなくていい。よかった、生きて見つけることができて、本当によかった…！」

　アヴァロニスの神ではない何かに向かって心の底から感謝を捧《ささ》げつつ、露わになっていた頭髪を頭蓋布《フード》で隠してやった。それから傷ついた身体を自分の外套で覆ってやると、アキはほっとしたように表情をゆるめた。警戒を解いて、心を開いたときの顔だ。

　その首筋に、拳を三つ連ねたほどの大きさの黒い生《い》き物《もの》が巻きついているのに気づいた。

「なんだ？」

　蜥蜴《とかげ》か、それとも陸魚《りう》だろうか。珍しい。真っ黒なそれはレンドルフが触ろうとすると、避けるように身動《みじろ》いでアキの首から胸元にもぐり込もうとした。

　放っておくべきか、引き剝がしたほうがいいのか。判断を下す前に、アキの腕がもどかしげに動いて、黒い生き物の背に触れた。指をかすかに動かして愛おしげに背中を撫でる仕草を見て、引き剝がすのは止めた。アキにはこれがなんなのか、わかっているようだ。どうやら悪いものではないらしい。

「レン……[illegible]…」

　再びアキがささやいた。かすれた声を懸命にしぼり出しているのに、何を伝えようとしているのか分からない。それがもどかしく、悔しくて仕方ない。

「ךיא טלאוועג……」

命の危機を脱して気が抜けたのか、アキの身体から力が抜けて、腕にかかる重みが増す。

アキの状態は見た目よりひどいのかもしれない。左脚の骨折と全身の打撲と裂傷もさることながら、一番の問題は〝死の影〟だ。おそらく命を脅《おびや》かすほどに広がっているはず。この状態で意識を失えば、そのまま目を覚まさず死んでしまうのではないか。

そんな恐怖が湧き上がり、レンドルフは思わず声を荒げて名を呼んだ。

「……ッ！　アキ！　しっかりしろ！」

耳元で叫ぶと、アキは閉じかけていたまぶたをうっすら開けて、まるで『心配しないで』と言いたげに、レンドルフに向かって微笑んだ。

こんなときでも相手を気遣おうとする少年の気持ちが切なくて、そして愛おしい。

アキは微笑みながら、胸元に潜りこんだ黒い生き物の背に手を乗せた。そうして、

「――……טיב……ראַווש……אַזוצ ךיוא……ןפלעה……」

レンドルフには理解できない言葉で何かを訴えて、意識を失ってしまった。

† 庇護者

木箱を連ねた忌々《いまいま》しい即席の処刑台から連れ出すために、アキを抱き上げた瞬間、出逢った頃よりずいぶん軽くなったその体重に、レンドルフは胸が攣《つ》れるような痛みを覚えた。

「独りでよくがんばった。もう二度と、こんな思いはさせないから」

青ざめた頬に自分の顔を近づけて、誓うようにささやくと、意識のないアキの胸元から「ぎゅぃ」と、

奇妙な音が聞こえた。

「？」

なんだと首を傾げてのぞき込むと、黒々と潤んだふたつの瞳がレンドルフを見上げて、威嚇《いかく》するように小さく「シャァ」と歯を剝《む》いた。子を守ろうとする母猫のようなその反応に、ふっと心がなごむ。

「おまえもアキの守り役か」

仲間同士、よろしく頼むと心の中でつぶやいて、レンドルフはアキを抱えたまま騎乗して、荒《すさ》んだ人人が集《つど》う広場をあとにした。

〝災厄の導き手〟を引き渡せと絡まれたり、追いかけられずにすんだのは、抜き身の剣で油断なく護りを固めてくれた従者のふたりと、民に身をやつして退路を確保してくれたふたりの『影』のおかげだ。

広場を離れると、レンドルフは朝まで逗留《とうりゅう》していた宿屋に戻り、そこから王宮にある州領館に使いを走らせた。怪我人を連れて帰るから侍医を待機させておくようにと。

これまで何度もレンドルフが保護した〝災厄の導き手〟を治療して、命を救ってきたお抱え侍医のクラティオは、それだけで万事そつなく準備を整えてくれるはずだ。

クラティオはレンドルフが見つけて、領主づきに抜擢《ばってき》した人物だ。元は神官治療師で、かなりの腕の持ち主だったが、治療師同士の権力闘争に敗れ、異端の烙印《らくいん》を押されて神官位を剝奪《はくだつ》された。競争相手による異端の誹《そし》りは、まるきり捏造《ねつぞう》というわけではない。クラティオは神殿や神官たちの間では禁忌とされている、古代の治療法や薬の調合を秘かに調べて実践していた。そうした弱味につけ込まれた形だ。

歳はレンドルフより二十も上だが、失われた古代の知識に対する熱意という点で意気投合し、〝災厄の導き手〟の保護という秘密の活動についても理解を示して協力してくれている。

宿屋でアキの状態をざっと確認し、その場でできる応急処置はすべて施してしまうと、レンドルフは衣服を改めて出立した。

王宮——といっても建物はひとつではなく、広大な敷地内に複数の宮殿や神殿、政庁舎、州領館などが整然と立ち並んでいる区画——にある州領主専用の門が見えてくると、それまで無言でつき従っていた供のひとりが口を開いた。

「一時《いっとき》も手放したくないお気持ちはお察しいたしますが、州領主が誰かを抱きしめたまま門をくぐるには、それなりの理由が必要になります」

「……——」

レンドルフは馬を止めずに、ちらりと声の主を見た。発言主はレンドルフが十年前に自ら抜擢した護衛隊長ラドヴィクで、こちらの性格も考えもよく理解している。もちろんレンドルフが〝災厄の導き手〟を保護してまわっている、その理由も。

護衛隊長《ラドヴィク》は酒を飲むと陽気でおしゃべりになるが、ふだんは主に合わせてかほとんど無駄口をきかない。それでも必要があれば、助言や忠告はためらうことなくしてくれる。

「娼館《しょうかん》から女をひとり連れ帰ったと言えば」

「身持ちの堅いエル・グレン卿が、娼婦を連れ込んだなどという話は、却って注目の的になるだけです。お止めください」

「そうか…」

提案は間髪入れずに却下された。

レンドルフが小さく溜息を吐くと、護衛隊長は馬を寄せながら代案を提示した。

「新入りの従者が、閣下を庇って怪我をしたということにしましょう。それなら前後不覚で仲間に抱きかかえられ、主とともに門をくぐってもおかしくはありません」

「なるほど。それなら私が抱いたままでも構わないだろう」

「稚児趣味だと思われます」

「それがどうした」

今さら自分の性向について、あることないこと言われたところで、痛くも痒《かゆ》くもない。先代から続くエル・グレン卿の悲惨な結婚生活とその破綻《はたん》については、公然の秘密で誰もが知っている話だ。そこに稚児趣味が加わったところで、大した違いはない。

そう開き直ったレンドルフを、護衛隊長は目を細めて諭した。

「――……先程も申し上げたとおり、たとえばエル・アマリウス卿のような遊び人で、幾多の浮き名を流してきたならともかく、真面目な堅物で有名な閣下にそのような評判が立てば、相手は誰だと余計に詮《せん》索《さく》されるだけです。どうかご自重ください」

「……私はそんなに堅物か?」

あまり自覚がなかったので訊ねると、護衛隊長はアキを受けとるために両腕を差し出しながら「誠実でいらっしゃいます」と言葉を選んだ。

「門を通過して閣下にお返しするまで、たとえ槍《やり》が降っても、その御方に傷ひとつつけないとお約束します」

だから自分に任せてくれと、再び腕を差し出されて、レンドルフは仕方なく渋々とアキを護衛隊長の腕に委《ゆだ》ねた。

州領主専用門をくぐるとき、門番は目敏《めざと》く護衛隊長が腕に抱いた意識のない若い従者に気づいて、「何があったのか」と探りを入れてきた。

「主を庇った名誉の負傷だ」

護衛隊長は前もって用意していた答えを返し、小袋に入れた金貨を門番に渡して「名誉の負傷とはいえ、前後不覚で門をくぐることは恥になる。このことは内密に」と言い添えた。そうした袖《そで》の下が、彼らの収入源のひとつだとわかっているからだ。

一連のやりとりを、レンドルフは持ち前の自制心を発揮して、我関せずの態度で傍観してみせた。

小芝居は成功し、門番はそれ以上追及せず、一行はわずかな足止めだけで門を通過することができた。しかし、そこから最短経路を使って州領館に戻る間も無人というわけにはいかない。

王都には国内で最も数くの神官が起居している。その中でも、神の御座所である聖神殿とそれを取り巻く宮殿群には、さらに数多くがひしめいている。〝災厄の導き手〟の天敵ともいえる神官たちの巣窟《そうくつ》であり、アキが失踪した場所でもある場所に、危険を冒してアキを連れ帰ったのは、そこに領地へ戻る『通路』があるからだ。

昼前にアキを見つけて救い出し、王宮に戻って侍医の治療が一段落するころには夜になっていた。

治療の間中、レンドルフは甲斐甲斐《かいがい》しく侍医の助手を務めた。合間合間にアキの顔をのぞき込んで頬を撫で、手をにぎり、汗と土埃で汚れた髪を布で拭《ふ》いてやりながら、声をかけて励まし続けた。

時々なにか言いたげな侍医の視線を感じたが、あえて気づかないふりをした。同じ視線を護衛隊長からも受けていたので、言いたいことはなんとなく察しがついたからだ。

治療を終えた侍医によると、幸い命に関わる大怪我はないそうだ。しかし放置されてきた〝死の影〟の影響で、気力体力ともにかなり消耗した状態だという。〝死の影〟については、侍医には為《な》す術がない。そもそもレンドルフが教えるまで存在すら知らなかったのだから仕方ない。

「神官どもによると、異世界人だけが冒される病だそうだ。三月前に召喚された神子にも現れていた」

「治療法はあるのですか？」

「…ある。神子の〝死の影〟はそれでほぼ消えた」

「ほう？」

侍医が興味津々で先をうながしたが、レンドルフは話を中断して首席補佐官セレネスを呼んだ。

隣室に控えていたセレネスは速やかに現れて、歳に似合わぬ落ちついた態度で一礼した。

「お呼びでしょうか？」

セレネスはエル・グレン領の下級貴族の出身で、レンドルフより五つ下の二十三歳。

八年前——彼が十五歳のとき、レンドルフが〝災厄の導き手〟を保護する場面に偶然遭遇し、そのまま巻き込まれる形でレンドルフを手伝うようになった。飛び抜けて頭がよく、雑用係から首席補佐官の地位に上りつめるまで、五年しかかからなかった。本人は首席補佐官という地位にこだわりはなく、他人から若くして栄達したことを羨《うらや》まれると『名前こそ仰々《ぎょうぎょう》しいですが、要するに州領侯の使い走りです。やっていることは雑用係のころから変わっていません』と謙遜する。——いや、謙遜ではなく本心か。

この上なく高度な『使い走り』も難なくこなしてくれる有能な補佐官に向かって、レンドルフは用件を告げた。

「私の名代として神子に『友人が見つかりました』と伝えてくれ。無事とは言い難いが、現段階では命に別状はないと」

「名代ということは、伝言ではなく直接神子に拝謁して伝えるわけですね？」

「そうだ。今の《特別な交流》相手は、確かエル・ファリス卿だ。彼なら頼めば神子に取り次いでくれる。万が一断られたら、神子の友人の件だと言え」

「畏《かしこ》まりました」

セレネスは一礼すると速やかに部屋を出て行った。

レンドルフはさらに、州領館とアキを匿っている居室に配置した衛士の状況を確認し、王宮内、特に神官たちの動きに変化はないか、護衛隊長と『影』から報告を受けて当面の安全を確認すると、侍医との話題に戻った。

「〝死の影〟の治療法についてだったな」

怪我人の痛みを緩和させる薬湯を調合していた侍医は、手を動かしたまま顔を上げた。

「はい」

「侍医殿が驚くような特別なものではない。ある意味、ありきたりだ」

「なるほど。して、それはどのような？」

「薬を服用させる。ただし、その薬とは人の体液だ」

「それはまた…ずいぶんと原始的な方法で」

「血や唾液、中でも精液は効き目が強いらしい」

「命の源でもありますからな。神への供物としても喜ばれておりますし。しかし患者が喜んで飲むかといったら、また別問題ですが」

「あれは決して美味《うま》いものではないですし」と、まるで飲んだことがあるような口ぶりで調合中の薬湯に視線を戻した侍医の顔を、レンドルフは畏怖と尊敬が入り混じった気持ちで見つめた。この男の探求心には畏《おそ》れ入る。

飲ませなくても、身体に直接注入すればいいらしいという情報は、なんとなく口にしたくなくて黙っていた。言えば「レンドルフ様がなさるんですか？」と訊《き》かれるだろうし、訊かれたら答えなければいけない。話が変な方向に転がって、自分以外の男を用意されたりしたらもっと困る。

なぜ困るのか、他の男がアキにのしかかって抱き寄せ、己の逸物を突き立てる場面を想像しかけただけで、立ち上がって叫びたくなるのはなぜなのか。深く考えて答えを見つける前に、前触れもなく扉が開いて、白衣の少年が勢いよく飛び込んできた。

「アキちゃん…ッ！」

「ハルカ、待ちなさい。案内も待たずに飛び込むのは失礼だ。いくらあなたの身分が高いといっても限度がある」

「神子様、落ちついてください」

白衣の少年――神子に続いてエル・ファリス卿ルシアスが現れ、そのうしろに首席補佐官のセレネスが続く。レンドルフは素早くセレネスに抗議の視線を向けてしまった。

――なぜ、神子を連れてきた!?

王候補を同行させているとはいえ、《特別な交流》中の神子が神殿を出て、他の候補の居館を訪ねたりしたら大騒ぎになる。一番怖ろしいのは、神子を監視している神官にアキの存在を知られることだ。

セレネスは『仕方なかったんです…』と言いたげに、神子を見つめてわずかに肩をすくめた。止めたけれど、言うことを聞いてくれなかったというところだろう。

それはわかる。わかるから、レンドルフはそれ以上有能な首席補佐官を責めるのはやめ、周囲の制止も注意もふりきって、自分に向かって突進してくる神子を見つめた。

「レンドルフ、アキちゃんはどこ!? あ、いた! アキちゃん!!」

椅子から腰を上げたレンドルフの背後に、寝台に横たわるアキの姿を見つけた神子は、レンドルフがさえぎる間もなく横をすり抜けて枕元《まくら》に飛びついた。

「アキちゃん! ぼくだよ、ハルカだよ!」

騒々しい神子の呼び声に、それまで治療やレンドルフの呼びかけに無反応だったアキが、眉根《まゆね》を寄せて顔を逸らした。それでも目を覚ます気配はない。

意識が戻らないアキの代わりに、折られた左足に張り付いていた黒い蜥蜴もどきが顔を上げ、小さく鳴いた。

「ぎゅぃッ」

うるさいと言いたげなその声に気づいた神子が「なにこれ?」と言いながら腰を浮かし、手を伸ばそうとしたので、レンドルフはあわてて止めた。

「さわらないほうがよろしいかと。嚙《か》まれますよ」

「え？　なにそれ？　いいの？　そんな危険なものアキちゃんにくっつけておいて」

「ぎゅる！」

蜥蜴もどきが再び抗議の声を上げる。

「アキには危害を加えないようです。むしろアキを護ろうとしている様子なので、そのままにしてあります」

「…へえ？」

理解したのかしないのか、今ひとつよく分からない反応を示して、神子は再びアキの顔に視線を戻す。

「それで、何があったの？　どこで見つかったの？　どうしていなくなったかわかった？　誰が犯人？　このままここにいて大丈夫？」

矢継ぎ早の質問に、レンドルフはひとつひとつ丁寧に答えた。

「王都北区第四層近くの広場で〝災厄の導き手〟だと思われて処刑されかかっていました。詳しいことはまだなにも聞けていません。助け出してすぐに気を失ってしまったので。ここがアキにとって安全かと問われれば、否と言わざるを得ません。しかし、一度意識が戻るまではここに匿うつもりです」

意識のない怪我人の側で会話を続けるのはどうかと思うが、侍医は「早く意識が戻ったほうがいい」と言っていたので、あえて騒々しい神子の好きにさせた。今さら追い返すわけにはいかないし、アキが目覚めた場合には通訳として重宝する。

「どうして？　ここがそんなに安全じゃないなら、アキちゃんはぼくの部屋で匿えばよくない？　ぼくの部屋って、王宮内…っていうか、この国でいちばん安全で快適な場所なんでしょ？」

「神子である貴方にとっては安全でも〝災厄の導き手〟にとっては違います。むしろ最も危険な場所だといえます」

なにしろ至るところに神官たちがうじゃうじゃいるのだ。

「——そうなんだけどさ…。でもほら、なんだっけ。鳥が困って懐に飛び込んだら殺されずにすんだって、昔話かなにかであったじゃん。灯台もと暗しとか」

神子の話は要領を得ないことが多い。今回もそうだが、言いたいことはなんとなくわかる。しかし、

「数時間ほど匿うならともかく、ずっと暮らすのは不可能です」

「じゃあ、どこなら安全なわけ？　他に身を隠せる場所なんてあるの？」

「私の領地に、アキにとって最も安全な隠れ処があります。ですからどうか、彼のことは全面的に私にお任せください」

形は懇願だが、実際は決定事項の確認にすぎない。神子にもそれは伝わったのか、なにやら恨みがましい目で見られた。

「確かに私は一度、アキを行方不明にしてしまうという、神子《あなた》の信頼を裏切る失態を犯しております。そんな私の言葉など今さら信用できないのは重々承知の上です。しかし今一度、どうか私に汚名を雪ぐ機会をください」

胸に手を当てて訴えると、神子は拗《す》ねたように唇を尖《とが》らせて「うー」とうめいた。

「別に…レンドルフのこと信じてないわけじゃない。アキちゃんがいなくなってから、ずっとすごく、誰よりも熱心に探してくれたの知ってるし…」

それでも不満は残るのか、神子が未練がましく何か言い重ねようとしたとき、下からかすれ声が聞こえてきた。

「——…レ…ン…？　ア…ル…？」

「アキ！」

「アキちゃん！」

ふたり同時に名を呼んだのに、レンドルフの声は、より大きな神子の声にかき消されてしまった。

神子はレンドルフが顔を近づけるより早く、アキの上に覆い被さるように身を寄せて、もう一度「アキちゃん…！」と名を呼んだ。

一度目と違って、今度は声が潤《うる》んでいる。

涙混じりで友人《アキ》の名を呼ぶ神子の背中を見たとたん、出逢ってから合計でまだ五日に満たない自分より、神子のほうがずっとアキとの縁が深いことに気づく。その思いが遠慮になり、ふたりの再会を邪魔しないよう一歩身を引く形になった。

本心では神子を押し退けて手をにぎりしめ、自分がどれだけ心配したか、生きて救い出すことができてどんなに嬉しいか伝えたい気持ちでいっぱいだったが——。

「ア…ル……」

目覚めたアキが最初に名を呼んだのは、残念ながら自分ではなく神子の名だった。

神子の背に隠れてアキの表情がわからない。寝台をぐるりとまわって反対側の枕元に立ったとき、アキの視線がふっと自分に向けられるのを感じた。次の瞬間、

「レン…」

苦労して押し出したようなしゃがれ声で名を呼ばれたので、急いで寝台脇に膝《ひざ》をつき、顔を寄せて耳元で声をかけた。

「アキ…！」

傷に障らないよう、そっと左手をにぎりしめてやりながら。

「もう大丈夫だ」

神子に翻訳してもらわなくても、まるで意味を理解したように、アキの表情が安堵でゆるむ。きれいなふたつの黒い瞳がみるみる潤んで、瞬きしたとたん、朝露《あさつゆ》のように清らかな涙がぽろぽろとこぼれ落

ちた。

「……っ」

　思わずアキの手をにぎる指に力がこもる。同時に、それまで自分でも存在を知らなかった胸の扉が、轟《ごう》音《おん》とともに開いて、中から何かがあふれ出した気がした。

　熱くて温かくて眩しくてむず痒いような、何か。汲《く》めど尽きぬ豊かさで、自分の中からアキに向かって湧き出していくもの。それがなんなのか、名前はまだ分からない。

　視線は磁石に張りついた鋼板のように、ぴたりと吸いついてアキから離れない。

　レンドルフがあまりに強く見つめ続けたせいか、それとも突然泣いてしまった自分に驚いたのか、アキは照れくさそうに瞬きをくりかえし、ふいに視線を外した。

　わずかに逸《そ》らされたその顔を手のひらで押さえ、目元と頬を濡らす涙をぬぐってやりたい。汗ではりついた髪をかきわけて、額に唇接《くちづ》けて「もうなにも心配しなくていい」と励ましたい。

　次から次へと湧き上がる庇護《ひご》欲に我ながら戸惑《とまど》っていると、アキは神子の両手から右手を抜きとり――自分がにぎっている左手でなくてよかったと安堵した。しかし次の瞬間には、左腕は怪我をしていて力が入らないからだと気づき落胆する。

　レンドルフが一喜一憂している間に、アキは胸元を探るよう手を動かして、不安そうに何かつぶやいた。

「――……[illegible]……[illegible]？」

「なんと言ったんです？」

「『クロは？』って訊ねてる。アキちゃんクロって、あの真っ黒なトカゲのこと？」

「……[illegible]」

　これは訊かなくてもわかる。肯定の言葉だ。やはりあの黒い蜥蜴もどきはアキが飼っていたらしい。口調から心配しているのが分かる。

「アキの左脚にはりついてる。さわらせてくれないからわからないが、大きな怪我はないようだ」

安心させてやりたくて詳しく答えると、神子がそれを通訳してくれた。アキは目に見えて安堵の表情を浮かべたあと、突然息を詰まらせ顔をしかめた。

「……ッ！」

どうやら骨折した左脚を動かそうとしたらしい。蜥蜴もどきが本当にそこにいるか、確認しようとしたのだろう。

「動かしてはいけない」

「『動かしてはいけない』って。骨が折れてるんだ。あと全身打撲と、切り傷にすり傷もたくさん。それから〝死の影〟も」

レンドルフが言い添えるより早く、神子が続けてアキの状態を説明してゆく。さらに、さっきレンドルフがアキと見つめ合っている間に、侍医から説明されて受けとっていたらしい、薬湯入りの銀杯《カップ》を眼前に差し出した。

「すごくよく効く痛み止めを調合してもらったから、これを飲んで。楽になる」

アキは神子の懇願など耳に入らない表情で、そろそろと右脚を動かしている。寝心地が悪いのか、何か気になることでもあるのかと、上掛けをめくろうとして気づいた。

上掛けの下で、アキの右足と小さな生き物が互いにもぞもぞ動いている。

蜥蜴もどき——クロが、本当に無事かどうか右足でさわって確かめているのか…。

——ずいぶん可愛《かわい》がっているんだな。

アキがそこまで大切にしていると理解した瞬間、己の庇護対象——その中でも特別な場所にクロの存在も加わった。

「アキちゃん、聞いてる？」

自分の頼みを無視された形の神子は、辛抱強くアキに勧めている。

「アキちゃんお願い。これ飲んで」

耳元で大きな声を出されて、アキはようやく神子に視線を戻した。

「痛み止め。ひどい味だけど楽になるから」

説明しながら、神子は枕元に膝で乗り上げ、アキの頭を枕ごと持ち上げて銀杯《カップ》を口元に押し当てた。けれどアキは眉間に皺を寄せ、嫌そうに唇を引き結んで顔を背ける。

確かにあの薬湯はひどい匂《にお》いだが、アキが嫌がる理由はそれだけではなさそうだ。

「アキちゃん、飲んで」

なぜ飲んでくれないのか、神子には理由がわからないらしい。首をふって銀杯《カップ》を避けるアキの反応に困惑しまくる神子に、レンドルフは教えてやった。

「おそらく、毒を盛られていないか警戒しているのでしょう」

「ええっ？　なんで⁉　そんなわけないのに！」

毒を盛ったり盛られたりという行為自体に馴染みがないのだろう。驚いて目を丸くしている神子の手から銀杯《カップ》をやんわり抜き取って、アキの目の前でひと口飲んでみせる。

確かにひどい味だが、毒ではない。

レンドルフは神子に代わって、アキの枕元に身を屈め、右腕で肩と首を、そして手のひらで頭を支えて銀杯《カップ》をあてがった。とたんにアキの唇がぴくりと引き攣る。

どうやら目は開いていても、視力はまだ回復していないらしい。レンドルフを見上げる瞳が不安そうに揺れている。

「毒味は済ませた」

「『毒味は済ませた』って。今レンドルフがちゃんと試しに飲んでみせた。すごくまずいのに。だからアキちゃんも飲んで、お願い」

言葉で説明しても、アキはまだ口を開こうとしない。失踪中によほど辛い目に遭ったのだろう。出逢った頃とは比べものにならないほど、警戒心が強くなっている。それが悪いことだとは言わないが、今は別。一連のやりとりの間にも、アキが痛みや苦痛に耐えているのがわかる。額には脂汗が滲《にじ》み、頰は血の気を失ったまま。これ以上ぐずぐずしてはいられない。

「口移しします」

「え？　それはちょっと待ってレンドルフ。アキちゃんてわりと潔癖症だから、いきなり口移しは…」

無理だと神子が言い終わる前に、レンドルフは薬湯を口に含んで、アキの唇に自分のそれを重ねた。

――やわらかい…。

表面は荒れてかさついているけれど、なんて小さくてやわらかな唇だろう。

まるで花びらに触れているようだ。

場にそぐわない、そんな感想が脳裏を過《よぎ》る。不埒《ふらち》に高鳴った胸に戸惑い、そんな自分を叱咤《しった》しながら、逃げられる前に素早く唇を押し開き、舌を使って巧みに薬湯を流し込んでいく。

「ん…ぅ……ふ…」

アキの舌は唇と同じく、小さくて、清楚《せいそ》でやわらかく、熱かった。

熱いのは熱があるせい。熱があるのは骨折や打撲、そして〝死の影〟のせいだ。アキにとっては苦痛でしかない。その熱さを心地良く、甘いと感じてしまう自分は人でなしかもしれない。それでも、生まれて初めて味わう他人の唇の甘さに、理性が溶けて痛痒い疼《うず》きが下腹に生まれる。

かつて、名ばかりの妻と義務で交わした唇接けは、大鋸屑《おがくず》を嚙むより味気なく、自分の舌まで水気のない木板になってしまった気がしたのに。

この違いはなんだろう。

――アキの唇は、まるで色づきはじめた水蜜桃のように瑞々《みずみず》しく、甘い。

いつまでも味わっていたい。

頭で考えるより、心と身体が欲する正直な想いに再び戸惑いながら、くたりと脱力したアキの身体をさらに抱き寄せる。

口移しで与えた薬湯をアキがすべて嚥下《えんか》し終わるのを確認しても、唇を離さず、むしろさらに深く重ねて舌を絡ませたのは、もちろん〝死の影〟の治療で体液を与えるためだ。

――嘘つきめ。それはただの建前だろう。本音は別にあるくせに。

それがどうした。私の本音がなんであろうと、アキに体液が必要なのは事実じゃないか。これは救命行為なのだから、誰にも誹《そし》られるいわれはない。

――アキ本人に嫌がられても？

自問自答に痛いところを突かれてふ…っと我に返ると、肩をトントンと叩かれていた。

「レンドルフ」

「――なんでしょうか」

渋々唇接けを解いてふり向くと、目を据わらせて腕を組んだ神子が、レンドルフを睨みつけながら呆《あき》れたように言い放った。

「アキちゃん、また気絶しちゃったんだけど？」

唇接け中に意識を失ったものの、レンドルフの体液――唾液が多少は効いたのか、それとも薬湯の効用か、アキの容態は前より呼吸が落ちついて、蒼白だった頬にもかすかに血の気が戻ってきた。小康状態には程遠いものの、少しでも落ちついている間に移動することにした。

怪我人を自領まで運ぶ準備はすでに整えてある。

レンドルフが速やかに出立を告げると、神子は「ぼくも一緒についてく！」と言い出した。

「アキちゃんと一緒に、ぼくもレンドルフんとこの隠れ処にいく！　もうアキちゃんと離れるのはやだ…！」

幼子のように駄々をこねる姿の裏には、自分の願いが叶わないことを知っているからこその、あきらめと悲しみが透けて見える。

だから腹は立たない。むしろ、ようやく見つかった大切な友人を、再び手の届かない場所に連れ去ってしまうことに罪悪感を覚えるほどだ。

「――…」

どうしたものかと、助けを求めてそれまで部屋の隅《すみ》で成り行きを見守っていたルシアスを見ると、ルシアスは背後からやんわりと神子の肩を抱き寄せて、レンドルフの前では出したことのない、丸味のあるやさしい声であやすように言い聞かせた。

「彼の怪我が治って元気になったら、また私が必ず逢わせてあげますから」

「…ほんと？」

「あなたに嘘はつきません。私かエル・グレン卿と《交流中》のときなら願いを叶えてやれます」

だから今は堪えてくださいと説得されて、神子はグスンと鼻をすすり「…うん」と小さくうなずいた。

神子がルシアスに肩を抱かれて神殿に戻ると、レンドルフもアキを抱えて部屋を出た。

時刻はすでに真夜中近い。州領館から王宮最奥部――正確に言うと、最上層に神のおわす聖所、その下に王の御座所となる玉座の間、位置的にはその真下――にある『通路』へ向かう。万一の事態に備えて、アキを抱えたレンドルフの前後左右には、計四名の護衛を同行させている。彼らはアキを担架に乗せたときの運搬係も兼ねている。

一行が足を踏み入れた『通路』は神によって造られた特別なもので、体感移動距離は七カロン（約五〇〇メートル）ほど、時間も三エラン（約四分）しか経っていないと感じるが、実際は二八〇カロン（約二千キロメートル）も移動して、時間も丸半日経過している。

古い遺跡から出土した古文書には、創世期当初は『通路』を使っても一イル（〇・七秒）しか経過しなかったと記録がある。年代が下るに従って時間がかかるようになり、今では片道半日だ。それでも徒歩や馬で移動するのに比べれば、奇跡のように早い。

――実際に神による奇跡の技だ。レンドルフを含めて、文句を言う人間は誰もいない。

文句は言わないが、レンドルフが他人と違うのは、創世期当初にくらべて、なぜ今は丸半日も時間がかかるようになったのか、原因を探っているところだ。

普通に考えれば、神の力が弱まっているという結論に行きつく。俗に言う経年劣化だ。

その推論が正しいかどうかはともかく、冗談でも、そんな話が神官たちの耳に入れば、神を冒瀆《ぼうとく》した罪で即刻投獄されてしまう。だから滅多なことでは口外できない。

薄青い燐光を発する『通路』を使うたびによみがえる疑問に思いを馳《は》せながら、体感的には七カロンしかない通路を抜けて、レンドルフは自領の州領城に到着した。城の外に出ると、太陽は西に傾きはじめている。そこから馬車と馬と徒歩で、アキを〝災厄の導き手〟たちを保護している隠れ里まで運んだ。

隠れ里の存在はレンドルフが本当に信用し、かつ〝災厄の導き手〟に対する偏見を捨てられると判断した人間にしか明かしていない。当然、隠れ里に至る経路も秘密だ。途中で服を着替えて変装し、さらに馬車も乗り換える。

里に近づくための道はいくつかあるが、どの道も、知らない者にはわからないように出入り口を茂みや木の枝で目隠ししてある。

馬車と馬を使って丸半日、日が暮れて真夜中近くなったころ、ようやく隠れ里に至る吊《つ》り橋が現れた。

隠れ里がある場所は、周囲がぐるりと陥没した絶壁の谷に囲まれている。いわゆる陸の孤島だ。絶壁の彼我の距離は一カロン半（約一〇〇メートル）。岩壁の質がもろいので人間が生身で降りて登るのは不可能。唯一の出入り口となる吊り橋も、設置するための頑丈な地盤を探すのに苦労した。

その吊り橋を通って対岸にたどりつくと、常時待機している厩番《うまや》が、真夜中だというのに嬉しそうに飛び出てきて歓迎の意を示した。

「旦那様、よくお戻りくださいました！　今回はいつまでいてくださるんです…おや？　病人ですね」

黒髪黒瞳の厩番は、担架に横たわるアキの顔をのぞき込むと、素早く事情を察して馬の用意をはじめた。『新入り』がここにやってくるとき、怪我をしていたり病気だったりするのは珍しくない。だから手順も慣れている。

「病人で怪我人だ。事情があるので、私の客人として城塞《しろ》に滞在させる。名前は『アキ』だ。何かあったときはよろしく頼む」

厩番は我が子を見るようなやさしい目で眠るアキを見つめ、レンドルフに向かって深くうなずいた。

「はい。アキ様ですね。承知致しました」

〝災厄の導き手〟と呼ばれて蔑《さげす》まれ、長い間迫害されてきたゆえに、彼らの仲間に対する思いやりと結束力はゆるぎない。

ここはアキにとって、この国《アヴァロニス》で最も安全で暮らしやすい場所になるはずだ。そうなって欲しい。そう強く願いながら馬に乗り、抱え直したアキの前髪をそっとかきわけてやると、彼はうっすら目を開けた。

「――…レ…？」

　ほとんど声になってない。吐息のような呼びかけに、レンドルフは深くうなずいて微笑みかけた。

「そうだ。移動が長くて疲れただろう。もうすぐ城塞《しろ》につく。それまでの辛抱だ」

　ここにくる間も、アキは時々目を覚まし、そのたび不安そうにレンドルフの名を呼んだ。声が出ないときは、視線をさまよわせてレンドルフの姿を探す。

「……אדר…אדר……――ורם…רם」

　アキはこれまでと同じように、レンドルフの声を聞くとほっとしたようにまぶたを閉じ、深い吐息と一緒に何かささやいた。

　意味はわからない。けれど安心させるため、レンドルフはアキの背中を手のひらで撫でた。

「大丈夫。ちゃんと側にいる」

　背中を撫でながら、何度も「側にいる」とささやくと、アキはストンと眠りに落ちて、深い寝息を立てはじめた。


　アキがきちんと目を覚ましたのは、隠れ里の城塞《しろ》に到着した日から、三日半後のことだった。

　その間、レンドルフはずっと隠れ里に滞在して、アキの看病を続けた。

　アキの状態は一進一退で、熱はあまり下がらず、昼でも夜でも悪夢を見るのかよくうなされた。何かを伝えたいのか、呂律《ろれつ》のまわらない口調で必死にしゃべることもあった。残念ながら、ひと言も理解できなかったけれど。

　寝汗もたくさんかくので、こまめに水分を与え、一日に何度も着替えさせ、身体を拭《ふ》いてやる必要もあった。

　一時も離れずつきっきりで…というわけにはいかなかったが、〝死の影〟の治療のために体液――血を与えるとき、レンドルフは決して人任せにせず自分で与えた。もちろん血や薬湯を口移しする以外にも、唾液を与えるという大義名分を盾に、数え切れないほど唇接けもした。

城塞《しろ》の管理と客人の世話を任せているフラメルとベイウォリー親子は、初めて主《レンドルフ》が年端もゆかぬ少年――それも眠り込んで意識がない――に覆いかぶさって、熱心に唇を重ねているのを目撃したとき、持っていた盆を床に取り落とすほど驚いた。幸い盆に載っていたのは銀器だったので、壊滅的な被害は免れたが。

ふたりは「旦那様…」とつぶやいて絶句したあと、無言で床にぶちまけた銀器を拾い集め「失礼しました」「お邪魔しました」と言い残して部屋を出て行った。レンドルフが「誤解だ」とか「これは治療の一環で」という情けない言い訳をする暇もなかった。

アキは銀器どうしがぶつかる音にも目を覚まさなかったが、代わりにクロが「ぎゅいッ！」と鳴いて騒音に抗議した。

レンドルフはその場で頭を抱え、アキの寝息とクロの文句をしばらく聞き入る羽目になった。

熱のせいで寝汗をかいているアキの匂いを心地良いと感じながら、事ここに至ったなら、いいかげん認めるべきだと覚悟を決める。

自分はアキのことが好きだ。

それは単なる好意ではなく、肌の触れ合いを積極的に求める部類のものだと。

どれも生まれて初めて抱いた感情に加え、相手がかなり歳下の、しかも同性だったので気づくのが遅れただけ。思い返してみれば最初にアキを見たときから、強く惹《ひ》かれていたのは間違いない。

自分の立ち位置を確認し、覚悟を決めれば狼狽《うろた》える必要はなく、唇接けするのに大義名分も口実もいらない。――少なくとも、自分の心に対しては。

問題は、アキが意識を取り戻したとき、レンドルフとの触れ合いを――唇接けだけでなく身体を繋げる行為も――受け入れてくれるか否かだが、そこに関しては、いざとなれば大人の狡《ずる》さを発揮する覚悟がある。

最も避けたいのは、アキがレンドルフを拒否して、他の誰かを相手に選ぶことだ。

「それだけは避けたい…」

避けたいが、アキがどうしてもと言うのなら、自分はきっと聞き入れてしまうのだろう。無理強いして嫌われたくないし、何よりも、アキの気持ちを優先してやりたい。たとえそれが自分にとって、辛く苦しい忍耐の連続になったとしても。

そんなことを考えながら、汗ばんで寝苦しそうなアキの身体を拭いてやるために、レンドルフはいそいそと立ち上がった。

フラメルとベイウォリー親子は、その後も変わらぬ態度で主《レンドルフ》に接したが、内心では長年の疑問が解けてすっきりしていたらしい。

「旦那様が若い娘にちっとも興味を持たれないので、おかしいと思っていたんです」

「一度目の奥方が強烈で、結婚が失敗だったとはいえ、普通はもうちょっとガツガツする年頃じゃないですか。実は心配していたんですよ」

「この際、相手が同性でも、愛おしく大切に想える存在ができたのは喜ばしいことです」

「跡継ぎに関しては、我らが口を差し挟める問題ではありませんし…。旦那様がそんなふうに幸せそうに笑える相手なら、いいことだと思います」

というふたりの本音と気遣いを知ったのは、もう少しあとのことになる。

そんなわけで、アキがようやくきちんと目を覚ましたとき、生憎《あいにく》レンドルフは席を外していた。

清拭《せいしき》の準備を整え、うしろにフラメルを従えて寝室の扉を開けたとたん、少し驚いたアキの声に出迎えられた。

「レンドルフ…！」

「アキ、目が覚めたのか！　よかった」

アキは身を起こそうとしたらしく、頭をほんの少し動かしてから、眉間に皺を寄せて怪訝《けげん》そうに自分の身体を見下ろした。

「起きるのはまだ無理だ。そのままで」

レンドルフは後ろ手でフラメルに止まるよう伝えてから、急いで脇卓に洗面器と布を置き、手のひらでアキの動きを制した。そのままアキに近づいて、腰を折って顔をのぞき込む。顔色はまだそれほどよくない。

驚かせないようゆっくり腕を動かして、額に手のひらを当てると、アキは気持ち良さそうに目を閉じた。レンドルフの手を冷たいと感じるのは熱がある証拠だ。実際、手のひらに伝わってくるアキの体温は、心配になるほどまだ高い。

発熱の原因は骨折と打撲だけではない。間違いなく〝死の影〟がアキの命を蝕《むしば》んでいる。

やはり、血と唾液だけでは治癒力が足りないのだろう。アキがまた眠ってしまう前に、一番効き目がある治療法について説明しなければ。――けれどその前に。

レンドルフは額に張りついたアキの前髪と、汗で湿った寝衣を見つめて顔を上げた。そのままアキの手をにぎり、

「君の仲間を紹介しよう」

そう前置きしてからフラメルを呼び入れた。

「フラメル！」

有能な世話人が姿をみせたとたん、レンドルフの手の中でアキの指がビクリと強張った。その手を逃さないようそっと力を込めてにぎりしめながら、不安そうに胸を押さえて震え出したアキにやさしく語りかける。

「大丈夫」

　これまで何度も使った言葉だから、響きで意味に気づいたのか、アキの肩から少しだけ力が抜ける。レンドルフはもう一度「大丈夫だ」と伝えてから、入り口で固まっている世話人を呼び寄せた。

「フラメル、ここへ」

　レンドルフが持ってきたものより、さらにふたまわりほど大きな水桶を手に提《さ》げたフラメルは、アキの怯えを察してゆっくり動き、臆病《おくびょう》な雪狐の巣穴をのぞき込むような足取りで静かに近づいてきた。

「אַה…」

　ようやくフラメルの髪と瞳の色に気づいたのか、アキは小さく声を上げて目を瞠《みは》り、

「שוואַרץ האָר…אָבער……！」

　嬉しそうに弾んだ声を出した。

「レンドルフ、דעם מענטש זעלביקער שוואַרץ האָר און פינצטער אויגן ווי איר」

　何を言っているのか分からないが、喜んでいることだけはわかる。強張っていた身体から力が抜け、見知らぬ土地で友人に出逢った人のように、表情がやわらかくなる。

　嬉しそうに瞳を輝かせてこちらを見上げたアキに、レンドルフは同意を示してうなずいてから、フラメルのことを紹介した。

「アキ、彼の名前はフラメルだ」

「…メ…、メ…ル、メル？」

　アキは難しそうに唇を動かし、何度も声に出そうとしたけれど、どうしてもフラメルのフラは発音できないようだった。

　出せる部分だけ声に出し、これで合ってるかと心配そうに首を傾げられたので、レンドルフは「大丈夫だ」と大きくうなずいた。背後でフラメルもうなずいている。

　アキの不安と怯えが解消したので、レンドルフはフラメルに手伝ってもらいながら、手早くアキの身

体を清めた。これまで何度もしてきたことなので、手順は慣れたものだ。上着を剝いで、熱めの湯を絞った布で汗を拭き、新しい寝衣を着せる。続いて下穿きを解き、本人に恥ずかしがる間を与えないよう、素早く淡々と汗と汚れを拭き取って、新しい下穿きを慣れた手つきで締めてやった。

アキは裸に剝かれても嫌な顔ひとつせず、特に恥ずかしがる様子もない。頭が半分まだ寝ているのか、それともレンドルフを信用して身を委ねてくれたのか。できれば後者でいて欲しい…という個人的な希望は後まわしにして。

レンドルフはフラメルと協力し、続けて手早くアキの髪を洗い上げた。

本当はもう少し熱が下がってからの方が、体力的に消耗せずにすむのだけれど。

神子から『アキちゃんてきれい好きなんだよ。毎日お風呂に入りたい系。ぼくなんか面倒くさいから一日おきとか、二日おきでもぜんぜん大丈夫《おっけー》なんだけど』という話を聞いていたので、髪を洗えばきっと喜ぶだろうと思ったからだ。

病に打ち克《か》つには、心の持ちようも大切になる。アキには少しでも心地よく安心して過ごして欲しい。

レンドルフの予測はピタリと当たり、髪を洗い終わるとアキはこれまでになく安らいだ表情を浮かべ、満足そうに大きく息を吐いた。

「הגמגד… אגד פלך גגט… קגאנך אגך, אגד גגשגגם אגדנ. レンドルフ、メル הגלך」

気持ちよさそうに目を閉じて何やらつぶやき、そのまま寝入りそうになる。

レンドルフはあわててアキの頭を抱え、用意してあった薬湯を与えた。唇に銀杯《カップ》をあてても、すでに飲み込む力がなかったので、必然的に口移しになる。薬湯を飲み終わったあとは、少しでも〝死の影〟を消すために唾液も与える。

フラメルはすでに慣れたもので、レンドルフが口移しをはじめた時点で洗面器や水桶、清拭に使った布などをまとめて抱え、主の邪魔にならないよう静かに部屋を出て行った。

ふたりきりになった部屋の中でレンドルフは、完全に眠りに落ちたアキの身体を抱きしめて、心ゆくまで甘い唇を堪能《たんのう》した。

アキはその後も丸二日間ほど、ぼんやりとした覚《かく》醒《せい》と深い眠りをくり返した。

その間レンドルフはせっせとアキに食事を与え、口移しで薬湯と、薬湯に混ぜた血を飲ませ、甲斐甲斐しく世話を続けた。内心では早く〝死の影〟とその治療法について説明し、了承を得たいと焦っていたものの、アキが話を理解できるようになるまで待つしかない。同意も得ずに抱いて嫌われ、信頼を失うという、取り返しのつかない事態だけは避けたい。

だからアキが身を起こし、短い時間なら硬筆《ペン》を持てるくらい回復した頃合いを見計らって、レンドルフは絵談で説明を試みた。

内容は可能なかぎり簡略化して伝える。

『ふたりの人間が口と口をくっつけると、黒く染まった腹の痣《あざ》が消える』

絵が得意な人間なら難なく描けるかもしれないが、残念ながらレンドルフは自他共に認める下手くそだ。フラメルとベイウォリーも似たり寄ったりで大差ない。アキはレンドルフが苦労して描いた絵に見入り、しきりに首をひねっている。

幼児が布で作った指人形のような描写力では、いくら察しのいいアキでも、さすがにそれが自分とレンドルフだとは気づけないようだ。

「仕方ない…」

レンドルフは下手くそな絵の一点を指さしてから、アキの唇にそっと自分の唇を重ね、素早く身を引いた。

「！　…וואָס？ וואס!?　סיבה פון זינען אַז？」

アキはとっさに身を引いて軽く仰《の》け反《ぞ》り、レンドルフに触られた唇を腕で覆い隠した。そして頬を赤らめながら早口で何か言い募《つの》る。

「レンドルフ אוןוועןאיר קוש ניטצו פאַרשווינדן ברוזאַז？ עמעס？　וואָס？」

それが文句や抗議でないことを祈りつつ、レンドルフは説得を続けた。

「こんなおじさんに唇接けされるのは嫌かもしれないが、命がかかっている。どうか受け入れてほしい」

「ביסט זאָגן וואָס？　איך טאָן ניט וויסן」

アキは眉が八の形になる困惑しきった表情で、さらに何か訴えた。けれど分からない。

言葉が通じないことが本当に辛い。

アキと同じように自分の眉尻《まゆじり》も下がるのを感じながら、レンドルフは慎重に指を伸ばし、花びらのようなアキの唇に触れる直前で手を引いて、その指で自分の唇に触れてみせた。そして不快を示すように顔をしかめ、嫌そうに身を引くふりをして首を傾げる。続けてさっきと同じ仕草をくり返し、今度は同意を示すよう大きくうなずいてみせてから、最後に首を傾げる。

下手くそな絵とレンドルフを見くらべていたアキの顔に、ようやく『そういう意味だったのか』と言いたげな理解の色が広がった。そして、その直後にアキがしてみせた行為は、レンドルフの予測を超えていた。

アキは自ら手を伸ばしてレンドルフの頬に触れ、何度もうなずいてみせたのだ。

「עס איז גוט レンドルフ רויק איז געווען אַמאָל זיַין געקושט צוויי
…אָה, טאָן ניט אַ קוש מויל-צו-מויל כאַ」

自分の頬に触れた細い指の、かすかな動きにドクリと胸が高鳴る。花の香りだろうか、何か甘い匂いをかいだ気がして鼻を蠢《うごめ》かせると、出所はアキの首筋だと気がついた。

レンドルフの頬を撫でるアキの指はまだ止まらない。濡れた黒曜よりも美しい、澄んだ黒い瞳で下から見上げられると、己の理性や忍耐が、烈火の前の雪よりも容易《たやす》く溶けてしまうのを感じる。

「……」

怪我と病で弱った細い身体を、力ずくで押し倒したい衝動に負けずにすんだのは、かけらも警戒心を持たず、全幅の信頼を寄せてくれるアキの表情に気づいたからだ。

レンドルフは落ちついて、アキの行動の意味を考えた。自分からレンドルフの頬に触れたのは、了承の印だと思う。

「よかった」

とりあえず唇接けは受け容れてもらえた。

レンドルフは頬に触れていたアキの指をにぎりしめることで、刹那《せつな》の衝動に打ち克った。

その日の夜。

アキが眠りに落ちるのを待って、レンドルフは王宮に戻った。身振り手振りと絵談だけで事態を説明することに限界を感じたからだ。

帰都の理由はそれだけではない。翌日から神子との《特別な交流》がはじまる。

さすがに三巡目ともなれば、毎日訪問しなくてもそれほど問題にはならないが――神子が《交流》を望んでいない場合は特に――最初から最後まで一度も顔を見せないのはまずい。たとえ神子に門前払いされたとしても、拝謁を求めるふりくらいしておかないと、王候補の自覚なしとして領主の身分まで剝奪される恐れがある。

「――…本当に、なんて面倒くさい」

王の選定にまつわるあれこれは鬱陶しいことこの

上ないが、自分が王候補であるからこそ、アキの友人であり、唯一アキの言葉を理解して通訳できる神子に会えるのだから、文句は言うまい。

丸半日かけて戻って来た王宮の聖神殿の扉の前で、レンドルフはしきたりどおり姿勢を正し、王候補として神子に《特別な交流》を申し出た。

中から侍従神官たちがうやうやしく扉を開くと、待ちかねたように神子が駆け寄り体当たりしてきた。

「レンドルフ！　すっごく待ってた！」

「遅くなって申し訳ありません」

神子を抱きとめたまま、レンドルフが扉をくぐって神殿の中に入ると、神子が「ア…」と言いかけたので、さりげなく人差し指を唇に指を当て「その話は奥でいたしましょう」と目配《めくば》せした。アキの話は神官たちの前でしたくないという意味だ。

「あ、そっか。ごめん」

神子は素直に己の迂闊《うかつ》さを詫び、神殿の中庭に向かった。見晴らしの良い場所に建つ四阿《あずまや》なら、人払いさえすれば盗み聞きされる心配はない。

レンドルフはそこで簡単に経緯を説明した。

アキは意識を取り戻し、少しずつだが回復している。しかし。

「言葉の壁が厚く、〝死の影〟の治療方法がアキにうまく伝わったか自信がありません」

「あー…うん、わかるよ…。アキちゃんてそっち方面、超うといもんね」

神子は友人《アキ》が回復していると知って安心したのか、胸を撫で下ろして深く息をしたあと、急に「お腹《なか》が空《す》いた」と言い出して、侍従が用意してあった茶菓子をポリポリかじりながら話を続けた。

「ぼくだって最初に説明されたときは頭ぶっとぶくらい驚いたもん。男の人と性交《セックス》しないと死んじゃうとかさー、それどこの淫猥遊戯《エロゲー》だよって」

神子はアハハと笑い、花茶をガブリと飲んで二個目の茶菓子に手をつけた。

　神子の言葉はときどき理解しづらいものがあるが、あまり気にしなくていい。意味を深く追及しなくてもほとんど支障はないからだ。

「その――、性交という高度で複雑な部分には、まだ説明に至っていないのが問題で…」

「へ？」

「唇接けすると〝死の影〟が消えるというところまでは、なんとか理解してくれました」

「え？　まだその段階なの？　本当《マジ》に？」

「……」

　レンドルフは表情を変えずに侍従神官が用意した茶器に手を伸ばしかけ、ハッと気づいてさりげなく引き戻した。

　神子が同じものを飲んでいるとはいえ、油断はできない。自分の茶器にだけよからぬ薬が塗られているかもしれない。よからぬというのは暗殺目的ではなく、情欲をうながす媚薬《びやく》の類《たぐい》だ。

　幸い神子は、レンドルフの仕草の意味に気づかなかったようだ。レンドルフは茶器の代わりに自分の懐に手を入れて、中から紙の束と硬筆《ペン》を取り出した。

「そこで神子に御助力をいただきたく、参上いたしました」

　レンドルフが姿勢を正すと、神子もつられて背筋を伸ばした。

「あ、はい。なんでしょう」

「アキに手紙を書いて欲しいのです。放っておくと命を奪う〝死の影〟のこと、その治療法。性交してもいい場合は私が相手をするということを、なるべく分かりやすく」

「了解《おっけー》」

「…――もしも、どうしても…相手が私では嫌だという場合は、アキが望む相手を見つけるからと、書き添えてください」

「えー、それは大丈夫だと思うよ？　どっちかっていうと、レンドルフ以外なんて絶対お断りってアキちゃんは言うと思うけど」

「――…そうだと」

いいのですがと、つぶやいた願望は我ながら小さい。

「え？　今、なんて言ったの？　声が小さくてうまく聞き取れなかった」

「いいえ、なんでもありません」

神子は「ふうん」と気のない返事をして、手紙を書きはじめた。ただしおしゃべりは止まらない。

「アキちゃんの〝死の影〟ってすっごく大きくなってたよね。あれって行方不明中に誰にも襲われたりしてないってことだよね。ってことはレンドルフが初めての相手ってことか。大丈夫かなー？　アキちゃん生真面目だからなー、同性相手ってだけで思考停止しないかなー…――あ、でも意外と大丈夫かも。真面目だけど応用力はあるんだよね。あと頭いいから外国の事情とかよく知ってるし。今どき同性婚くらい珍しくないって、案外あっさり受け入れるかも。なんてったって命がかかってるし」

とりとめなく続く神子の独り言に相槌《あいづち》を打つのも憚《はばか》られ、レンドルフはぼんやりと神子が書き連ねていく手紙の文字を見つめた。

神の水を飲んだ神子は、こちらの言葉も文字も理解できるし読めるが、神子自身が書いた文字はこちらの人間には理解できない。

レンドルフの目には、神子が書く文字はただの模様に見える。それでも文字なら法則性があるはずだ。時間ができたら、神子にこちらの言葉をあちらの文字に翻訳してもらおう。そうすればこちらの文字と言葉が学べてアキも喜ぶだろうし、自分もアキの国の言葉と文字を覚えられる。

「できた！」

嬉しそうな声に顔を上げると、神子が「どうだ！」とばかりに書き上げた手紙を見せてくれた。

「中身、読み上げた方がいい？」

「いいえ。私信にあたりますから、そこまでしていただかなくても大丈夫です。あなたがアキに不利なことや、アキを苦しめることは絶対にしないと信頼していますから」

「えへへー」

真面目に褒められて照れくさくなったらしい。神子は金色の髪を無造作に掻いた。

「それでは私はこれで失礼いたします」

聖神殿の〝神子の庭〟を訪れてから小一時間も経っていない。ただ一刻も早くアキの元に戻って、手紙を渡したい。その一心で椅子から立ち上がると、ふいに神子が真顔になった。

「アキちゃんはいいな…」

「はい？」

「うぁ…っ、なんでもない！　嘘、今のなし、本当になんでもないから、忘れて！」

なんでもないと言いながら、顔の前でブンブンと両手を交叉《こうさ》させた神子の顔は、もう元の明るく脳天気な少年のものに戻っている。

神子が一瞬垣間見せた影のような表情は気になったものの、今はそれを追及する余裕がない。

レンドルフは神子神殿を後にすると、足早に、矢のようにまっすぐ、アキが待つ隠れ里目指して蜻蛉《とんぼ》返りに飛び帰った。

つづく

あとがき

皆さまこんにちは、六青《ろくせい》みつみです。

「え？　ここで終わるの？」「つづく…ってどういうこと？」「続きものなら表紙にナンバリングするか《前編》とかつけといてよー!!」という読者の皆さまの魂の叫びが聞こえる気がするので、最初に謝っておきます。単巻で終わってなくて、誠に申し訳ありません。

「この先どうなるのか、めっちゃ気になるのに途中で「つづく」とか！」とお嘆きの皆さま、御安心ください。既刊【黒曜の災厄は愛を導く】をお読みいただくと、今作の主人公ハルカの友人『アキちゃん』、またはレンドルフが保護した気になる少年『アキ』視点で結末まで知ることができます。視点が秋人なので、ハルカにとって最大の山場やクライマックス部分は、気絶していてまるっと抜けたりしてますが…。

前作『黒曜の災厄は愛を導く』をすでにお読みいただいている皆さまには、お待たせしましたの続編です。前作で、アホで悪気はないけどちょっとウザイ子『春夏《はるか》』が今作の主人公になります。さらに、感想などで御要望が多かったレンドルフ視点の物語【黒曜に導かれて愛を見つけた男の話】も同時収録。前作でレンドルフが秋人《あきと》になんと声をかけたのか、あのシーンではなんと言っていたのか、気になっていた皆さまにお楽しみいただける内容になっていれば幸いです。こちらも終わってなくて「つづく」なのですが、レンドルフ編【黒曜に導かれて愛を見つけた男の話】に関しては、雑誌『リンクス』（6月発売／7月号）にて新書の続きを掲載予定なので、ぜひそちらもチェックしていただけたら嬉しく思います。

と、ここまで書いていて、書いた自分でも分かりづらいかも…と思ったので、初めての読者さま用にまとめてみます。

《アヴァロニスシリーズ》（←勝手に命名。担当さんは『黒曜シリーズ』と呼んでくれているのですが、黒曜だとハルカがハブな感じなので国名をシリーズ名にしてみました）

①既刊…【黒曜の災厄は愛を導く】主人公：秋人（アキ）
②新刊…【金緑の神子と神殺しの王】主人公：春夏（ハルカ）
　同時収録【黒曜に導かれて愛を見つけた男の話】主人公：レンドルフ
③続刊…【金緑の神子と神殺しの王２（仮）】主人公：春夏（ハルカ）
　同時収録【黒曜に導かれて愛を見つけた男の話２】主人公：レンドルフ

となっています。

もしもすでに右の３冊が発売後にこのあとがきを読んでくださっている場合、読む順番は①②③、もしくは②③①でお願いします。うっかり③から読んだりすると、わりと大惨事というか、わけわからん状態になると思いますので、ご注意ください。

ということでこのアヴァロニスシリーズは、ひとつの物語を三人の登場人物の視点で、それぞれ三つの方向から描く…という形になっています。二方向というのはやったことがありますが（モフモフシリーズ『忠誠』と『誓約』）、あれは時系列がリンクする場面がそれほど多くなかったので、まだ大丈夫でした。しかし、同じ時系列を三方向からというのは初めてで、途中から「あれ？　なんかちょっと…、もしかして大変…？　誰だ、こんな大変なこと考えたのは！　――…てへ☆　自分か」とか思いながらがんばっています。まあ、考えたのは自分だけじゃなく、担当さんも犯人なんですが。（←犯人呼ばわり）

元々、次の話はどんなものを書くかという打ち合わせのとき、最初に私が「異世界トリップ物が書きたいです☆」と訴え、「しかも、重要人物として召喚された方じゃなく、その巻き添えでうっかり来ちゃった、普通ならモブ扱いの友だち（秋人）の話が書きたいです★」と力説したら、あっさり「いいですよ」と了承してもらえました。

そこで、だいたいのプロットを口頭で伝えたところ「その展開なら、重要な人物として召喚された友だち（ハルカ）でも一冊書けそうですね」と言っていただき、シリーズ化の流れになったわけです。その時点では、レンドルフ編は影も形もなかったのですが、おかげさまで【黒曜の災厄は愛を導く】本編が好評で、レンドルフ視点も読みたいという要望と感想を多くいただき、そして私も書きたいと思ったこともあり、雑誌掲載↓新書化。結果的に三方向から描く流れとなりました。

ここまで読んでいてお気づきの皆さま。そうです、今回「あとがき」が長いんです。だるかったら飛ばして、あとで暇なときにでもお目通しください。よろしくお願いします。

そんなわけで、次の話題は今作の見どころを。

前作【黒曜の～】では、主人公の秋人がめっちゃサバイバル、生き延びるのに必死で、恋愛方面はわりとプラトニックというか、良く言えば甘酸っぱく初々しい、そうでない言い方だと薄い。言葉が通じないせいか、攻のレンドルフまで「影薄」とか言われる始末…。だったので！　ハルカ編【金緑の～】はエロメイン！（ドヤァ）のつもりで考えていたのですが、今作はお話の前半ということで、まだぬるいです。ぬるぬるです。別の意味でもぬるぬるです(笑)。

ちなみに今作（金緑）ラストのぬるぬるシーンは、初稿を上げて提出したところ、担当さんから「ぬるいです。もうちょっとひどくしてOK」という改稿指示というか要望があったため、がんばって増量してみました。私だって本気出したらもっとエロくできるんですよ？　でもまだ序盤だから控えめにしただけですよ？　などと言い訳しつつ、心の中で『見ているがいい…、次巻ではぐぅの音も出ないほどエロくしてやる…』とつぶやいてます。本当にエロになるかどうかは、聖なる白き竜蛇神さまのお導き次第です。ナム～。

さて、紙面も尽きてまいりましたので最後に、前作に引き続き今作でも素晴らしい挿絵を描いてくださったカゼキショウ先生にお礼を。

カゼキショウ先生、いつもご迷惑をおかけして申し訳ありません。そして本当にありがとうございます！　雑誌掲載の表紙イラストや今作のカラーイラスト、そしてラフ。毎回とても嬉しく、キャーキャーいいながら拝見しております。先生が描かれるクロがめっちゃ可愛くて癒されまくりです。そして前作の地味×地味コンビに比べて、今作の派手×派手コンビは表紙イラスト&口絵カラーイラストも本当に派手で美しく、いただいた日からデスクトップに飾って（前作も飾っていましたが）毎日うっとりと眺めています。引き続き、雑誌掲載作と次巻でもお世話になります。よろしくお願い致します。

そして担当さま及び編集部の皆さま、いつも迷惑かけまくって申し訳ありません…。そして今回もありがとうございます。次こそはもうちょっとなんとか善処したいと思っています…。校正、印刷、出版にたずさわるすべての方々にも感謝いたします。ありがとうございます。

最後に。この本を手に取ってくださった皆さま、そしてここまで長々とあとがきを読んでくださった皆さま、本当にありがとうございます。前作から心待ちにしてくださっていた方、そして美しいイラストに惹かれて思わず手にとってみた方、皆さまが、浮き世の憂さを一時忘れて楽しんでいただけたら幸いです。

次巻も、なるべく早めにお届けできるようがんばります。

二〇一六年・初夏　六青みつみ

初出

金緑の神子と神殺しの王	書き下ろし
黒曜に導かれて愛を見つけた男の話	2016年リンクス１月号・５月号掲載作品を改稿

黒曜の災厄は愛を導く

こくようのさいやくはあいをみちびく

六青みつみ
イラスト：**カゼキショウ**

本体価格870円+税

黒髪黒瞳で普通の見た目である高校生の鈴木秋人は、金髪碧眼で美少年な友人の苑宮春夏と学校へ行く途中、突然穴に落ちてしまった春夏を助けようとし─なんと二人一緒に、異世界・アヴァロニス王国にトリップしてしまう。どうやら秋人は、王国の神子として召還された春夏の巻き添えとなった形だが、こちらの世界では、黒髪黒瞳の外見は『災厄の導き手』と忌み嫌われ見つかると殺されてしまう存在だった。そんな事情から、唯一自分の存在を認めてくれた、王国で４人いる王候補の一人であるレンドルフに匿われていた秋人だったが、あるとき何者かに攫われ…。

リンクスロマンス大好評発売中

裏切りの代償 ～真実の絆～

うらぎりのだいしょう　～しんじつのきずな～

六青みつみ
イラスト：**葛西リカコ**

本体価格870円+税

インペリアルの聖獣として待望の初陣を迎えたアルティオは自分の“対の絆”である騎士リオンの不甲斐ない戦いぶりに頭を抱えていた。リオンは昔から魔獣殲滅の研究に没頭していてアルティオは放置されがちで、ずっと不満を抱いていた。初陣から一年と数ヵ月後『リオンは、正当な騎士候補から繭卵を横取りした卑怯者』というふたりの溝を抉るような噂が、帝都に流れる。噂の影響を受けたアルティオは彼に一層の不信感を抱き、距離を取るようになるが…。

LYNX ROMANCE

小説原稿募集

リンクスロマンスではオリジナル作品の原稿を随時募集いたします。

募集作品

リンクスロマンスの読者を対象にした商業誌未発表のオリジナル作品。
（商業誌未発表のオリジナル作品であれば、同人誌・サイト発表作も受付可）

募集要項

＜応募資格＞

年齢・性別・プロ・アマ問いません。

＜原稿枚数＞

４５文字×１７行（１枚）の縦書き原稿、２００枚以上２４０枚以内。
※印刷形式は自由。ただしＡ４用紙を使用のこと。
※手書き、感熱紙不可。
※原稿には必ずノンブル（通し番号）を入れてください。

＜応募上の注意＞

◆原稿の１枚目には、作品のタイトル、ペンネーム、住所、氏名、年齢、電話番号、メールアドレス、投稿（掲載）歴を添付してください。
◆２枚目には、作品のあらすじ（４００字～８００字程度）を添付してください。
◆未完の作品（続きものなど）、他誌との二重投稿作品は受付不可です。
◆原稿は返却いたしませんので、必要な方はコピー等の控えをお取りください。
◆１作品につき、ひとつの封筒でご応募ください。

＜採用のお知らせ＞

◆採用の場合のみ、原稿到着後６カ月以内に編集部よりご連絡いたします。
◆優れた作品は、リンクスロマンスより発行させていただきます。
原稿料は、当社既定の印税でのお支払いになります。
◆選考に関するお電話やメールでのお問い合わせはご遠慮ください。

宛先

〒151-0051
東京都渋谷区千駄ヶ谷４−９−７
株式会社　幻冬舎コミックス
「リンクスロマンス　小説原稿募集」係

この本を読んでのご意見・ご感想をお寄せ下さい。

〒151-0051
東京都渋谷区千駄ヶ谷4-9-7
(株)幻冬舎コミックス　リンクス編集部
「六青《ろくせい》みつみ先生」係／「カゼキショウ先生」係

リンクス ロマンス

金緑の神子と神殺しの王

2016年5月31日　第1刷発行

著者……………六青《ろくせい》みつみ
発行人…………石原正康
発行元…………株式会社　幻冬舎コミックス
〒151-0051　東京都渋谷区千駄ヶ谷4-9-7
TEL 03-5411-6431（編集）
発売元…………株式会社　幻冬舎
〒151-0051　東京都渋谷区千駄ヶ谷4-9-7
TEL 03-5411-6222（営業）
振替00120-8-767643
印刷・製本所…株式会社　光邦
検印廃止

ISBN978-4-344-83654-9 C0293
Printed in Japan

幻冬舎コミックスホームページ　http://www.gentosha-comics.net